D0683487

LA CROIX DE L'OCCIDENT

**

LA CROIX DE L'OCCIDENT

Suite romanesque en deux volumes

* Par ce signe tu vaincras
  (Tu hoc signo vinces)
** Paris vaut bien une messe

*La liste des ouvrages du même auteur
figure en fin de volume.*

Max Gallo

LA CROIX DE L'OCCIDENT

Suite romanesque

**

Paris vaut bien une messe

Fayard

Ôtons ces mots diaboliques, noms de partis, factions et séditions, luthériens, huguenots, papistes : ne changeons plus le nom de chrétien.

Michel de L'HOSPITAL,
décembre 1560.

PROLOGUE

Je le sais, Seigneur, la Mort est déjà en moi.

Cette paralysie qui me tord les doigts, me fige la main et le bras, empoigne mon épaule alors que j'écris, c'est Elle qui veut m'empêcher de poursuivre le récit de ma vie.

Seigneur, la laisserez-vous m'interrompre avant que j'aie pu aller jusqu'au bout de ce que j'ai vécu, jusqu'à ce moment d'espérance, quand, enfin, après tant de massacres, les hommes du royaume de France mettent leurs dagues et leurs épées au fourreau, déposent leurs arquebuses et écoutent ce que leur disait, si longtemps avant, le chancelier du roi, Michel de L'Hospital : « Ôtons ces mots diaboliques, noms de partis, factions et séditions, luthériens, huguenots, papistes : ne changeons plus le nom de chrétien ! »

Elle murmure à mon oreille :

« Assez dit ! Qui te lira encore ? Qu'importe ta voix dans cette vaste fosse où je vais te jeter parmi tous ces hommes que tu as vus vivants ? Et certains d'entre eux, souviens-toi, tu les as tués de ta main ! Qui les entend ? Chrétiens écorchés vifs par les bourreaux du bagne d'Alger et qui hurlaient. Chrétiens – tu as été l'un d'eux – que les fouets des gardes-chiourme cinglaient afin que les galères musulmanes glissent plus vite vers les côtes où bientôt d'autres cris s'élevaient,

9

ceux des femmes violées et éventrées, des hommes dépecés ou brûlés. Et n'oublie pas les hurlements des Maures d'Andalousie que les soldats que tu commandais égorgeaient, tuant femmes et enfants. Et toi, quand tu t'es ouvert un chemin parmi les janissaires de la galère la *Sultane*, à coups de glaive, à coups de hache, as-tu entendu les cris de ceux dont tu tranchais bras et tête, dont tu perforais la poitrine ?

« Toutes ces voix sont enfouies dans le grand silence de la fosse où je règne.

« Pourquoi, pour qui veux-tu continuer d'écrire ?

« Tu veux – je t'ai entendu le confier à Vico Montanari avant qu'il ne quitte ta demeure pour regagner Venise – raconter comment, après les massacres, un édit, celui de Nantes, a rétabli la paix entre huguenots et papistes, et tu veux que les hommes se souviennent, en te lisant, de ce moment d'espérance (car c'est ainsi que tu le nommes !).

« Es-tu assez naïf, alors que tu es dans ta soixante et douzième année, pour croire que les hommes en ont fini avec la haine, avec le désir de tuer ?

« Souviens-toi des propos de Montanari : "Le Bien et le Mal sont comme des enfants monstres liés l'un à l'autre et que rien ne peut séparer."

« Je te le dis en confidence, Bernard de Thorenc, les hommes s'entr'égorgent comme s'ils étaient des pourceaux depuis qu'ils sont hommes. Et moi, je les moissonne.

« Alors, arrête-toi, repose ta plume. Quitte cette pièce sombre. Adosse-toi au mur ensoleillé de ta demeure. Regarde les forêts qui entourent le Castellaras de la Tour. Vois l'horizon se teinter de rouge. C'est la couleur du sang.

« Il imprègne déjà tout ce que tu as écrit. Tu as suivi sa trace rouge d'Alger à Malte, de Grenade à Lépante. À quoi bon poursuivre ? Te faut-il encore dire que le sang a coulé non plus dans le combat contre les infidèles, mais dans la guerre entre chrétiens ? Et s'il te semblait aussi rouge, c'est qu'il était celui d'enfants et de femmes étripés comme l'avaient été – comme le sont encore – les chrétiens tombés aux mains des musulmans.

« Mais peut-être, en parcourant à nouveau ce chemin, veux-tu montrer qu'il conduit à la paix ?

« Laisse-moi ricaner. Et je t'ai déjà dit pourquoi.

« Alors, garde tes dernières forces pour contempler le ciel, jouir de la chaleur des pierres que le soleil dore en hiver.

« Écoute ton cœur. Il frappe dans ta poitrine. Parfois, il t'étouffe. Tu sais qu'il résonne comme le bout de la hampe de ma faux quand je marche et frappe le sol avec elle.

« Je suis si proche de toi, en toi, déjà, Bernard de Thorenc !

« Vis tes derniers jours en paix, dans la contemplation du monde, au lieu de retourner les cadavres qui jalonnent ta vie, et de tenter, avec ce qu'il reste d'eux dans ta mémoire, de te rappeler ce qu'ils furent, les sentiments de haine ou d'amour qu'ils t'inspirèrent.

« Regarde l'horizon, vieil homme, et chauffe tes os au soleil d'hiver. »

Comment faire taire cette voix tentatrice qui réduit toute vie à la mort et invite à se soumettre au règne du temps et de l'oubli ?

Comment trouver la force de résister, de continuer à m'avancer dans mon passé afin d'en rendre compte, pour que, avant que Dieu ne me juge, je pèse ce que j'ai fait, et que les hommes connaissent mes actes et mes pensées ?

11

Je Vous ai prié, Seigneur, Vous qui êtes la Résurrection, de me donner l'élan nécessaire, de me faire oublier cette douleur lancinante qui me brûle la nuque, entrave l'écriture alors même que ma vue se trouble, que les mots que je trace deviennent une informe grisaille que je ne réussis plus à lire.

Et cependant je dois écrire, Seigneur !

Ce matin je suis resté plus longtemps que de coutume dans notre chapelle du Castellaras de la Tour.

J'ai posé les mains sur cette tête de christ aux yeux clos. Je l'avais arrachée aux janissaires qui avaient mutilé le crucifix de notre galère et brandissaient ce visage de bois et de douleur comme la preuve de leur victoire.

Mais j'ai tué le Turc qui Vous avait frappé, Seigneur, et nous avons vaincu leur flotte à Lépante.

Il m'a fallu peu de temps pour comprendre que cette victoire ne mettrait fin ni à notre lutte contre les infidèles ni à nos guerres entre chrétiens.

C'est pour cela que j'ai quitté Messine en compagnie de Michele Spriano.

Nous avons acheté un brigantin, largué les amarres dans la nuit et navigué en longeant la côte jusqu'à Pise où Michele Spriano possédait des entrepôts et faisait travailler plusieurs dizaines de tisserands et de drapiers dans les petits villages accrochés aux pentes des collines entre Pise, Prato et Florence.

L'automne avait recouvert la terre d'un tapis de feuilles

rousses. Souvent, de brèves et violentes averses achevaient de dépouiller les vignes et les arbres, les laissant comme des corps torturés. Mais la paix régnait, et après ce que j'avais vécu à Alger, parmi les chiourmes des galères barbaresques, à Malte, en Andalousie et, il y avait seulement quelques jours, pendant la bataille de Lépante, je me sentais comme alangui, plein du désir de retrouver les lieux de mon enfance, ce Castallaras de la Tour que je n'avais plus revu depuis – j'en faisais et refaisais le calcul tout en marchant entre les cyprès et les vignes – vingt-huit années.

Mon père était mort.

Mon frère Guillaume de Thorenc, huguenot, était ambassadeur du roi de France, Charles IX, à Constantinople.

Je me sentais honteux de porter le même nom que lui. Il était fidèle à mon père qui, pour le service du monarque, avait reçu chez nous, au Castellaras de la Tour, les envoyés de Soliman le Magnifique.

Selon Diego de Sarmiento, Guillaume s'employait à détruire la Sainte Ligue chrétienne en favorisant les rencontres entre Vénitiens et Turcs, en les aidant à conclure un traité de paix.

– Les Français, ton frère, comme avant lui ton père, m'avait-il dit, craignent tant l'Espagne qu'ils préfèrent la défaite de la chrétienté à sa victoire, qui renforcerait Philippe II. Ils nous trahissent. Ils te renient. Rejette-les !

C'est ce que j'avais fait tout au long de ma vie.

Sarmiento ajoutait que ma sœur Isabelle, huguenote elle aussi, faisait partie des suivantes de Catherine de Médicis.

13

Ces jeunes femmes servaient d'appâts à la reine mère, qui, grâce à elles, séduisait les grands du royaume, qu'ils fussent huguenots ou papistes, et les ambassadeurs, espérant ainsi les empêcher de s'opposer à la politique de Charles IX.

— Je veux dire : celle qu'elle dicte à son fils, tortueuse et empoisonnée, italienne, pour tout dire, avait conclu Sarmiento.

Je l'avais écouté. Je n'avais plus revu ma sœur depuis des années. Mais pouvais-je vraiment le croire, lui qui haïssait les Français et aurait voulu que son roi Philippe II gouverne aussi à Paris ?

Je ne me suis pas attardé à Pise, et grande a été ma joie quand Michele Spriano a décidé de m'accompagner.

Nous avons pris la route. Ni Michele ni moi ne voulions poursuivre notre voyage par mer. Si nous avions pu naviguer de Messine à Pise sans encombre, c'est que la flotte turque était encore sous le coup de sa défaite à Lépante. Mais il avait suffi de quelques semaines pour que les corsaires barbaresques se remettent à rôder le long des côtes.

De la route nous apercevions leurs voiles ocre. Ils attaquaient les navires chrétiens et osaient même, comme pour montrer que la victoire de la Sainte Ligue n'était que d'apparence, débarquer de petites troupes de soldats qui s'en allaient loin du rivage attaquer et dévaster les villages, en massacrer ou déporter les habitants.

Nous avons donc commencé à chevaucher et j'écoutais Michele Spriano réciter tout au long du jour des vers de *La Divine Comédie*. Je réussissais parfois à compléter le passage qu'il avait commencé.

Nous nous répondions ainsi comme les joueurs de pelote, nous étonnant l'un l'autre de nos prouesses, allant de *L'Enfer* au *Paradis*, avançant lentement, savourant, après tant de souffrances, de tueries dont nous avions été les témoins, cette campagne italienne, puis celle de Provence qui s'assoupissaient sous les brumes encore légères de l'automne.

Enfin j'ai aperçu les murailles du Castellaras de la Tour, notre demeure depuis qu'il y a, sur cette terre, des Thorenc.

PREMIÈRE PARTIE

1.

Je me suis arrêté au milieu du pont et j'ai fermé les yeux.

J'ai entendu l'eau du torrent. Elle coulait vers moi depuis ma petite enfance. Un instant, j'ai imaginé que je venais enfin de quitter les territoires de la douleur et de l'humiliation, et que j'abordais, au mitan de ma vie, non pas une forêt obscure, mais le paradis, le lieu où j'avais vu le jour.

J'ai ouvert les yeux.

Un vieil homme s'avançait, la tête grise enfoncée dans les épaules. Il marchait avec peine. J'ai sauté à terre. Il s'est immobilisé et j'ai reconnu Denis, l'un des jeunes valets avec qui je m'étais souvent baigné dans ce torrent qui longeait les murailles du Castellaras de la Tour avant d'aller se jeter dans la Siagne.

Puis, dominant l'autre rive, j'ai aperçu les quatre tours de la Grande Forteresse des Mons.

J'ai appelé le valet par son nom en lui tendant les rênes, comme je l'avais fait tant de fois au retour de la chasse, ou bien de cette guerre des bois à laquelle nous nous livrions, Enguerrand de Mons et moi.

Denis m'a dévisagé. Il a hésité. J'ai cru qu'il allait se précipiter vers moi ou bien s'agenouiller. Mais il a seulement saisi les rênes de nos chevaux et s'est éloigné vers la poterne, se retournant à plusieurs reprises comme s'il voulait se persuader qu'il m'avait vu, que j'étais bien là, après tant d'années.

Je me suis dirigé vers la cour, suivi de Michele Spriano, qui se tenait à quelques pas en arrière.

Des hommes vêtus de noir, les uns portant des hallebardes, les autres la main sur le pommeau de leur épée, sont venus à notre rencontre. Nous nous sommes fait face au milieu de la cour.

À ce moment, levant les yeux, j'ai vu que la statue de la Vierge qui se trouvait jadis à l'entrée de notre chapelle avait été décapitée et que les saints qui l'entouraient avaient subi le même sort, leurs membres brisés, si bien que les niches ressemblaient à des cercueils trop grands pour ces corps mutilés.

L'émotion et la colère m'ont submergé.

Ils avaient saccagé mon enfance. Ils avaient osé se livrer ici à ces actes sacrilèges, pareils à ceux que nous avions déjà découverts dans certains villages depuis que nous étions entrés en Provence.

La haine dans les yeux, la rage dans la bouche, des paysans, des prêtres nous avaient raconté comment les hérétiques huguenots, ces gens de la secte du diable, avaient partout détruit, violenté les images de la Vierge Marie, massacré celles des saints, attiré ainsi la malédiction. Ils défiaient Dieu, mangeant du rôti en carême, cachant leur diablerie sous les austères vêtements de l'hypocrisie. Ils refusaient de jouer aux cartes, d'entrer dans les estaminets, ils n'étaient jamais ivres et leurs femmes se drapaient dans des robes si amples et si boutonnées qu'on ne savait si leur peau était rose ou noire, leurs formes aiguës ou rondes.

Mais la bonne mine des protestants cachait une âme démoniaque et pervertie. Ils ne reconnaissaient ni le pape ni les prêtres. Comment auraient-ils alors obéi au roi ?

Et ces paysans et ces curés nous avaient montré les vitraux fracassés de leurs églises, les tympans sculptés martelés au burin, les visages des saints réduits à une bouillie pierreuse, l'Église blessée à mort.

Il avait fallu s'armer pour chasser ces nouveaux vandales, les pendre, les brûler, mais ils revenaient en grosses bandes, et l'une des plus déterminées était celle du Castellaras de la Tour, formée de mercenaires suisses ou allemands, lansquenets de sac et de corde, impies, que payait le comte Guillaume de Thorenc. Et, durant toutes ces années de guerres – treize années de guerre pour la religion ! –, Guillaume de Thorenc avait mis sa bande au service de l'amiral de Coligny, du prince de Condé, de Henri de Navarre-Bourbon, ces chefs de la secte huguenote auxquels le roi et la reine venaient d'accorder le privilège des places de sûreté, le droit de croire à ce qu'ils voulaient.

Était-ce là ce que les catholiques pouvaient attendre de leur suzerain et de la reine mère ?

J'avais écouté mais ne m'étais pas indigné. J'avais assisté à tant de massacres, vu la mer devenir rouge à Lépante, les corps des morts cachant l'écume des vagues, que ce que l'on me décrivait là m'avait paru de simples escarmouches.

La vraie guerre était celle que nous avions livrée contre les infidèles, le reste n'était que querelles de famille.

Michele Spriano m'avait certes mis en garde, mais comment aurais-je pu l'écouter alors qu'à chaque pas je reconnaissais les paysages, les parfums, les chemins de mon enfance ?

J'avais rêvé, vécu dans l'illusion. Je n'accédais pas aux rivages du paradis mais m'enfonçais dans la forêt obscure. Peut-être même n'avais-je pas encore atteint le cœur du royaume de Lucifer, là où l'Ange déchu broie et dévore les traîtres, les Judas, Brutus, Cassius...

Que Dieu y ajoute Guillaume de Thorenc, mon frère !

L'épée à demi tirée du fourreau, le plus grand des hommes en noir a fait un pas en avant.

Je connaissais ce regard-là, yeux de pierre froide mais à l'éclat d'acier. C'était le même que celui de Dragut-le-Brûlé, le Cruel, le Débauché. C'était celui des bourreaux. Celui de don García Luís de Cordoza, capitaine général de Grenade. Celui de tous les tueurs, quelques vêtements qu'ils portent, quelque Dieu qu'ils prient, tous renégats de la bonté, de la pitié et de la compassion.

Je sais que mes yeux ont brillé du même éclat quand j'ai tué.

Et sans doute, face à cet homme en noir, l'ai-je retrouvé, d'autant plus intense que, peu à peu, à ma colère et à mon émotion se mêlaient l'amertume et la déception.

Moi aussi j'ai tiré sur mon épée, en exhibant la lame.

L'homme m'a salué, inclinant à peine la tête, gardant son chapeau enfoncé jusqu'aux sourcils.

Il se dénommait Jean-Baptiste Colliard, dit-il d'un ton arrogant, capitaine des gardes du Castellaras de la Tour, au service du comte Guillaume de Thorenc. Il avait ordre de ne laisser personne pénétrer dans le château.

— Personne, a-t-il répété.

Puis, d'un ton dédaigneux, il a ajouté :

— Il faut passer son chemin.

Michele Spriano s'est avancé et s'est placé entre nous deux, expliquant au capitaine des gardes qui j'étais. L'homme a paru un instant troublé. Les gardes maintenant nous entouraient.

— Que voulez-vous ? a-t-il bougonné.

Il s'est encore approché.

— Ici, a-t-il poursuivi, c'est toujours la guerre. Les papistes de la Grande Forteresse de Mons refusent d'appliquer le traité de paix de Saint-Germain que le comte de Thorenc nous a demandé de respecter. Le Castellaras de la Tour est à nous, ainsi que tous les villages du fief. Nous prions comme nous l'entendons : en français, et nous lisons la Bible plutôt que ces prières à une femme que l'on dit vierge et qui ne l'est pas plus que moi !

Il s'est esclaffé et m'a dévisagé avec mépris avant de reprendre :

— J'ai entendu le comte de Thorenc dire que son frère s'était fait espagnol, par haine de la vraie foi, et qu'il avait renié son royaume, trahi son père et toute sa famille. Êtes-vous celui-là ?

Je n'avais pas bondi sur le pont de la galère la *Sultane*, je ne m'étais pas frayé un chemin à coups de hache et d'épée pour accepter qu'un huguenot m'insulte dans la cour de notre demeure.

J'ai tiré l'épée avant lui. J'en ai placé la pointe sur sa gorge.

J'ai crié que si l'un des gardes esquivait le moindre geste j'égorgerais leur capitaine. J'en aurais le temps avant que d'être tué, n'est-ce pas ?

– Qu'on s'écarte ! a dit d'une voix étranglée Jean-Baptiste Colliard.

Les gardes ont reculé.

– Partons, a murmuré Michele Spriano.

J'ai hurlé qu'on nous amène nos chevaux et j'ai contraint le capitaine des gardes à me suivre jusqu'au pont. Denis nous y attendait avec les montures.

J'ai repoussé Jean-Baptiste Colliard, puis nous avons bondi en selle. Comme nous atteignions les derniers mètres du pont, il y a eu une arquebusade.

J'ai entendu le plomb siffler à mes oreilles et frapper les pierres. Puis il y a eu le cri sourd de Michele Spriano que j'ai vu se pencher sur l'encolure de son cheval, s'agrippant à sa crinière.

Le sang a commencé à tacher la robe fauve de sa monture.

Mais il a continué de galoper vers la forêt cependant que je criais de désespoir, jurant de me venger.

J'ai enfin pu arrêter le cheval de Michele Spriano qui ne portait plus qu'un mort.

Nous étions au milieu d'une clairière à l'extrémité de laquelle se dressait, sur une butte entourée de chênes, un calvaire. On – qui d'autre, sinon les huguenots ? – avait renversé la croix et brisé le socle.

Je me suis agenouillé au pied de l'un des chênes et, avec ma dague, puis avec une branche épointée comme un pieu, enfin à mains nues, j'ai creusé une fosse.

C'est long et douloureux de préparer, seul, la sépulture d'un homme.

J'ai enveloppé le corps de Michele Spriano dans son manteau, y cachant son visage, puis je l'ai déposé au fond du trou. Près de lui, enroulée dans une couverture, j'ai placé la tête du christ aux yeux clos.

Un jour, je reviendrai.

Vous m'en avez donné, Seigneur, à l'instant où je commençais à faire glisser la terre, la certitude.

Je reviendrai au Castellaras de la Tour. Je bâtirai un tombeau pour Michele Spriano, dans notre chapelle. Je replacerai les statues de la Vierge et des saints dans les niches de la façade.

Et je déposerai sur l'autel l'étendard de damas rouge qui avait flotté à la poupe de la *Marchesa*, ainsi que la tête tranchée du christ.

J'ai tassé la terre à coups de bâton. Je devais rester le seul à connaître l'emplacement, car, ailleurs, on avait aussi profané des tombeaux.

J'ai reculé de quelques pas. Je reconnaîtrais ce chêne entre les mille arbres d'une forêt.

Puis j'ai attaché la bride du cheval de Spriano au pommeau de ma selle, et j'ai commencé à longer la rive de la Siagne.

J'avais cru, en apercevant les murailles du Castellaras de la Tour, que le temps de la paix était revenu pour moi.

Tout au contraire, je m'étais un peu plus enfoncé dans la forêt obscure.

Et le sang avait à nouveau coulé.

Il me fallait donc aller au bout de mon voyage et de ma guerre.

J'ai décidé de me rendre à Paris. Là devaient se trouver Guillaume de Thorenc et les autres chefs de la secte huguenote, au centre du royaume de Lucifer.

2.

Seigneur, j'ai traversé le royaume de France du Castellaras de la Tour jusqu'à la porte de Buci que j'ai franchie au début du mois de décembre de l'an de grâce 1571.

Des hommes de la prévôté de Paris m'ont fouillé, me demandant à qui j'appartenais, me dévisageant d'un air soupçonneux.

J'ai répondu que j'avais combattu les infidèles avec la Sainte Ligue, que nous avions vaincu la flotte du sultan et que je me rendais auprès d'Enguerrand de Mons, chevalier de Malte, ambassadeur de son ordre auprès du roi.

On m'a donné l'accolade.

Je n'étais pas l'un de ces fieffés huguenots qui louent des chambres dans tous les quartiers de Paris, y tiennent des conciliabules, cherchent à introduire dans la ville des armes courtes avec lesquelles ils pourront procéder à de rapides exécutions dans les logis ou les rues.

Il fallait que je me méfie de tous les gentilshommes aux vêtements austères et à la large fraise : ce sont là des affidés de l'amiral de Coligny, des rebelles réformés, des séditieux amiralistes, des huguenots de guerre !

Je me suis éloigné, longeant le pré aux Clercs, croisant des hommes en armes, des gens du peuple, des bateliers, des portefaix, des femmes qui, malgré le froid vif, étaient bras nus. Ils gesticulaient autour d'une grande croix dressée sur une pyramide de pierre gardée par des soldats du roi.

J'ai mis pied à terre.

On m'a entouré. Étais-je un gentilhomme des Guises, les vrais défenseurs de la foi ?

J'ai opiné, écouté. On disait qu'il fallait empêcher que cette croix ne soit renversée et détruite comme le voulaient les huguenots. Dans le traité de paix de Saint-Germain le roi leur avait promis qu'aucun monument évoquant les guerres passées entre protestants et catholiques ne devrait rester en place. Or cette croix rappelait que trois huguenots, Philippe Gastine et son fils Richard ainsi que son gendre Nicolas Croquet, avaient été condamnés à mort et étranglés en place de Grève le 1er juillet 1560. Coligny et les huguenots exigeaient que cette croix fût abattue, ce qui serait un gage de paix conforme à la promesse du roi.

La foule autour de moi s'indignait : cette croix avait été élevée pour célébrer la victoire de Dieu et de Son Église catholique sur le Mal. L'abattre revenait à accepter que le Démon l'emporte, que la condamnation des hérétiques soit effacée.

Et un capucin juché sur une borne a récité :

> *L'air demande à les étouffer*
> *La terre à les réduire en cendres*
> *Le feu à les ardre et chauffer*
> *. . . . .*
> *Ceux qui répandront leur sang*
> *Pour cette cause juste et bonne*
> *Sont assurés que Dieu leur donne*

Plein pardon de tous leurs péchés
Et si nous pardonnons au moindre
Dieu nous exterminera tous...

Je me suis éloigné.

Je savais qu'Enguerrand de Mons logeait rue des Poulies, sur la rive droite de la Seine, non loin de l'hôtel de Bourbon. Quant à Diego de Sarmiento que, je l'avais appris à Pise, Philippe II venait de désigner pour le représenter auprès du roi de France, lui aussi habitait dans le quartier du Louvre, rue Saint-Honoré.

J'ai traversé la Seine, croisant sur le pont au Change un cortège d'hommes et de femmes qui chantaient : *La Croix de Gastine est notre Croix / Qui touche à la Croix est sacrilège / Qui renverse la Croix est damné / La Croix de Gastine est notre Croix...*

Était-ce cela, la paix entre protestants et catholiques ?

Je n'avais rencontré tout au long de ma route que suspicion, haine, désir de mort et de guerre.

J'avais eu le sentiment que le Christ était un corps livré à la folie des hommes qui prétendaient l'aimer et se le disputaient comme des chacals une proie, chacune des meutes arrachant un lambeau de chair, écartelant ainsi le Dieu dont elles se réclamaient.

Presque à chaque pas j'ai pensé au visage du christ aux yeux clos que j'avais enfoui au côté de la dépouille de Michele Spriano.

J'ai compris, Seigneur, Ta tristesse et peut-être même Ton désespoir !

Et alors que j'avais le dessein de venger Michele Spriano,

que j'étais décidé à brandir le glaive contre ces hérétiques qui l'avaient tué, contre mon propre frère qui les avait stipendiés, armés, j'en venais à me demander, accablé, si être fidèle au Christ ce n'était pas d'abord chercher à unir tous ceux qui croyaient en lui et à conquérir les âmes qui ignoraient son enseignement, qu'il s'agisse d'infidèles ou de païens.

Mais tel n'était pas le but des humains sur cette terre.

À chaque fois que j'entrais dans un village ou une ville, je commençais par me demander au nom de quelle religion du Christ on allait me tuer.

M'égorgerait-on en célébrant le pape ? Me brûlerait-on en invoquant Calvin ?

Dans toute la région de Nîmes que j'avais parcourue sous un ciel aussi étincelant qu'une lame d'acier, les statues des saints et de la Vierge Marie gisaient, mutilées, fracassées, devant les églises dont les tympans sculptés avaient été brisés à coups de masse.

Parfois les clochers eux-mêmes avaient été renversés et gravats et poutres s'amoncelaient au milieu de la pauvre nef saccagée.

On m'entourait. On me menaçait.

Les hommes étaient tout en noir, la dague ou l'épée au côté, l'arquebuse à l'épaule, une large fraise empesée accentuant la sévérité de leurs traits.

Souvent en coiffe blanche, les femmes portaient des robes sombres au col boutonné jusqu'au menton.

Un bonnet plat et noir cachant ses cheveux, une longue tunique masquant son corps, le pasteur m'interrogeait.

Comme je l'avais déjà fait des années auparavant, je me

servais de mon nom comme d'un bouclier. J'étais Bernard de Thorenc, le frère de Guillaume, l'un des proches de l'amiral de Coligny, et le fils de Louis, mort à Saint-Quentin en résistant aux Espagnols.

On se déridait. On me racontait comment on avait mis en déroute les papistes, saccagé les églises, tué moines et religieuses, ces âmes corrompues, ces êtres de vice et de mensonge, ces usurpateurs de la foi du Christ, ces vendeurs d'indulgences à la panse rebondie, ces maîtres de la débauche.

Je me dérobais lorsqu'ils me proposaient de participer à leur culte, d'écouter leurs prêches, leur lecture de la Bible.

Je laissais entendre que, chargé d'une mission, je devais rejoindre Paris au plus vite.

On me questionnait : était-il vrai que l'on préparait le mariage de Marguerite de Valois, la fille de la reine mère, la noire, l'empoisonneuse Catherine de Médicis, complice des Espagnols, et de Henri de Navarre-Bourbon, le prince de Béarn, fils de Jeanne d'Albret, la reine huguenote ?

Allait-on se laisser prendre à ce piège ? était-ce le prix à payer pour pouvoir enfin prier comme il le fallait ?

Je répondais par des mimiques et m'éloignais au plus vite.

J'avais hâte de me retrouver seul sur les chemins avec mes deux chevaux, dans cette campagne dénudée par l'automne et sous ce ciel glacé.

La solitude me rassurait alors que j'aurais pu craindre brigands, écorcheurs et rançonneurs de toutes sortes. Mais ils me semblaient moins cruels et menaçants que ces hommes de religion qui voyaient dans l'inconnu non pas le simple possesseur d'une bourse remplie d'écus qu'il fallait dépouiller de son bien, mais Satan qu'on devait tuer.

Seul sur ces chemins, dormant dans l'anfractuosité d'une roche ou payant mon écot dans une auberge, voire chez un paysan, j'étais rassuré. Mais la crainte me saisissait dès que je franchissais une poterne.

Dans chaque village au-delà de Lyon on m'a demandé en me visant avec une arquebuse si j'étais huguenot, hérétique.

Je racontais la bataille de Lépante, ma guerre contre les infidèles à Malte, ma croisade en Andalousie contre les Maures.

Je leur parlais des chiourmes et des bagnes d'Alger.

Rassurés sur mon appartenance, ils m'écoutaient à peine, soucieux qu'ils étaient seulement d'extirper l'hérésie.

J'étais de leur foi, de leur Église. Je priais avec eux.

J'écoutais le prêtre clamer en chaire qu'il fallait tuer le huguenot, quel qu'il fût, père, frère ou sœur. Point de pitié pour celui qui portait le germe du Mal !

– Quand ton frère, continuait le prêtre, fils de ta mère, ou ton fils, ou ta fille, ou ta femme qui est en ton sein, ou ton prochain, lequel t'est comme ton âme, te viendra inciter à servir un autre Dieu, d'une autre manière, ne l'écoute pas, ne lui fais pas miséricorde ! Occis-le ! Ta main sera sur lui la première pour le mettre à mort, et après la main de tout le peuple !

Et l'on me montrait la fosse où l'on avait enfoui les corps des huguenots de guerre, ceux de leurs femmes hypocrites dont on avait purgé le village.

Seigneur, fallait-il qu'en Votre nom on s'entre-tue, on se dévore ?

Seigneur, était-ce cela la paix ?

À Paris, en écoutant les cris de la foule autour de la Croix de Gastine ou sur le pont au Change, j'ai su que la Seine, comme la mer à Lépante, allait être rougie par le sang humain.

3.

Chaque nuit, Seigneur, depuis l'année 1572, celle du massacre, il y a vingt-sept ans de cela, je Vous implore de me délivrer de mes remords et de mes cauchemars.

Vous n'avez jamais voulu m'entendre.

Vous m'avez laissé dans l'enfer des nuits sans sommeil.

Je vois un homme sur la rive droite de la Seine, quai de l'École, non loin de l'église de Saint-Germain-l'Auxerrois.

Comme on le fait d'un fagot, il traîne un nouveau-né emmailloté dont le sang a rougi les linges.

L'homme marche du pas lent d'un bûcheron qui vient d'achever sa taille.

Il s'arrête, regarde l'un de ses compagnons qui, la hache levée, est encore à la tâche.

Une femme se tient à genoux devant lui, enfouissant entre ses seins et ses cuisses un enfant comme si elle voulait qu'il rentre en elle.

Mais la hache s'abat et les corps sont fendus d'un coup bien ajusté qui partage la mère et l'enfant en deux parties écarlates.

Les bûcherons se congratulent et se signent.

Ils cherchent autour d'eux quels corps ils vont pouvoir abattre, puis jeter dans le fleuve dont je savais, Seigneur, dès les premières heures de mon séjour à Paris, qu'il serait rougi de sang humain.

Je n'ai rien fait pour empêcher cette coupe sanglante. Au contraire, je m'y suis mêlé, aussi fasciné qu'effrayé.

Et j'imagine que c'est pour cela, Seigneur, que Vous m'avez condamné à l'enfer.

Je suis arrivé à Paris en décembre 1571, soit près de huit mois avant ce dimanche 24 août, jour de la Saint-Barthélemy, où l'on tua comme on déboise.

En me rendant à l'hôtel d'Espagne, rue Saint-Honoré, où logeait Diego de Sarmiento, envoyé de Philippe II auprès de la cour de France, je m'arrêtais souvent à l'église Sainte-Opportune.

Elle était située à quelques pas du n° 29 de la rue Saint-Denis où s'élevait, au sommet de sa pyramide de pierre, la Croix de Gastine.

Je m'agenouillais parmi le peuple des gens de rien.

Du haut de sa chaire, dans la pénombre trouée çà et là par la flamme jaune et noir des hautes bougies, un prêtre – dont Sarmiento m'apprit qu'il s'appelait Veron et avait été inquisiteur en Espagne – prêchait.

Chacun de ses mots tombait comme un coup de hache.

Je baissais la tête, seul parmi tous ces fidèles qui, les yeux levés vers Veron, la bouche entrouverte, semblaient figés par quelque sortilège.

– Un hérétique, un huguenot est un arbre pourri qui

pourrit la forêt tout entière ! clamait le père Veron. C'est un loup qui veut dévorer le troupeau. Il a apparence d'homme, mais il est créature du diable. Qui abattra cet arbre, qui tuera ce corps, purifiera la forêt des croyants, sauvera le troupeau de Dieu et punira le diable ! Prions ! Chantons pour la plus grande gloire du Seigneur !

Je quittais l'église, ayant souvent l'impression qu'on s'apprêtait à se jeter sur moi, tant mon attitude et mon départ me rendaient suspect.

J'étais peut-être l'un de ces espions huguenots, de ces hypocrites, de ces loups masqués qui rôdaient dans Paris, prêts à massacrer ?

Car tout un chacun dans le royaume de France se voyait brebis et imaginait l'autre en loup.

J'arrivais enfin à l'hôtel d'Espagne.

L'ambassadeur de Philippe II, le comte Rodrigo de Cabezón, que j'avais connu à Valladolid, m'y accueillit, me conduisit auprès de Diego de Sarmiento, d'Enguerrand de Mons et du père Verdini, assis devant une cheminée dont le feu éclairait la pièce lambrissée.

J'avais partagé avec eux tant de moments de ma vie qu'ils devinaient mon trouble et qu'il suffisait d'une de leurs questions pour que je me confie.

Je m'inquiétais de ce qui allait survenir. Qu'allaient faire les gens de rien après avoir écouté les prêches du père Veron ? Ils s'étaient déjà rassemblés autour de la Croix de Gastine. Ils avaient molesté des soldats du roi, commencé à piller des boutiques, tenté de mettre le feu à des maisons de huguenots, sur le pont Notre-Dame, ainsi, qu'à celle qu'on appelait du Marteau-d'Or.

Les mains croisées devant la bouche, la tête penchée, le père Verdini restait silencieux.

Cela faisait seulement quelques jours qu'il était arrivé à Paris, envoyé par Sa Sainteté Pie V pour essayer d'empêcher ce mariage funeste que Catherine de Médicis voulait conclure entre sa fille, Marguerite de Valois, et le roi de Navarre, ce huguenot de Henri le Béarnais, Bourbon par son ascendance et appartenant donc à l'une des familles régnantes de France.

Sarmiento était indigné.

Il arpentait la pièce, les bras repliés sur la poitrine, les mains enserrant ses épaules. Il me donnait l'impression d'être une boule de muscles et de colère qui parfois s'immobilisait, nous regardait, tendait le bras vers le père Verdini ou Enguerrand de Mons, les prenant à témoin. Puis il croisait à nouveau les bras et décrivait un cercle autour de moi comme s'il avait voulu m'emprisonner, m'empêcher de fuir les propos qu'il assénait d'une voix tranchante.

Personne, disait-il, à part lui et le souverain d'Espagne auquel il envoyait chaque jour un courrier, ne mesurait l'étendue du complot qui se tramait ici, à la cour de France, contre l'Espagne et la sainte Église.

Le royaume, si les conspirateurs huguenots l'emportaient, risquait de sombrer dans l'hérésie, à l'instar de celui d'Angleterre.

La reine mère, cette Italienne, cette Médicis, n'était qu'une empoisonneuse entourée d'Italiens, les Strozzi, les

Gondi, qu'elle avait faits princes. Les uns étaient des tueurs à gages, les autres des parfumeurs, créateurs de mixtures qu'il suffisait de respirer pour mourir.

Elle ne se souciait de rien d'autre que de l'avenir de ses enfants. Une vraie louve qui flairait ce qui était bon pour sa progéniture, se méfiant de tous mais cherchant à séduire Philippe II ainsi que ces chefs protestants, l'amiral de Coligny et Guillaume de Thorenc.

– Mais oui...

Sarmiento me faisait face et répétait :

– Mais oui, Guillaume de Thorenc ! Ton frère.

Elle entendait se servir des hérétiques ou des bons catholiques selon son avantage. Elle s'était mis en tête de marier sa fille Marguerite avec Henri de Navarre. Telle était son ambition présente. À cette fin elle s'était réconciliée avec Coligny. Elle l'avait flatté, pourvu, lui, l'hérétique, d'un bénéfice de notre sainte Église, avec deux cent mille livres de revenus, et elle l'avait doté par surcroît de cent cinquante mille livres. Voilà comment agissait celle qui se prétendait fervente catholique, qui proclamait qu'elle voulait rétablir la paix entre ses sujets, qu'ils fussent protestants ou de la vraie religion. Elle ne se souciait ni du Bien ni du Mal ni de Dieu ni du Diable. Elle ne défendait que ses intérêts.

Sarmiento avait haussé la voix, levé un bras.

– Seulement, Coligny est entré au Conseil du roi. Et ce roué, ce mécréant, cet hérétique a enveloppé Charles IX de ses flatteries, de ses raisonnements bouffons. Savez-vous ce qu'il veut obtenir ? Que le monarque envoie une armée aux Pays-Bas pour soutenir contre nous les gueux hérétiques de Guillaume d'Orange. Et ce pauvre Charles IX écoute, se laisse séduire, et sa mère ne dit mot, parce qu'elle tient à son mariage, elle veut la Navarre et le Béarn !

Sarmiento s'était rassis, avait entrepris de remuer les braises dans l'âtre. Tel était, avait-il ajouté, le complot. Le père Veron avait raison. Le loup huguenot était dans la bergerie, l'arbre pourri dans la futaie.

— C'est eux ou nous ! avait conclu Sarmiento.

Il avait donné un coup de talon dans les bûches qui s'étaient effondrées en une grande gerbe d'étincelles.

Seigneur, je l'avais écouté et m'étais laissé convaincre. N'étais-je pas là pour venger Michele Spriano ?

Enguerrand de Mons m'apprit que la troupe de Jean-Baptiste Colliard, stipendiée par Guillaume de Thorenc, parmi laquelle se trouvait le tueur de Michele Spriano, avait quitté le Castellaras de la Tour pour rejoindre Paris.

— Ils viennent tous, avait murmuré Sarmiento.

Toute cette diablerie de Nîmes, de Montauban, de Pau, de La Rochelle commençait à déambuler dans les rues de Paris, à se réunir rue de Béthisy, à l'hôtel de Ponthieu où habitait l'amiral de Coligny.

— Ils s'imaginent déjà vainqueurs ! Ils veulent leur part ! Ce que Coligny a obtenu les a mis en appétit. Ils n'attendent que la célébration du mariage entre Marguerite et Henri de Navarre pour égorger les catholiques, partir en guerre contre l'Espagne en envahissant les Pays-Bas.

Sarmiento avait ricané.

— Ils ne connaissent pas le duc d'Albe, ils ne savent pas que je suis capable de comploter aussi bien qu'eux !

Le père Verdini s'était signé.

Il avait ajouté de sa voix fluette, presque éteinte, que Sa Sainteté Pie V priait pour que Dieu voulût bien éclairer le

roi Très Chrétien, retenir Charles IX, l'empêcher de faire la
guerre au Roi Catholique. L'Espagne était avec Philippe II
le bouclier et le glaive de l'Église. Et le pape était tourmenté
à l'idée de ce mariage entre une catholique et un huguenot.

— Cela ne se fera pas, avait décrété Sarmiento en se levant.
Ou alors Henri de Navarre aura renié sa religion hérétique
et rallié la sainte Église.

Mais peut-on faire confiance à un renégat ?

Il s'était remis à aller et venir, à parler avec mépris de
Catherine de Médicis, de ses fils, de Marguerite de Valois.

Charles IX, tout roi qu'il était, n'était qu'un jouet entre
les mains des flagorneurs tels Coligny ou Guillaume de
Thorenc. Mais, à la fin, c'était sa mère qui l'influençait.
C'était donc elle qu'il fallait convaincre, effrayer, acheter
même. Il fallait lui promettre une bonne et solide alliance
qui assurerait le pouvoir et la richesse à ses enfants.

— Une Italienne, une descendante de marchands de
Florence, elle n'est que cela : rien ! avait conclu Sarmiento.

Quant à ses deux autres fils, Henri d'Anjou et François
d'Alençon, Catherine de Médicis se servait d'eux pour attiser
la jalousie de Charles IX et le plier à ses desseins.

Ces deux-là n'étaient que des marionnettes. Henri
d'Anjou se parait comme une femme. Couvert de rubans, de
fanfreluches, de bagues, de colliers et de boucles, il se faisait
friser les cheveux et poudrer à toute heure, changeait de vêtements plusieurs fois par jour. Homme ou femme, on ne
savait trop de quel sexe il était, mais tourbillonnaient autour
de lui des mignons qu'il déclarait aimer et qui lui étaient
dévoués corps et âme.

41

François d'Alençon, l'autre fils, tentait de s'imposer entre ses deux aînés, prêt pour cela à pactiser avec le diable, les huguenots, les Anglais, et même – Sarmiento avait souri – les Espagnols !

Quant à Marguerite, elle se serrait la taille afin de paraître plus désirable, et couvrait son visage de tant de fards, de crèmes et d'onguents qu'on ne savait plus au juste ce qu'étaient ses traits.

– Voilà la cour de France, avait dit Sarmiento en appuyant la main sur mon épaule. Si nous n'y prenons garde, les huguenots attacheront tous ces princes futiles, ces reines corrompues au banc de leur chiourme, comme les Barbaresques l'ont fait avec tant de chrétiens. Nous avons vu, nous autres, ce que l'on peut obtenir des hommes...

Sarmiento savait que je gardais dans ma chair et ma mémoire les cicatrices de ma servitude.

J'avais baissé la tête.

J'étais avec lui.

– Nous ne pouvons compter que sur la famille des Guises, avait poursuivi Sarmiento. Ceux-là sont aussi avides que les huguenots. Mais ils sont à nous. Entre eux et les hérétiques, entre Henri de Guise, le Balafré, et l'amiral de Coligny, il n'y a pas de paix possible. Le royaume de France est fendu comme un billot peut l'être d'un coup de hache.

Seigneur ! Diego de Sarmiento ne croyait pas si bien dire !

4.

Ce coup de hache qui partagerait la France, j'ai vu Diego de Sarmiento encourager, commander, payer ceux qui pouvaient le donner.

Lorsque je traversais la cour de l'hôtel d'Espagne, je l'apercevais souvent en conciliabules avec des hommes enveloppés d'amples manteaux, le visage dissimulé par des chapeaux aux rebords rabattus sur les yeux. Leurs mains gantées ne lâchaient jamais le pommeau de leur épée ou de leur dague, et si, à mon approche, ils se retournaient brusquement, entrouvrant ainsi leurs manteaux, j'y devinais les crosses de leurs pistolets ou le canon de leur arquebuse.

En me voyant, Diego de Sarmiento s'interrompait, hésitait puis m'invitait à le rejoindre. La curiosité ou la soumission l'emportaient chez moi sur la crainte et la répulsion.

Je me faufilais entre ces hommes, jusqu'à Sarmiento.

Ils s'écartaient comme à regret, me dévisageaient sans que je pusse croiser leur propre regard.

Peut-être savaient-ils que j'étais le frère de Guillaume de

Thorenc, compagnon de l'amiral de Coligny, ancien ambassadeur du roi Charles IX auprès du sultan, Guillaume de Thorenc l'hérétique ? Il aurait suffi d'un geste de Sarmiento pour qu'ils me poignardent, m'égorgent, tuant le catholique pour mieux blesser le huguenot.

Je les en sentais capables, car rien dans leur attitude ne suggérait qu'ils fussent gentilshommes de duel, de guerre franche et réglée.

Ils étaient gens de guet-apens et d'assassinat.

Je les ai appelés les « hommes sombres » et Sarmiento me disait qu'ils appartenaient pour la plupart aux Guises, à Henri le Balafré et à son frère Louis, cardinal de Lorraine, qu'obsédaient la soif de pouvoir et la volonté de se venger de Coligny qu'ils accusaient d'avoir ordonné le meurtre de leur père, François, duc de Guise.

— Ces hommes sont à moi aussi, avait ajouté Diego de Sarmiento. Je les paie. Ils sont fidèles à celui qui leur donne des ducats. Et comme ils savent que je paie aussi Henri et Louis de Guise... Je suis leur vrai maître !

Peu à peu, au fil des jours, j'ai appris leurs noms. Diego de Sarmiento les énonçait comme un chasseur appelle ses chiens.

Il y avait Maurevert, qui avait tué pour le roi, pour Catherine de Médicis, pour Henri de Guise. C'était un homme grand et maigre, qui marchait voûté comme s'il avait cherché à se dissimuler, alors qu'on ne pouvait que remarquer sa silhouette courbée, la tête rentrée dans les épaules, avançant les jambes à demi ployées – jamais l'expression « pas de loup » ne m'avait paru plus juste.

J'ai aussi connu Keller, un mercenaire suisse, l'espion de Diego de Sarmiento à l'hôtel de Ponthieu, demeure de l'amiral de Coligny.

Autant le Suisse était silencieux, autant l'Italien Luigi Bianchi était bavard. Ce « parfumeur », autant dire cet empoisonneur, ne venait à l'hôtel d'Espagne que pour renseigner Catherine de Médicis.

– Je le sais, m'avait précisé Sarmiento. Et il sait que je le tuerai s'il livre à la reine mère le moindre vrai secret. Et, comme je le paie mieux, il espionne pour moi celle qui l'envoie ici m'espionner.

Sarmiento ricanait, ses lèvres retroussées montrant ses dents de carnassier. Il aimait à se mêler à cette meute qu'il excitait et retenait tour à tour, la nourrissant d'or et de promesses, l'assurant qu'un jour proche il faudrait qu'elle tue, qu'elle nettoie Paris de tous ces nobliaux huguenots que la province déversait sur les bords de la Seine.

– Le diable est dans la tête de ces hérétiques ! lançait-il. On leur tranchera donc le cou.

Ces spadassins qui se nommaient Maraval, Lachenières, Guitard, Ruquier, Demouchy, et qui étaient les hommes liges de Maurevert, approuvaient, faisant glisser leur lame dans son fourreau. Ils inclinaient la tête : ils étaient prêts.

J'imaginais déjà leurs mains crispées sur la cognée.

L'un des premiers coups, ils l'assenèrent à la fin du mois de décembre 1571.

Ce jour-là – sans doute le 20 du mois, une année avant le massacre – le froid était si vif que la Seine charriait des blocs de glace qui s'agglutinaient contre les piliers du pont Notre-Dame.

Je le traversais pour me rendre à l'hôtel d'Espagne.

J'entendis des cris, des chants, cette rumeur que font les

gens de rien quand ils se coalisent et se transforment en horde barbare.

Je la vis s'avancer, et, autour d'elle, comme des piqueurs poussant leurs bêtes, je reconnus plusieurs des « hommes sombres », non pas Keller, Bianchi ni Maurevert, mais leurs spadassins, leurs hommes des basses œuvres.

À la tête du cortège marchait le père Veron.

Lui aussi, je l'avais vu ces jours derniers entrer à l'hôtel d'Espagne.

Chauve, le visage émacié, les yeux profondément enfoncés dans les orbites, il était plus grand que Maurevert et, au contraire de ce dernier, se tenait très droit comme s'il avait voulu que tout le monde le vît, pareil à une figure de proue.

La veille au soir, je m'en souvenais en le voyant bras levés au premier rang de cette foule, il m'avait heurté sur le perron de l'hôtel d'Espagne. Il avait paru ne pas même s'en rendre compte, tout à marmonner et à descendre à grands pas les marches donnant sur la cour.

Il était là, criant qu'il fallait que les hommes qui suivaient Dieu sortissent leurs longs couteaux pour faire justice, tuer ces loups d'hérétiques devant lesquels le roi lui-même – qu'il prenne garde ! – venait de s'agenouiller, lui, le Très Chrétien, en accordant à Coligny, à Thorenc, à cette vermine huguenote ce qu'elle demandait : la destruction de la Croix de Gastine, « notre Croix, celle qui dit que la justice de Dieu est passée, que les corps impies ont été châtiés ! ».

Peu après, j'ai aperçu Maurevert, qui suivait à distance le cortège, entouré de quelques « hommes sombres » que je ne connaissais pas.

Rue Saint-Denis, au n° 29, la pyramide et la croix de pierre avaient disparu, sans doute détruites durant la nuit sur ordre du roi, en exécution d'une clause du traité de paix de Saint-Germain conclu avec les huguenots.

Mais le peuple des gens de rien, mené par le père Veron et les tueurs à gages de Sarmiento, hurlait sa colère, s'indignant que le roi eût ainsi capitulé devant les hérétiques.

Sarmiento un jour m'avait dit :

— Charles IX et même Catherine de Médicis s'imaginent qu'ils vont pouvoir régner en paix parce qu'ils cèdent aux huguenots. Ils ne connaissent pas ces hérétiques ! Coligny endort la méfiance de Charles, promet à Catherine que va s'établir, grâce à elle et à son fils, un règne d'amour ! Et la reine mère fait comme si c'était possible. Le croit-elle vraiment ?

Il avait secoué la tête et ri silencieusement.

— Une Italienne aussi rouée peut-elle être encore à ce point naïve ?

J'ai suivi le cortège.

J'ai vu les « hommes sombres » pousser la foule vers une maison située sur le pont Notre-Dame et, peu après, des flammes en ont jailli, se sont élevées le long de la façade.

La foule hurlait et je voyais, dans les ruelles qui débouchent sur le quai, des boutiquiers fermer leurs volets cependant que la foule se répandait, brisant les portes, pillant, et peu lui importait que ce fût logis ou échoppe de catholique ou de protestant !

Il fallait du saccage et du vol pour satisfaire la horde.

Je suis revenu sur mes pas, attiré par l'incendie qui

éclairait le pont, cependant que la foule commençait à se disperser.

Le prévôt des marchands était arrivé sur les lieux. Sa troupe avait tiré une arquebusade et s'était saisie de quelques émeutiers.

L'un d'eux, que je voyais gesticuler, était traîné vers une poterne. On lui passa la corde autour du cou. On la lança jusqu'à une poulie et l'on tira l'homme qui se trémoussa encore, puis, après quelques spasmes, se raidit.

Et le silence revint sur le pont Notre-Dame. La foule avait disparu.

Tout à coup, la porte de la maison qu'on avait tenté d'incendier s'ouvrit. Quelques hommes armés d'arquebuses et de pistolets en sortirent. Ils arboraient l'accoutrement noir des huguenots.

Ils s'immobilisèrent en me voyant seul au milieu du pont, et l'un d'eux me visa.

Je ne bougeai pas.

Je venais d'apercevoir dans la pénombre de l'entrée une silhouette de femme, et l'émotion m'étreignit. J'avais reconnu ses cheveux blonds dénoués, ses traits, maintenant, dans la clarté du jour.

— Éloigne-toi ! me cria l'homme. Qui que tu sois, passe ton chemin ou je te renvoie en enfer !

La jeune femme avait fait quelques pas, entourée par ses gardes.

Elle m'apparaissait plus belle encore que celle que j'avais vue pour la première fois à quelques rues d'ici, dans l'hôtel de Ponthieu, en compagnie de son frère Robert de Buisson, ce corsaire de La Rochelle qui m'avait permis de fuir du bagne d'Alger.

Je me souvenais de cet instant où, lors du funeste tournoi qui vit une lance crever la tête du roi Henri II, Anne de Buisson s'était évanouie, et où je l'avais tenue contre moi.

Je l'avais reconduite jusqu'à cette demeure, au coin de la rue de l'Arbre-Sec et de la rue de Béthisy, à cet hôtel de Ponthieu où logeait l'amiral de Coligny et où se rassemblaient aujourd'hui les huguenots de sa secte.

Puis, des années plus tard, en Espagne, alors qu'elle était l'une des suivantes d'Élisabeth de Valois, je lui avais conseillé de quitter ce pays, car sa maîtresse, toute épouse de Henri II qu'elle fût, n'aurait pu la protéger de la haine que l'on vouait là aux hérétiques.

« Partez, partez ! » l'avais-je exhortée.

Peut-être lui avais-je ainsi sauvé la vie.

Et je la retrouvais non plus dans la robe bleu ciel dont je me souvenais comme si je ne l'avais jamais vue vêtue qu'ainsi, enveloppée d'une couleur légère qui rehaussait encore la blondeur de ses cheveux, mais serrée de noir comme ses gardes.

J'ai incliné la tête et reculé d'un pas en m'appuyant à la balustrade du pont.

Anne de Buisson, levant la main, la posa sur le canon de l'arquebuse, pesant sur lui, obligeant l'homme à abaisser son arme.

Puis elle s'avança vers moi et il me sembla qu'elle était comme autrefois entourée d'un halo clair, bleu et blond.

5.

J'ai aimé Anne de Buisson.

Et ce fut Votre grâce, Seigneur de me donner, par ces temps sombres, en cette époque de sang et de cruauté, le privilège de ne pas connaître que la haine et le désir de tuer.

À voir Anne de Buisson chez elle, dans cette maison du pont Notre-Dame, il me semblait que Vous aviez voulu, en la plaçant une nouvelle fois sur ma route, me rappeler qu'à quelque religion qu'ils appartiennent l'homme et la femme sont d'abord Vos créatures, et que, même lorsque la tromperie d'une hérésie les aveugle et les fait serviteurs du diable, ils restent Vos enfants.

Voilà ce que je pensais quand, debout près du fauteuil dans lequel s'était assise Anne de Buisson, je voyais sa nuque sous les fils d'or de ses cheveux, et l'arrondi de ses épaules.

Peu m'importait alors qu'elle lût pour moi, comme si elle avait voulu me convertir à la religion de sa secte, des versets de la Bible, ou bien qu'elle me chuchotât que, suivante de Catherine de Médicis, elle savait que la reine mère n'accepterait jamais que l'amiral de Coligny entraînât le royaume de France dans une guerre contre l'Espagne, ou seulement qu'il aidât les gueux des Pays-Bas en lutte contre les armées du duc d'Albe.

Catherine de Médicis souhaitait la réconciliation des huguenots et des papistes, non qu'elle respectât la religion et les projets de ces derniers, mais parce qu'elle voulait la paix entre les sujets de son fils Charles IX. Elle ne visait que ceci : l'intérêt du roi, prête à aller un jour vers le camp qui semblait le plus utile à son dessein, puis à se rapprocher de l'autre le jour suivant.

— Elle a besoin de moi, ajoutait Anne de Buisson. Elle me montre aux envoyés de Henri de Navarre. Elle leur dit : « Voyez la belle huguenote que j'ai choisie pour suivante ! Comprenez mon souhait, ma politique. Je veux un royaume de concorde et d'amour, et c'est pour cela que je désire que ma fille Marguerite de Valois, fidèle de la juste religion catholique, épouse Henri, roi protestant de Navarre. »

Anne de Buisson se tournait et levait la tête vers moi.

J'aimais son front bombé, la perfection de ses traits qui semblaient à peine esquissés d'un trait léger, ses yeux au regard d'un bleu soyeux.

J'avais envie de me pencher, de baiser son cou, puis ses lèvres.

Je posais la main sur le dossier du fauteuil, effleurais ainsi son épaule. La chaleur de son corps me pénétrait peu à peu, me faisait frissonner.

Peut-être ressentait-elle la même émotion, le même désir ?

Il m'arrivait de le croire, puis je pensais que je n'étais qu'un vieux barbon du double de son âge, dont elle se fût moquée si je lui avais proposé, comme j'en avais eu plusieurs fois l'intention, de la prendre pour femme devant Dieu, de nous retirer dans ma demeure du Castellaras de la Tour et d'y voir naître notre descendance.

N'est-ce pas ainsi, en donnant la vie à des enfants légitimes, qu'on Vous honore le mieux, Seigneur ?

Je m'aventurais parfois à lui dire que le mariage qui s'annonçait entre Marguerite de Valois et Henri de Navarre, cette grande affaire dont chacun parlait pour s'en indigner, s'en féliciter ou la craindre comme un acte dément qui allait libérer les démons, devait être imité dans tout le royaume. Si de nombreux couples se formaient à l'image du mariage royal, alors se reconstituerait l'unité des chrétiens, et la paix s'établirait.

N'était-ce pas ce que voulaient Catherine de Médicis et Charles IX ?

Anne de Buisson me fixait longuement, se levait, marchait jusqu'aux hautes fenêtres qui ouvraient sur le pont Notre-Dame.

— Chacun croit à sa religion, commençait-elle. Il ne peut y avoir deux vérités de Dieu.

Elle connaissait Marguerite de Valois. La fille de Catherine de Médicis n'était pas femme à renoncer à sa foi. Et elle, Anne de Buisson, jamais ne renierait la sienne.

— Et les gentilshommes qui entourent l'amiral de Coligny, mon frère Robert ou le vôtre, ne sont pas gens à devenir des renégats.

Elle baissait la tête, faisait la moue, gonflait les lèvres.

— C'est ainsi. Peut-être faut-il que le sang ruisselle devant nos portes, dans les rues de nos villes, et que chacun essaie de vaincre comme dans un tournoi. Dieu choisira.

J'étais à une extrémité de la lice. Anne de Buisson se tenait avec les siens en face de moi, à l'autre bout du champ clos.

Ainsi j'ai vite découvert qu'à l'hôtel de Ponthieu ou dans la maison du pont Notre-Dame on était tout aussi déterminé à voir couler le sang qu'à l'hôtel d'Espagne.

En me voyant aux côtés de sa sœur, chez elle, Robert de Buisson m'avait d'abord ouvert les bras, et nous nous étions donné l'accolade d'un même élan. Puis, me tenant par les épaules, bras tendus, il m'avait tenu à distance.

— Êtes-vous toujours Espagnol ? Êtes-vous de cette bande d'assassins qui se réunit à l'hôtel d'Espagne et qui ne rêve que de nous occire ?

Mon silence valait réponse et Robert avait retiré ses mains, reculé de plusieurs pas.

— Vous êtes donc dans le camp de ce Diego de Sarmiento, avec Enguerrand de Mons ? Celui-ci a perdu toute mesure. Il n'est plus l'homme que j'ai connu à Malte. Il veut nous égorger comme s'il désirait nous sacrifier, faute de pouvoir tuer tous les infidèles et arracher sa sœur à leurs griffes ! Ce n'est plus un sujet du roi de France, mais le serviteur de son ordre, comme vous-même êtes devenu courtisan du roi d'Espagne, et cela me navre.

Des gentilshommes m'avait entouré, la main sur la garde de leur épée.

Ils s'étonnaient, certains avec dédain, mépris, même : comment pouvais-je, moi, frère de Guillaume de Thorenc, fils de ce Louis de Thorenc tombé pour la cause huguenote, me souiller, me damner en compagnie de ces spadassins espagnols et italiens, ces gens des Guises qui n'étaient que des hommes de guet-apens et rêvaient d'un nouveau massacre des Innocents ? C'était pour cela qu'ils excitaient le peuple contre les décisions du roi. C'étaient eux qui avaient exhorté les gens de rien à mettre le feu à cette maison.

— Voulez-vous à ce point la mort de ma noble et gentille sœur ? avait lancé Robert de Buisson.

Je les écoutais. Ils creusaient le fossé qui me séparait d'Anne. J'étais d'un camp qu'ils haïssaient, auquel ils prêtaient l'intention de les massacrer.

Ils m'assuraient que la milice de Paris, sous les ordres du prévôt, était prête à tuer tous ceux que les prédicateurs, à l'instar du père Veron, ou les Espagnols et les gens des Guises désigneraient comme hérétiques.

— Ils ne veulent pas de la paix. Ils veulent égorger les huguenots, voilà ce qu'ils disent, répétait Robert de Buisson en se plaçant derrière le fauteuil de sa sœur et en posant les mains sur ses épaules comme pour me montrer que c'était elle qui serait égorgée, que c'était elle qu'il protégeait, elle à qui je devais penser, pour elle qu'il me fallait choisir.

— Savez-vous ce qu'ils chantent, dans la milice parisienne ? reprenait Robert de Buisson. Voici :

> *Nos capitaines corporiaux*
> *Ont des corselets tout nouveaux*
> *Dorés et beaux*
> *Et de longs manteaux*

55

Pour huguenots égorgetter
Et une écharpe rouge
Que tous voulons porter.

La colère, la haine faisaient trembler sa voix.

Les gentilshommes – Blanzac, Pardaillan, Tomanges, Séguret, d'autres encore – qui se pressaient dans la pièce portaient la main à leur épée, répétant de plus en plus fort : « Qu'ils y viennent, et nous verrons qui égorgettera l'autre ! »

– Commençons avant qu'ils ne commencent ! lança même Séguret.

Séguret ressemblait à l'un des spadassins des Guises. Il avait la même démarche que Maurevert, celle d'un loup avançant sur sa proie.

Jouant avec son épée qu'il tirait et replongeait dans son fourreau, il me confia qu'il avait combattu les papistes aux côtés de Jean-Baptiste Colliard, le capitaine des gardes de Guillaume de Thorenc.

Je soutins son regard et répondis en détachant chaque mot que Colliard était un assassin auquel je ferais rendre gorge pour ses crimes.

Séguret fit un pas vers moi et les autres gentilshommes m'encerclèrent. Sans doute avaient-ils entendu ou deviné mon propos.

– Ce beau seigneur de Thorenc, ajouta Séguret, veut en découdre avec Colliard, qu'il accuse...

– Un assassin ! l'interrompis-je, tirant mon épée et m'adossant à la porte.

– Espagnol ! jura Séguret.

Anne et Robert de Buisson s'interposèrent, demandant à Séguret et aux autres gentilshommes de quitter la maison.

Alors qu'ils passaient près de moi, chacun d'eux, d'un regard, d'un mot, d'une mimique ou d'un geste, exprima sa haine, sa détermination à me tuer.

Nous sommes restés seuls, Anne de Buisson assise, son frère et moi allant et venant, nous arrêtant devant elle chacun notre tour comme si nous avions attendu qu'elle prononçât un verdict.

— Savez-vous, avait commencé Robert de Buisson, ce qu'aurait dit Charles IX ce matin même en apprenant qu'une foule avait protesté contre la destruction de la Croix de Gastine ? Il a fait le serment qu'avant deux ans, et moyennant la grâce de Dieu, il aura fait dresser par tout le royaume de France plus de dix mille croix semblables à la Croix de Gastine qu'il avait été contraint de faire abattre pour que les huguenots entrent dans la nasse, là où l'on pourrait mieux les étrangler. Voilà ce que pense le roi au moment même où il semble vouloir respecter ses promesses et nous laisser libres de prier et d'honorer Dieu comme nous l'entendons !

J'ai regardé Anne de Buisson.

Elle était si proche de moi ! Je n'avais qu'à tendre la main pour caresser son visage. Un pas m'aurait suffi pour presser son corps contre le mien, comme j'en avais le désir.

Et, cependant, elle était si loin, sur l'autre rive d'un fleuve qui, bientôt, je le pressentais, serait rouge de sang.

6.

Depuis que j'avais revu Anne de Buisson, je vivais comme un homme double. Ma raison et mon cœur ne marchaient plus au même pas.

Je pensais que la guerre entre huguenots et catholiques était inévitable ; cependant, il me semblait que si j'avais pu nouer avec Anne de Buisson une relation d'amour la paix eût peut-être été assurée.

Et une rage silencieuse m'étouffait quand le père Veron, à l'hôtel d'Espagne où je logeais, clamait d'une voix exaltée qu'il fallait à tout prix empêcher le mariage de Marguerite de Valois et de Henri de Navarre, alors même que j'imaginais qu'il eût pu préfigurer le mien.

Mais l'union entre une princesse catholique et un roi huguenot était, selon Veron, un « exécrable accouplement ». Le pape y était opposé et jamais, selon le père, il n'y donnerait son consentement.

Diego de Sarmiento ajoutait qu'il avait fait porter au roi Charles IX et à son frère, Henri d'Anjou, des lettres du souverain d'Espagne les exhortant à convaincre leur mère, Catherine de Médicis, de renoncer à son dessein diabolique. Un dessein, ajoutait Diego de Sarmiento, « bien plus funeste pour la France que pour l'Espagne », laquelle pouvait se sentir d'autant plus forte que la première était divisée. À tout prendre, si les Français ne choisissaient pas de devenir des alliés bons catholiques de Philippe II, autant qu'ils s'entre-tuent !

Mais il fallait tout faire pour que ce mariage n'eût point lieu. Le général des jésuites, Francesco Borgia, venait d'arriver au château de Blois et avait demandé audience au roi Charles IX et à la reine mère pour leur faire part de son indignation à l'idée que l'on pût livrer une fervente catholique comme Marguerite au roi de Navarre, ce suppôt de l'hérésie.

Je quittais l'hôtel d'Espagne, tremblant de colère et de désespoir, et marchais vers la maison du pont Notre-Dame. Je me souvenais des propos de Robert de Buisson ou de Séguret, tout aussi enragés que ceux du père Veron.

Robert de Buisson s'emportait à l'idée qu'on pût vouloir faire entrer dans une famille de sang royal, protestante comme celle des Navarre-Bourbons, cette dévergondée, cette débauchée de Marguerite de Valois. À Blois, elle participait à toutes les fêtes galantes où l'on se dépoitraillait, où l'on dansait jusqu'à défaillir de fatigue. L'on y avait vu Charles IX, le visage noirci à la suie, jouer le rôle d'un homme d'au-delà de l'Océan, ou, pis encore, lui, roi de France, avancer à quatre pattes, sellé et sanglé comme un cheval, et demander aux femmes qu'elles l'enfourchassent !

N'étaient-ce pas des jeux indignes de bons chrétiens ! Mais les catholiques ne l'étaient plus depuis belle lurette !

Je baissais la tête. Anne de Buisson écoutait, immobile dans sa robe noire. Elle semblait ne pas entendre, ne pas me voir.

Cependant, jamais il ne s'est passé un jour, durant ces mois d'avant la grande tuerie du 24 août 1572, ce dimanche de la Saint-Barthélemy, où je n'aie pensé à elle, tenté de l'apercevoir, alors même que les gentilshommes huguenots m'avaient interdit l'entrée de sa maison.

Mais je rôdais sur le pont Notre-Dame comme eût pu le faire un espion des Guises, un Espagnol de Diego de Sarmiento.

Je remarquais d'incessantes allées et venues. L'amiral de Coligny, entouré de gardes du corps, rendait visite à Anne, qui le raccompagnait jusqu'au perron. J'ai vu le prince de Condé, d'autres nobles huguenots qui semblaient venir lui faire leur cour, et j'en étais jaloux. Mais peut-être était-ce à Robert de Buisson qu'ils rendaient visite, organisant ce complot dont ne cessait de parler Sarmiento, destiné à s'emparer de l'esprit et du corps du roi Charles IX afin de l'obliger à faire la guerre à l'Espagne, à soutenir le mariage entre Marguerite de Valois et Henri de Navarre.

Seigneur, les temps que nous vivions – que nous vivons encore – étaient une pelote de desseins emmêlés, un entrelacs de fils inextricable !

Ceux qui les tissaient et les nouaient cherchaient à entraver, à étrangler leurs ennemis.

Et il n'y avait pas place pour celui qui, comme moi, voulait tendre la main vers l'autre rive.

Je le savais et pourtant ne renonçais pas.

Un jour de grand beau temps d'hiver, froid et venté, Séguret, Blanzac, Pardaillan, Tomanges et d'autres tueurs huguenots sont sortis de la maison et se sont dirigés vers moi. Parmi eux, j'ai distingué Jean-Baptiste Colliard, dague et épée en main.

Celui-là venait pour m'occire.

J'ai dégainé et nous avons commencé à croiser le fer.

Séguret me visait avec son arquebuse. Ce n'était donc point un duel régulier, mais un guet-apens de spadassins.

J'ai crié, appelé, hurlé que des hommes noirs de la secte huguenote se proposaient d'assassiner un bon catholique.

Je reculai sur le pont Notre-Dame tout en combattant et en sautant de droite et de gauche pour éviter l'arquebuse dont Séguret me menaçait.

Une foule s'est peu à peu rassemblée autour de moi et a commencé à lapider les huguenots en criant : « Hors de Paris, les ennemis de Dieu ! En enfer, les suppôts du diable ! À Montfaucon, les amiralistes de Coligny ! À mort, ceux de la cohorte huguenote ! »

À Paris, les gens de rien, les gens du néant, haïssaient les huguenots. Les spadassins ont commencé à refluer vers la maison d'Anne de Buisson et, tout à coup, d'une fenêtre, Séguret a tiré sur la foule qui s'est égaillée, mais il n'a fallu qu'un court instant pour qu'elle revienne, plus nombreuse, armée de piques, de haches, brandissant des torches, allumant des incendies sur son chemin, pillant les échoppes, cependant que les hommes de la milice du prévôt se disposaient devant la maison d'Anne de Buisson afin de la protéger.

Les cris redoublaient. De quel côté étaient ce roi et ce prévôt qui faisaient abattre la Croix de Gastine mais faisaient pendre les bons catholiques ? Que valait ce souverain qui signait avec les hérétiques la paix de Saint-Germain et voulait marier sa sœur avec un roi huguenot ?

Les miliciens se sont élancés, ont saisi deux émeutiers qu'ils ont aussitôt pendus à la façade de la maison d'Anne de Buisson.

J'en ai tremblé d'effroi.

C'était comme s'ils avaient désigné Anne de Buisson à la vindicte des gens de rien, comme si la pendaison de ces hommes avait été un crime des hérétiques.

De fait, quelques jours plus tard, des émeutiers ont incendié la maison, et, derechef, quelques-uns d'entre eux ont été pendus en place de Grève.

J'ai su qu'Anne de Buisson s'était réfugiée dans une maison de la rue de l'Arbre-Sec, au n° 7. Elle y logeait en compagnie de son frère.

Diego de Sarmiento m'a assuré que Robert de Buisson avait pris le commandement des gardes de l'amiral de Coligny.

J'ai arpenté cette rue de l'Arbre-Sec. Elle conduisait à la rue de Béthisy au coin de laquelle se trouvait l'hôtel de Ponthieu. Devant le porche se pavanaient, bruyants et fats, la mine arrogante, les gentilshommes huguenots.

Rien qu'à apercevoir parmi eux Séguret ou Jean-Baptiste Colliard, je savais que je n'appartenais pas à leur camp.

J'étais bien de l'autre rive.

7.

J'entrais dans la cour de l'hôtel d'Espagne.

C'était ma « rive », mon camp.

Je reconnaissais maintenant chacun de ces « hommes sombres » ; Maurevert discourait, entouré de ses spadassins, Maraval, Guitard, Lachenières, Demouchy, d'autres dont Sarmiento me disait qu'ils appartenaient à Henri le Balafré, duc de Guise, et à son frère Louis, cardinal de Lorraine.

Dans la grande pièce que le soleil de ce printemps 1572 éclairait, je retrouvais, aux côtés de Sarmiento, Keller, qui, après de longs détours pour s'assurer qu'on ne le suivait pas, arrivait de l'hôtel de Ponthieu. Il chuchotait comme s'il avait craint qu'on ne l'entendît, et on se pressait autour de lui.

Il annonçait que la mère de Henri de Navarre, cette folle huguenote de Jeanne d'Albret, reine de Navarre, venait de mourir, peut-être empoisonnée par l'un des « parfumeurs » de Catherine de Médicis.

On se tournait vers Luigi Bianchi qui niait, le visage plissé par un sourire. À dire vrai, ajoutait-il, il n'était pas le seul, dans l'entourage de Catherine, à connaître les secrets des mélanges de parfums et de poisons. Au Louvre, dans l'entourage de la reine mère et de Charles IX, on prétendait qu'un certain Renato, un Florentin, avait imprégné les gants

65

de Jeanne d'Albret avec le contenu de trois fioles. Sitôt après avoir enfilé ses gants, la reine de Navarre avait été saisie de vomissements. On l'avait portée jusqu'à sa chambre ; couchée, le corps enflé et violacé, elle ne s'était plus relevée.

Mais il ne s'agissait peut-être là que de rumeurs. Jeanne d'Albret était depuis longtemps malade et elle avait pu aussi bien succomber à une tumeur aux poumons grosse comme le poing, avaient dit les médecins, laquelle l'avait étouffée.

Sarmiento levait la main. Peu importait. Il n'y avait pas lieu de se féliciter de la mort de la reine de Navarre. Le chemin était désormais libre pour Catherine de Médicis, plus déterminée que jamais à marier sa fille avec le huguenot Henri. Mais ce n'était pas encore le plus grave.

Sarmiento allait et venait dans la pièce et Enguerrand de Mons, le père Verdini, le père Veron le suivaient, penchés vers lui pour mieux l'entendre. Il disait que trois mille cavaliers huguenots et cinq mille mercenaires allemands étaient en route pour les Pays-Bas afin d'apporter leur aide aux gueux de Guillaume d'Orange.

— Coligny, poursuivit-il en se tournant vers Keller, a obtenu l'accord du roi.

Keller l'approuvait, précisant que Charles IX avait déclaré vouloir s'opposer « le plus dextrement possible à la grandeur des Espagnols ».

— La conspiration huguenote, concluait Sarmiento, veut briser la puissance de l'Espagne en utilisant les ambitions du roi de France, et Catherine de Médicis se prête à cette machination.

J'écoutais, puis m'écartais. J'entendais encore le père Verdini rapporter qu'il avait reçu un courrier de Rome. Le nouveau pape, Grégoire XIII, voulait, comme Pie V, empêcher ce mariage et tout risque de guerre entre l'Espagne et la France. Le seul moyen était de redonner vie à la Sainte Ligue des catholiques unis à la fois contre les hérétiques et les infidèles.

— Les uns et les autres sont fils du diable, ajoutait le père Veron. Un catholique a le devoir de les tuer. Saint Augustin a dit : « Il y a un Roi par-dessus la loi, c'est Dieu. Et s'Il commande à quelqu'un de tuer une personne, comme Il fit à Abraham de tuer son fils, il faut qu'il le tue. » Dieu a commandé d'envoyer en enfer Coligny et les hérétiques comme jadis les Templiers reçurent mission de tuer les infidèles.

Je restais à l'écart.

Je doutais, Seigneur. Je me souvenais des paroles de Michele Spriano qui avait entendu, derrière les grands mots de la religion, les ambitions terrestres des monarques avides de puissance, les habiletés de marchands et de banquiers soucieux de leurs profits.

Je m'interrogeais : et si l'affrontement entre huguenots et catholiques, entre chrétiens et musulmans, n'étaient que les pièges que tendait le diable aux hommes afin de les précipiter dans le Mal, de les pousser à tuer l'autre qui était aussi, Seigneur, l'une de Vos créatures ?

Les pensées dans ma tête formaient un enchevêtrement que je ne réussissais plus à démêler.

J'avais l'intuition que nous étions tous, catholiques et huguenots, entraînés dans l'une de ces danses macabres telles qu'on les voit sculptées au tympan des églises. La mort avec sa faux y menait sa sarabande.

Comment en finir avec ce bal de la haine ? Qui survivrait à cette rage de tuer qui déformait tous les visages, ceux des gentilshommes huguenots comme ceux des spadassins de Sarmiento et des Guises ?

Mon désespoir était d'autant plus grand que je voyais chacun danser avec entrain, comme si le désir de précipiter ses ennemis dans l'abîme faisait oublier que l'on y dévalerait aussi.

Seigneur, était-ce cela que Vous vouliez ? Ou bien aviez-Vous abandonné les hommes aux mains du diable ?

— Affûte tes lames ! m'a dit Sarmiento. Les huguenots arrivent aujourd'hui.

C'était déjà le mois de juillet.

J'avais revu Anne de Buisson et ma sœur Isabelle, toutes deux suivantes de Catherine de Médicis, à l'une des fêtes que la reine mère donnait au Louvre.

On y dansait dans les cours, les jardins, les salles et jusque sur les paliers.

On épiait Marguerite de Valois dont les robes constellées de perles enserraient la taille.

— La belle et légère Margot..., marmonnait Sarmiento. Mariée ou pas à son huguenot de Navarre, elle ne sera jamais l'une de ces huguenotes boutonnées en noir dont on ne sait trop si elles sont hommes ou femmes. Quant à Henri d'Anjou – il s'esclaffait –, il est encore plus femme qu'elle, regarde-le...

Le frère du roi traversait les salles de bal entouré de ses mignons, affichant les mines d'une rouée, paré de bagues et de boucles d'oreilles, des flots de dentelles débordant des manches et du col de son pourpoint.

— S'il vient à succéder à son frère, on ne sait s'il sera reine ou roi, ajoutait Sarmiento. Mais lui – ou elle – au moins ne veut pas d'une guerre avec l'Espagne.

Je m'étais approché d'Anne de Buisson. J'avais été enivré par son parfum et j'étais resté un long moment silencieux, incapable de lui parler, tenté de la prendre par la taille, de la serrer contre moi, d'oublier ceux qui nous entouraient, dont je devinais qu'ils nous observaient. Nous devenions sans doute, l'un comme l'autre, suspects : Anne parce qu'elle ne se détournait pas d'un de ces catholiques de l'entourage de l'Espagnol Sarmiento, moi parce que j'étais séduit par cette huguenote qui n'était pas vêtue comme une adepte de la mauvaise secte de Luther et de Calvin, mais qui n'en était sans doute que plus dangereuse. Et l'on devait se souvenir que je me nommais Thorenc, comme Guillaume de Thorenc, l'un des conseillers de l'amiral de Coligny. N'étais-je pas un espion des hérétiques ?

C'est Anne de Buisson qui a parlé la première.

— Je ne vous vois plus, m'a-t-elle dit.

— Vos spadassins me tueraient.

— Je les ai déjà empêchés de le faire.

— Venez avec moi.

69

Elle a baissé les yeux. Il m'a semblé qu'elle rougissait.

– Après.

– Après quoi ?

D'un léger mouvement de tête, elle a désigné Marguerite de Valois.

– Après le mariage avec Navarre ? ai-je demandé.

Elle a souri et s'est éloignée.

Je l'ai revue le jour où Sarmiento m'a invité à affûter mes lames.

Elle portait une longue robe noire fermée jusqu'au menton, et était assise dans l'une des litières qui suivaient Henri de Navarre lors de son entrée dans Paris.

C'était le 10 juillet de cette année 1572.

Henri de Navarre, prince du sang, vêtu lui aussi de noir, était accompagné par le prince de Condé, son cousin, et l'amiral de Coligny.

Autour d'eux chevauchaient un millier de gentilshommes huguenots. C'était comme une vague noire qui déferlait, envahissant les rues proches du Louvre.

Le mariage de Henri de Navarre et de Marguerite de Valois devait être célébré dans un peu plus d'un mois.

J'ai reconnu, caracolant auprès de Coligny et de Henri de Navarre, Robert de Buisson et mon frère Guillaume. Leurs spadassins Séguret et Jean-Baptiste Colliard, Blanzac, Pardaillan et Tomanges les entouraient.

Diego de Sarmiento se tenait près de moi. Il m'avait suffi

d'un regard pour mesurer sa colère. Il serrait les mâchoires, le menton en avant, l'une de ses mains crispée sur le pommeau de son épée, l'autre sur la garde de sa dague. Son corps était légèrement penché, comme près de s'élancer.

Il s'est tourné vers moi.

— Ils se croient vainqueurs ! a-t-il grogné. Ils ont toutes les audaces ! Coligny, ce maudit, a osé dire au roi : « Déclarez la guerre aux Espagnols, Sire, et partez vous couvrir de gloire ! » Et Charles l'a écouté, sans ordonner qu'on décapite cet hérétique ! Coligny a même menacé. Keller m'a rapporté qu'il répète partout, afin que Charles IX sache ce qui l'attend : « Si le roi renonce à entrer dans une guerre contre les Espagnols, Dieu veuille qu'il ne lui en survienne pas une autre dans laquelle il ne serait pas en son pouvoir de se retirer ! »

Sarmiento a frappé du talon.

— Ces huguenots traitent le souverain comme s'il était leur prisonnier. Et ils exigent en guise de rançon une guerre contre l'Espagne !

Il m'a fait face, puis, d'un mouvement de la tête et des épaules, il a montré le cortège des huguenots.

— Regarde-les, Bernard de Thorenc. Ils sont entrés dans la nasse. Ils n'y resteront pas longtemps vivants !

Seigneur, qui se souciait vraiment de Vous et de Vos volontés ?

8.

J'ai su d'emblée que les propos de Diego de Sarmiento n'étaient pas qu'une prophétie sanglante, un vœu funeste. Je l'ai entendu haranguer ses spadassins dans la cour de l'hôtel d'Espagne. Il leur parlait d'une voix hargneuse, éraillée lorsqu'il prononçait le nom de Margot.

– Cette Margot, cette Marguerite de Valois, c'est l'appât ! Et ils sont tous venus, Henri de Navarre à leur tête, pour y mordre. Nous allons leur trancher la gorge. Vider le royaume de France de ce sang qui l'empoisonne !

Il faisait quelques pas et Maurevert, Demouchy, Maraval, Ruquier, Lachenières le suivaient.

Sarmiento ignorait, expliquait-il, les véritables intentions de Catherine de Médicis. Voulait-elle seulement arrondir l'héritage de la famille en poussant sa fille, Margot la coquette, dans les bras d'un roi huguenot ? Ou bien espérait-elle ainsi obtenir la paix ? Cédait-elle par là aux pressions de Coligny, à son chantage ?

Sarmiento s'arrêtait. Autour de lui, ses tueurs à gages et ceux des Guises se penchaient pour mieux l'écouter.

– Qui sait, reprenait-il, peut-être elle aussi veut-elle les tuer à l'occasion de ce mariage ? C'est une rouée, une Médicis. Peut-être l'Italienne sera-t-elle notre alliée, et, si elle le devient, Charles IX suivra-t-il sa mère ?

Sarmiento quittait la cour et pénétrait dans la grand-salle où l'attendaient Keller, Bianchi, Enguerrand de Mons, le père Verdini et le père Veron.

Celui-ci s'avançait. Les signes de la volonté divine se multipliaient, disait-il. Deux enfants mâles étaient nés la nuit dernière, deux jumeaux, mais liés l'un à l'autre par les parties honteuses. Ce monstre à double tête était l'incarnation de ce mariage impie que l'on préparait, de cette paix sacrilège que d'aucuns espéraient.

Le père allait de l'un à l'autre, s'arrêtant devant chacun de nous.

Savait-on que des maisons tombaient en poussière dans plusieurs rues de Paris ? continuait-il. Dieu voulait nous avertir. Mais ce n'était rien encore. On avait repêché dans la Seine des corps d'enfants fendus par le milieu, d'autres avaient les membres mutilés comme si une bête inconnue s'était précipitée sur eux pour les dévorer, se repaître de leur chair. Et il y avait eu dans le ciel des lueurs insolites, des orages inattendus, suivis de pluies d'insectes.

– Dieu nous montre Sa puissance. Il nous punira si nous ne Lui obéissons pas. Il faut que nous exercions Sa justice, que nous nettoyions Paris de cette secte huguenote.

En les écoutant préparer et annoncer le massacre, dresser la liste de leurs futures victimes, je pensais sans cesse à Anne de Buisson.

Un jour, Sarmiento nous apprit qu'une armée de huguenots composée de fantassins allemands et de gentils-hommes français avait été défaite par les troupes du duc d'Albe à Mons. Les Espagnols avaient fait prisonniers plusieurs huguenots et, parmi eux, Robert de Buisson, qui avait avoué avoir reçu du roi Charles IX une lettre lui souhaitant « bonne chasse » à l'Espagnol !

— Charles doit savoir que ce Robert de Buisson n'est plus qu'un corps nu que se disputent les chiens errants.

J'ai frémi de désespoir. Je me suis souvenu de Robert de Buisson nous accueillant, Michele Spriano et moi, sur son navire, à Alger, puis nous déposant sur les côtes d'Espagne. Je l'ai revu combattant à mes côtés à Malte. Chrétien parmi les chrétiens. Les bourreaux espagnols du duc d'Albe avaient dû le soumettre à la torture, le faire souffrir plus qu'aucun infidèle ne l'avait fait.

Seigneur, Seigneur, j'ai eu l'impression de vivre un temps de folie !

J'ai quitté l'hôtel d'Espagne. Je devais avertir Anne de Buisson, la convaincre de quitter cette ville où le sang allait couler et où personne ne serait épargné.

Me dirigeant vers la rue de l'Arbre-Sec, longeant les murs

du palais du Louvre, puis empruntant la rue des Poulies, la rue des Fossés-Saint-Germain, la rue de Béthisy, j'avais l'impression que chaque homme que je rencontrais était un tueur à gages, tant son regard exprimait la haine.

Devant l'hôtel de Ponthieu, un groupe de gentilshommes huguenots m'interpellèrent alors que je passais près d'eux. Je n'étais qu'un papiste, un suppôt de l'Espagne, un corrompu, un vendeur d'indulgences, un traître au royaume de France.

J'accélérai le pas.

Sur les bords de la Seine, je vis s'avancer une procession conduite par une nonne. Elle psalmodiait, disant qu'elle parlait au nom de Dieu, qu'elle était Son envoyée : « Tue les huguenots, criait-elle, si tu ne veux pas que ta ville soit détruite par la colère divine ! »

La foule la suivait. Des hommes portant des oriflammes et venus de l'église Saint-Germain-l'Auxerrois allaient à sa rencontre.

J'étais dans la foule. Je me signai comme elle. Je l'écoutai dire que le blé pourrissait sur pied parce que Dieu voulait qu'on empêchât ce mariage maléfique entre Marguerite la catholique et Henri le huguenot.

Sur ordre du roi on avait brûlé un sorcier et une sorcière en place de Grève. On les avait surpris à souiller l'eau des fontaines, sans doute pour le compte des huguenots. Ceux-ci voulaient empoisonner Paris parce que le menu peuple, les gens de rien, étaient restés fidèles à la vraie religion.

Et quelqu'un près de moi récitait :

Dieu fera vengeance mortelle
De la perverse nation
Et de la gent fausse et rebelle

Qui ne tend qu'à sédition
Tâchant que l'Église
Soit à terre mise...

« Cela ne se peut pas ! » criait la foule.

Et elle suivait la nonne, qui répétait de sa voix aiguë :
« Tue le huguenot si tu ne veux pas que Dieu tue la ville ! »

Seigneur, Vous ne désiriez pas cela, mais tous, huguenots et catholiques, volaient Votre parole et parlaient en Votre nom.

Et moi, je priais pour que Vous protégiez Anne de Buisson, que Vous me donniez les mots qui la décideraient à quitter cette ville qui n'était plus qu'une nasse, un guet-apens.

Je me suis arrêté devant le n° 7 de la rue de l'Arbre-Sec. J'ai eu la sensation que mon corps se couvrait de sueur.

Depuis quelques jours, la chaleur était si forte et si moite que la ville déjà semblait pourrir, les murs suinter. Une vapeur malodorante montait de la Seine, empuantissait les rues, collait à la peau. Je me sentais sale. À ces odeurs putrides se mêlaient parfois les parfums entêtants des femmes et des gentilshommes. C'était à vomir.

Dans cette touffeur, on dressait des échafaudages, on montait les estrades où devaient se dérouler les fêtes prévues pour le mariage de Marguerite et de Henri de Navarre.

Anne de Buisson avait dit : « Après. »

Ç'avait été pour moi un mot d'espérance qui se convertissait maintenant en prophétie de malheur.

Enguerrand de Mons m'avait assuré que le grand Nostradamus, consulté par Catherine de Médicis, avait confié qu'il voyait dans les jours à venir des fleuves de sang inonder le royaume de France.

On massacrerait, et chacun l'espérait, puisque nul n'avait renoncé à ses projets.

L'amiral de Coligny recrutait à nouveau des gentilshommes et des reîtres pour partir aux Pays-Bas venger Robert de Buisson. Mais, selon Sarmiento, Charles IX n'osait plus le soutenir depuis que le duc d'Albe avait saisi cette lettre compromettante adressée à l'infortuné Robert.

Anne savait-elle que son frère était mort de la main des bourreaux espagnols et catholiques ?

J'étais pour elle de ce camp-là.

J'ai frappé à la porte du n° 7 de la rue de l'Arbre-Sec.

On a ouvert. J'ai reconnu Jean-Baptiste Colliard. Il pointait un pistolet sur ma poitrine.

Derrière Colliard, j'ai deviné dans la pénombre Séguret, Blanzac, Tomanges et Pardaillan.

— Tu veux mourir ? a dit Colliard.

Il a ri, Séguret a bondi et m'a ceinturé.

J'ai senti sur ma gorge la lame de sa dague.

J'ai fermé les yeux.

J'étais entre Vos mains, Seigneur.

Il y a eu des murmures et j'ai rouvert les yeux.

Anne de Buisson se tenait devant moi. Elle portait une

robe ample et noire, et ses cheveux étaient dissimulés sous une coiffe blanche.

Son visage amaigri et sa peau pâle m'ont ému.

J'ai vu sa main se lever, saisir le poignet de Séguret, le forcer à écarter sa lame de mon cou.

— Robert vous avait donné la liberté, a-t-elle murmuré. Il croyait au Christ. Ils l'ont torturé. Ils lui ont brisé les genoux et les bras, puis l'ont étranglé.

Elle s'est tournée vers Jean-Baptiste Colliard.

— Qu'on le laisse partir, a-t-elle ordonné.

On m'a poussé vers la porte que Séguret a ouverte.

— Vous devez quitter la ville ! ai-je crié. *Avant,* avant le mariage...

On m'a jeté dans la rue de l'Arbre-Sec.

Je suis resté longtemps couché comme un mort sur le pavé, là où j'étais tombé, parmi les détritus, dans l'accablante chaleur.

9.

Je n'ai plus revu Anne de Buisson jusqu'à ce crépuscule rouge du dimanche 17 août 1572, le jour des fiançailles de Marguerite de Valois et de Henri de Navarre.

J'avais voulu me mêler à la foule des gens de rien, au pied des échafaudages qu'on avait dressés entre le parvis de Notre-Dame et le palais de l'évêché, situé sur le flanc sud de la cathédrale. La cérémonie devait se dérouler là, dans la grand-salle de l'évêché, les invités circulant au-dessus de la tête du menu peuple sur de larges passerelles qui tremblaient sous leurs pas.

J'ai vu s'avancer le roi Charles IX et ses frères, Henri d'Anjou et François d'Alençon, puis Henri de Navarre et Coligny, et, autour d'eux, dans leurs vêtements noirs à collerette blanche, la troupe des gentilshommes huguenots.

La foule autour de moi murmurait, criait en tendant le poing. J'ai reconnu la voix du père Veron, perdu comme moi parmi ces gens du néant. Il disait de sa voix aiguë, rageuse, tremblante :

– Regardez-les, ces corbeaux hypocrites ! Ils croient, parce qu'ils sont là, qu'ils ont conquis le royaume, que notre roi Très Chrétien va devenir huguenot ! Ils ont voulu ce mariage, et le pape, entendez cela, mes frères, n'a pas accordé sa licence pour ces noces, mais elles vont se tenir. Alors viendra la terrible vengeance de Dieu !

Le père Veron levait le bras et montrait le ciel embrasé. Un incendie dévorait l'horizon. Les flammes déjà se rapprochaient des tours de Notre-Dame. Elles allaient envelopper ces échafaudages, brûler les huguenots, ceux qui avaient accepté de s'allier à eux et voulu unir cette bonne Margot catholique à ce huguenot de Henri.

– Dieu se venge ! poursuivit Veron. Ce sera bientôt la lessive générale des ordures du monde ! Il dressera le grand bûcher où se consumeront dans les tourments tous les hérétiques et ceux qui auront péché avec eux !

On a soulevé le père Veron, on l'a porté en triomphe et il s'est écrié :

– Il est encore temps, mon roi, tout peut être sauvé, ma reine, si tu écoutes la parole de l'Église qui est celle de Dieu ! si tu entends la voix de ton peuple !

J'ai levé la tête. Les invités continuaient de défiler sur la passerelle branlante.

Diego de Sarmiento et ses spadassins étaient restés à l'hôtel d'Espagne.

– Laissons-les jouer, avait dit Sarmiento. Nous ferons notre entrée dans le bal après. Et j'ai dans l'idée que Catherine de Médicis dansera avec nous. Nous prendrons aussi la main du roi pour qu'il nous accompagne...

Son rire, l'assurance de sa voix m'avaient effrayé.

Je revivais un de ces moments que j'avais connus quand, à Alger, Dragut-le-Cruel, le Débauché, le Brûlé, me regardait, et où je savais qu'il pouvait d'un plissement du visage ordonner qu'on m'émascule, qu'on m'écorche ou qu'on me plonge dans une jarre d'eau bouillante.

Sarmiento était nanti du même pouvoir.

J'avais quitté l'hôtel d'Espagne. La chaleur moite étouffait la ville. La brume était une haleine fétide qu'on recevait en plein visage.

J'avais un instant hésité à traverser la Seine et à me faufiler parmi la foule qui avait envahi les ponts. Puis j'avais aperçu la silhouette du père Veron auquel quelque portefaix ouvrait passage à grands coups d'épaule.

Je l'avais rejoint. Il avait paru heureux de me voir.

— Il faut être avec le peuple ! m'avait-il lancé. C'est lui qui se fera justice. C'est lui dont Dieu Se servira pour Se venger. Si le roi Charles devient huguenot, alors le peuple le chassera. Il ne manque jamais de culs pour vouloir s'asseoir sur un trône. Nous choisirons celui du vrai catholique. Pourquoi pas Henri d'Anjou, Henri de Guise ou Philippe II ?

Nous étions ainsi parvenus jusqu'au pied des échafaudages.

J'avais contemplé le défilé des invités au-dessus de nos têtes.

Les parures des catholiques de la cour tranchaient sur la noire austérité des huguenots de l'entourage de Henri et de Coligny.

— Corbeaux, hypocrites ! avait grincé le père Veron.

Il avait posé la main sur mon épaule.

— Je vais dire la vérité, avait-il ajouté.

Et il s'était mis à haranguer la foule.

Pendant que le père Veron parlait, le ciel était devenu cramoisi. Les silhouettes des invités se détachaient, comme suspendues au milieu des nuées rouges et violacées qui s'assombrissaient.

On commençait d'allumer les torches et j'ai reconnu, parmi les suivantes de Catherine de Médicis, Anne de Buisson, blonde dans une robe qui m'a semblé bleue.

Je me suis reproché à cet instant de ne pas me trouver auprès d'elle pour lui crier à nouveau de quitter Paris avant que le mariage ne fût célébré.

À l'hôtel d'Espagne, j'avais entendu Maurevert s'inquiéter de ce que certains gentilshommes huguenots, comme pressentant le péril, avaient commencé de regagner leurs provinces.

— Il y a toujours quelques rats pour échapper à la noyade, avait répliqué Sarmiento. Mais les autres — Coligny, Henri, les chefs de la secte — ne pourront pas sortir de la ville avant la fin des cérémonies. Ils ont voulu ce mariage ? Ils n'auront pas qu'une messe nuptiale !...

Il s'était interrompu en me voyant, avait esquissé un geste désinvolte, et, s'approchant de moi, m'avait pris le bras.

Il savait que j'avais été malmené par les gentilshommes huguenots qui gardaient cette maison du n° 7 de la rue de l'Arbre-Sec.

— Tu seras vengé au-delà de ce que tu imagines, m'avait-il dit.

Puis, m'étreignant l'épaule, il avait murmuré :

— Cette Anne de Buisson, la huguenote, tu la veux ?

Je m'étais écarté de lui, qui riait.

La nuit est tombée et j'ai perdu de vue Anne de Buisson.

J'étais si inquiet et il faisait si chaud que j'ai longtemps marché parmi la foule, passant d'une rive de la Seine à l'autre.

Toute la ville était dans les rues, sur les berges, écoutant les prédicateurs. Depuis le parvis des églises ou juchés sur une borne, ceux-ci annonçaient la vengeance de Dieu.

L'un d'eux criait que le roi avait déjà détruit la Croix de Gastine, fait pendre de bons catholiques, et qu'il livrait maintenant sa sœur Margot aux turpitudes d'un hérétique. Il devait être puni !

Des archers et des miliciens du prévôt s'avancèrent comme pour s'emparer de lui, mais la foule les entoura et ils reculèrent sans résister, complices, se contentant d'interdire à la foule de grimper sur les échafaudages.

Les jours suivants, jusqu'au 21 août, furent jours de fête. Jamais je ne m'y sentis joyeux.

Le roi et ses frères, la reine mère, Marguerite de Valois, Henri de Navarre et l'amiral de Coligny, qu'ils fussent vêtus de soie bleue ou de satin jaune, que leurs pourpoints ou leurs robes fussent on non constellés de perles, qu'ils fussent gentilshommes huguenots, spadassins de Sarmiento ou des Guises, déambulaient sur ces passerelles au-dessus de la foule, et je les voyais comme des condamnés sur le point d'être précipités du haut de leurs échafaudages, dans le grouillement des gens de rien. On se saisirait de certains d'entre eux et on les dépècerait à la manière dont Dante décrit les damnés livrés aux monstres infernaux.

J'imaginais ces draperies blanc et or, couleurs des noces des filles de France, qui masquaient les échafaudages et ornaient le portail de Notre-Dame, déchirées, abattues, et la foule en faire des linceuls.

Je la sentais ivre de rage. Elle montrait, bras tendu, Henri de Navarre qui se tenait sur le parvis de la cathédrale, car il n'avait pas voulu assister à la messe nuptiale, et c'était Henri d'Anjou, vêtu comme une coquette, qui avait conduit Marguerite de Valois, sa sœur, à l'autel, puis, après une cérémonie qui avait duré plusieurs heures, l'avait raccompagnée jusqu'à son époux.

La foule, en bas, avait hurlé. Et peut-être les huguenots avaient-ils cru qu'on acclamait ce mariage alors qu'on le maudissait.

Le 18, le 19, le 20, le 21, d'un salon du palais du Louvre à un jardin ou à une cour de l'hôtel de Bourbon, j'ai cherché Anne de Buisson. Partout l'on dansait, la pavane d'Espagne, le *passemezzo* d'Italie ou le branle de la torche et du flambeau.

Diego de Sarmiento s'approcha de moi pour me raconter que l'amiral de Coligny avait blasphémé dans la nef de Notre-Dame. Il s'y était promené non pas comme un croyant, mais comme un infidèle, disant à qui voulait l'entendre qu'on décrocherait bientôt des colonnes et des chapelles les étendards rappelant les victoires des catholiques sur les hérétiques, et qu'on mettrait à leur place d'autres drapeaux plus agréables à voir.

— Il l'a dit : il veut s'emparer des drapeaux espagnols. Ce

vieux fou continue de harceler le roi pour que se constitue une armée de Français huguenots et catholiques qui irait combattre nos troupes aux Pays-Bas.

Sarmiento se pencha vers moi pour ajouter :

– Il ne blasphémera plus longtemps ! La reine Catherine pense comme nous, Bernard. Elle le veut mort !

J'entendais dans le propos de Sarmiento le cri aigu des lames qu'on affûte. Il me fallait retrouver Anne avant qu'on ne les brandisse, qu'on ne les enfonce dans le corps de ces hommes qui – Seigneur, vouliez-Vous donc les aveugler ? – dansaient.

Ce n'étaient jour après jour que divertissements, musiques et bals, défilés de chars, de roches artificielles et argentées. Dans la cour de l'hôtel de Bourbon, il me semblait voir s'animer les enluminures qui illustraient *La Divine Comédie*, ce livre de Michele Spriano dont je ne m'étais plus jamais séparé.

D'un côté, le paradis et ses nymphes ; de l'autre, le Tartare, ses spectres et ses furies. Ce n'étaient qu'un décor et un jeu. Mais Henri de Navarre et ses gentilshommes étaient repoussés en enfer par le roi et ses frères, et seul Cupidon sauvait les huguenots du châtiment éternel.

On riait. On se congratulait. Le décor s'embrasait. C'était la fête.

Moi, j'y voyais une préfiguration de l'avenir. Celui des huguenots, qui n'avaient le choix qu'entre le retour dans le giron de la sainte Église ou la damnation.

Je m'éloigne.

Je cherche toujours Anne de Buisson.

Je ne vois que femmes parées, couvertes de perles, et gentilshommes aux atours de satin, portant boucles et bijoux, tandis qu'au milieu du chatoiement des étoffes et des pierres précieuses paradent des gentilshommes huguenots dans leurs vêtements noirs.

J'entre dans la cour du Louvre, ce jeudi 21 août, alors qu'un nouveau crépuscule sanglant a recouvert le ciel.

Je vois les estrades et les lices. On se prépare à un tournoi.

Seigneur, avez-Vous donc effacé de leur mémoire la mort de Henri II, cette esquille de bois plantée dans l'œil et le crâne du souverain ?

Je me souviens, moi, d'Anne de Buisson, qui avait défailli et que je dus porter dans mes bras jusqu'à l'hôtel de Ponthieu.

Les trompettes sonnent.

Voici Charles IX et ses frères, Henri d'Anjou et François d'Alençon. Le duc de Guise, Henri le Balafré, les accompagne.

On s'exclame, on applaudit. Ils brandissent leurs lances mais sont enveloppés de dentelles, de soie et de satin, déguisés en Amazones.

À l'autre extrémité de la lice apparaissent Henri de Navarre et les gentilshommes huguenots vêtus comme des Turcs, avec de grands turbans verts et des pantalons bouffants.

Seigneur, Vous les avez bel et bien aveuglés !

Comment ces huguenots ne devinent-ils pas que leur sort est annoncé par le déguisement qu'on leur a imposé ?

Il ne s'agit que d'une parodie de guerre, mais eux sont les infidèles, ceux qu'il faut combattre et tuer.

Seigneur, j'ai su dès cet instant que Vous les aviez abandonnés.

Je me glisse entre les bancs de l'estrade parmi les suivantes de Catherine de Médicis et de Marguerite de Valois devenue épouse de Henri, roi de Navarre.

Je vois s'avancer vers moi Anne de Buisson. Elle ne baisse pas les yeux, s'approche à me toucher.

— Pourquoi vouliez-vous que je parte *avant*? murmure-t-elle.

Elle montre la lice. Les Amazones et les infidèles se donnent l'accolade sous les applaudissements. Charles IX embrasse Henri de Navarre, huguenot mais prince du sang, héritier du trône de France.

Je serre les poignets d'Anne de Buisson et lui montre le ciel.

Elle lève la tête, comme moi, vers cette immense marée écarlate qui surplombe la fête.

— Ce sont des jours de sang qui s'annoncent, lui dis-je.

Elle libère ses poignets, prend ma main et m'entraîne.

— Nous sommes d'*après*, répond-elle.

Nous quittons l'estrade.

Le palais du Louvre est un labyrinthe obscur et désert.

Je crois bien que nous nous y sommes perdus.

DEUXIÈME PARTIE

10.

Vico Montanari était arrivé à Paris le samedi 16 août 1572 et avait aussitôt voulu rencontrer Bernard de Thorenc.

Il était sûr que celui-ci pourrait le renseigner sur ce qui se tramait. N'était-il pas au service de l'Espagne, proche de Diego de Sarmiento, l'envoyé de Philippe II auprès du roi de France, et son frère Guillaume comme sa sœur Isabelle n'étaient-ils pas des huguenots de l'entourage de cet amiral de Coligny dont on disait à Venise qu'il avait beaucoup d'influence sur Charles IX ?

Ce qui ne laissait pas d'inquiéter le doge et le Conseil des dix.

Le bruit s'était répandu dans les Offices et les palais de la Sérénissime République que le mariage de Marguerite de Valois avec Henri de Bourbon-Navarre n'était que le premier acte d'une pièce de haute politique. Le roi Très Chrétien avait cédé aux pressions de Coligny et de la secte huguenote ; il allait lancer une armée contre les troupes espagnoles des Pays-Bas. Il réaliserait autour de cette guerre l'union de tous ses sujets, huguenots et catholiques, et, si le pape le condamnait, il agirait comme le souverain d'Angleterre, en se proclamant chef d'une religion gallicane. Et il prendrait pour alliés les infidèles. Guillaume de Thorenc n'avait-il pas

93

été ambassadeur à Constantinople et n'avait-il pas cherché à faciliter la paix entre Venise et les Turcs ?

— Nous voulons savoir, avait dit le doge en recevant Vico Montanari. Vous serez là-bas nos yeux et nos oreilles.

Le ton du doge s'était voulu solennel.

— Il faut qu'un courrier parte chaque jour pour Venise afin que nous soyons informés des décisions prises par le roi de France. Il en va de la survie de la république, de notre commerce. Voyez ce Bernard de Thorenc avec qui vous avez combattu à Lépante et dont on dit qu'il a un pied chez les huguenots. Rencontrez Catherine de Médicis. Rappelez-lui qu'elle est de Florence et que nous n'avons jamais cherché à lui nuire, au contraire ! Parlez avec Diego de Sarmiento : qu'il se souvienne que nos galères ont assuré aux côtés de celles d'Espagne la victoire de la Sainte Ligue, et que nous ne négocions avec les Turcs que parce que les Espagnols ne paraissent guère soucieux d'affronter à nouveau les infidèles. Écoutez et observez, Montanari, et rédigez vos rapports. Dites-nous ce qui est, avant de nous écrire ce que vous pensez. C'est le Conseil des dix, c'est moi, qui pensons pour la république de Venise. Ne l'oubliez jamais !

Vico Montanari avait roulé depuis Venise sans jamais s'arrêter plus de temps qu'il n'en fallait pour changer de chevaux.

Le doge voulait que l'ambassadeur de la Sérénissime République assiste aux cérémonies nuptiales et aux fêtes que ne manquerait pas de donner la cour. On pouvait compter sur le goût du faste que cultivait, comme tous les Médicis, la reine mère.

— Quel que soit notre jugement sur les choix du roi de France, il est trop puissant pour que nous nous opposions à lui, avait poursuivi le doge. Soyez à la messe et au bal. Souriez. Laissez les Espagnols, si cela leur convient, manifester leur mauvaise humeur. Ils ont suffisamment d'or d'Amérique dans leurs coffres. Nous, nous naviguons en Méditerranée entre les Barbaresques, les Turcs, les Français, les Espagnols et les Génois, sous l'œil du pape. Cela nous oblige à la prudence et à la patience. Priez donc avec conviction pour le bonheur des nouveaux époux et dansez d'un bon pied à chacun des bals qu'on donnera en leur honneur.

La voiture de Montanari avait franchi la porte de Buci au début de la matinée du samedi 16 août 1572.

L'envoyé du doge avait eu aussitôt la sensation d'étouffer.

L'air était plus poisseux, les odeurs d'immondices, d'excréments et de pourriture plus fortes même qu'à Venise, comme si chaque rue, chaque ruelle avait été un canal rempli d'une eau stagnante.

Une foule dense pataugeait dans cette moiteur malodorante, et la voiture avait dû avancer au pas.

À plusieurs reprises, elle avait été entourée par des mendiants en guenilles, des hommes faméliques à la peau tannée, certains portant une faux, sans doute des paysans chassés de leurs terres par la sécheresse, la disette, dont les regards disaient le désespoir et la rage.

Ils s'étaient égaillés quand Montanari leur avait jeté une poignée de pièces. Le cocher avait profité de cet instant pour fouetter les chevaux. La foule avait dû s'écarter, mais il y avait eu des cris, des insultes. Des pierres avaient rebondi sur les portières.

Montanari avait été surpris par cette violence. Cette foule n'espérait donc rien de la fête royale. Misérable et haineuse, elle cherchait la moindre occasion pour exprimer sa colère.

Sur le pont Notre-Dame qu'il fallait franchir pour gagner la rue des Fossés-Saint-Germain, proche du Louvre, où se trouvait l'hôtel de Venise, résidence de l'ambassadeur de la Sérénissime, la voiture avait été à nouveau immobilisée.

Un prêtre porté par deux hommes brandissait un crucifix et haranguait la populace.

Montanari s'était penché hors de la voiture. Il avait vu des visages déformés par la haine, des poings brandis à chaque fois que le prêtre accusait les huguenots d'empoisonner l'âme du roi, d'user de subterfuges et de mixtures, d'envoûtements et de magie pour obtenir de lui ce qu'il aurait refusé s'il avait été libéré de cette maléfique influence.

— Tuons-les tous ! avaient braillé des hommes dans la foule.

D'autres avaient hurlé qu'il fallait arracher le roi aux démons qui le retenaient captif. Qu'on pende Coligny, Thorenc, tous ces hommes noirs qui avaient envahi Paris ! Qu'on les égorge, qu'on les brûle, qu'on les écartèle, eux, leurs femmes et leurs enfants ! Qu'on nettoie Paris de cette vermine huguenote !

— Dieu exprimera Sa joie si les hérétiques sont châtiés ! avait lancé le prêtre. Tous vos péchés seront effacés !

On l'avait acclamé.

La voiture avait enfin pu recommencer à rouler et Montanari avait pu contempler l'eau noire du fleuve qui paraissait immobile. Des détritus, des cadavres gonflés de rats, de chiens et même celui d'un mouton formaient autour des piles du pont des couronnes qu'aucun courant ne semblait entraîner.

Le Vénitien en avait eu la nausée.

Il avait porté un mouchoir parfumé à son visage et ne l'en avait plus retiré, le gardant même dans la cour et les couloirs de l'hôtel de Venise, répondant par des hochements de tête à un secrétaire qui le recevait avec déférence, lui faisait apporter une carafe de vin frais, italien, pétillant.

Alors seulement Montanari avait renfoncé son mouchoir dans sa manche.

Il avait bu lentement, gardant longtemps sur ses lèvres la mousse violacée du vin. Et lorsque le secrétaire, un jeune homme aux cheveux bouclés, aux traits fins, lui avait dit se nommer Leonello Terraccini, Montanari s'était souvenu de la *Marchesa*, des blessés couchés sur le pont de la galère, des mourants dont le sang bouillonnait dans la bouche, couvrant leurs lèvres.

— Terraccini..., avait-il répété.

C'était le nom de ce sculpteur qui avait combattu à leurs côtés à bord de la *Marchesa*. En bondissant sur le pont de la galère musulmane, Bernard de Thorenc avait réussi à arracher aux janissaires cette tête de christ aux yeux clos, tranchée par les infidèles et brandie comme un signe de victoire.

— Benvenuto Terraccini ? Mon frère aîné, avait indiqué le secrétaire.

97

Montanari était resté un long moment silencieux, effaçant du bout des doigts le vin resté sur ses lèvres.

Ici aussi, avait-il pensé, le sang allait donc couler.

Il se mit à arpenter la pièce sombre.

Il voulait rencontrer dès aujourd'hui Bernard de Thorenc, dit-il.

Celui-ci logeait à l'hôtel d'Espagne, à quelques pas de la rue des Fossés-Saint-Germain, répondit le secrétaire.

– Bien, bien, murmura Montanari.

Il croisa les bras et dévisagea le jeune homme. Il se remémora les années qu'il avait passées dans ce même hôtel de Venise aux côtés de l'ambassadeur Orlandi. Les ans avaient fui. Les rôles avaient changé. Il était à présent l'ambassadeur.

Il indiqua d'une voix forte qu'il fallait mettre en place un service quotidien de courriers. Le Conseil des dix et le doge exigeaient un rapport quotidien. Le premier partirait le lendemain, puisque les fiançailles seraient célébrées ce dimanche 17 août.

Il se dirigea vers la cour. Le secrétaire lui avait emboîté le pas, mais Montanari le renvoya.

Dans ce quartier du Louvre qu'il connaissait bien pour en avoir souvent arpenté les rues, jadis, avec Orlandi, il fut surpris par le nombre de gentilshommes huguenots. Ils étaient assemblés devant certaines demeures, comme au 7 de la rue de l'Arbre-Sec, au coin de la rue de Béthisy, gardant l'hôtel de Ponthieu. Ils parlaient haut, défiaient les passants du regard ou du geste, s'approchaient d'eux, exhibant la lame de leur épée ou celle de leur dague. Ils ricanaient, juraient et, parfois, de la pointe de leurs armes, obligeaient même un passant à s'écarter.

Montanari ne s'attarda guère.

Il fit un détour pour éviter d'avoir à traverser ces groupes. Il aperçut les échafaudages dressés contre la façade de Notre-Dame. Des charpentiers s'affairaient, posant des passerelles. D'autres hommes déployaient de larges draperies blanc et or. C'étaient là les seuls signes qu'une semaine de fêtes nuptiales et royales allait commencer le lendemain.

En s'engageant dans la rue Saint-Honoré, il vit s'avancer une procession précédée de porteurs d'oriflammes. Des moines, des religieuses, des prêtres déambulaient en tête d'une foule qui priait, menaçant du poing les gentils-hommes huguenots.

Montanari pressa le pas. Cette ville était dangereuse, grosse d'un événement sanglant. Elle l'attendait, l'espérait comme une femme qui sait que l'accouchement doit advenir, même si elle ne peut encore en prévoir l'instant.

Montanari frissonna. Jamais il n'avait eu peur durant toute la bataille de Lépante, mais ces rues-là étaient des coupe-gorges et il n'avait aucune raison d'y perdre la vie.

C'était bel et bien de guet-apens, d'égorgement, de massacre que parlait de Diego de Sarmiento dans la grand-salle de l'hôtel d'Espagne où il avait reçu Montanari.

— Si Venise est ici avec nous, avait-il commencé, c'est que nous allons vaincre, les écraser. Car la Sérénissime, n'est-ce pas, ne s'engage qu'aux côtés des plus forts...

Il dissuada Montanari de répondre, levant la main, ajoutant qu'il était heureux que se reconstitue une Sainte Ligue contre les hérétiques. Il savait que le pape Grégoire XIII la souhaitait, car le péril majeur était ici – il avait frappé le parquet du talon. Si l'on voulait un jour délivrer le tombeau du Christ, il fallait ne pas laisser détruire sa religion et son Église dans les royaumes chrétiens, comme le faisaient trop de catholiques en France, et le roi Très Chrétien lui-même, aveuglé par sa jalousie des Espagnols, empoisonné par les conseils de l'amiral de Coligny et de Guillaume de Thorenc.

— Et Bernard de Thorenc ? interrogea Montanari.

Diego de Sarmiento rit en écartant les bras.

Bernard de Thorenc était bien comme son frère cadet, répondit l'Espagnol. Ils se connaissaient, certes, depuis les chiourmes des infidèles, c'était un homme courageux... Mais Sarmiento avait eu un geste de la main et une mimique exprimant la déception.

— Bernard s'est épris d'une huguenote et il en est tourneboulé. Tant qu'il ne l'aura pas culbutée, il en aura la tête embrumée. Mais, s'il ne se dépêche pas, d'autres écarteront les jambes de cette donzelle, et, qu'elle le veuille ou non, il faudra bien qu'elle les accueille dans son petit nid. Et il en sera ainsi pour toutes ces « robes noires ». On verra ce qu'il y a sous leur tissu de veuve ! Du sein rose ou de la carne !

Montanari écoutait. Tout cela n'était que bavardage, saillies, et ne permettait pas de rédiger un rapport.

D'une voix lente, il posa donc des questions précises, indiquant que le doge et le Conseil des dix attendaient ses courriers.

— Je vais vous dire, Montanari, comment on chasse certains animaux nuisibles en Espagne, répondit Sarmiento. On dispose un sac dont on peut clore l'entrée en tirant sur une simple cordelette. Au fond du sac, on dépose ce que l'animal qu'on veut chasser recherche comme son mets le plus précieux : de la viande, du fromage... On attend. On guette l'instant où l'animal se sera engouffré au fond du sac. On tire sur la cordelette. Et à coups de gourdin on frappe cette masse qui gigote et qui crie. On s'arrête lorsque la forme est devenue immobile, écrasée, que le sac est devenu écarlate.

Diego de Sarmiento s'approcha de Montanari.

— Bientôt, ce sera le moment de refermer le sac, dit-il.

— La reine mère a voulu ce mariage, murmura Montanari ; elle ne peut faire de sa fille une veuve dès le lendemain des noces.

Sarmiento haussa les épaules.

— Henri abjurera. Il a déjà changé plusieurs fois de religion. Ce n'est pas lui qu'il faut craindre, mais Coligny, Guillaume de Thorenc, cette vermine de gentilshommes huguenots, cette armée de fiers-à-bras qui veulent faire la guerre à l'Espagne et gouverner le royaume de France. Ceux-là, Catherine les craint. Et ils sont dans le sac !

Il raconta que Henri d'Anjou, frère du roi, était l'un des plus déterminés à frapper, à nettoyer le royaume de cette secte. Il avait même imaginé, avec les Italiens de l'entourage de Catherine de Médicis, d'organiser, comme s'il s'était agi d'un jeu, un assaut des huguenots contre un fort, une sorte de décor construit pour la circonstance et tenu par les frères du roi. La première salve des défenseurs aurait été tirée à blanc, mais la seconde à balles. Il aurait ensuite suffi d'enterrer les corps des huguenots. Mais la reine mère avait rejeté cette idée.

— Elle prétend ne vouloir qu'un seul mort : Coligny, ajouta Sarmiento.

Il se leva, posa la main sur l'épaule de Montanari.

— Qui a jamais pu, dans une guerre, prévoir le nombre de tués ?

Il éclata de rire.

— Un mort ! Jamais je n'aurais imaginé Catherine de Médicis aussi économe de la vie des hommes !

D'un pas lent, les doigts serrés sur la garde de sa dague, Montanari regagna l'hôtel de Venise.

La pénombre déjà avait envahi les rues, mais le ciel du crépuscule était encore flamboyant, rouge sang.

11.

« Illustrissimes Seigneuries,

J'écris ce rapport le jeudi 21 août 1572.

Le courrier partira pour Venise avant la tombée de la nuit.

J'escompte qu'il remettra ce pli à Vos Hautes Seigneuries dans la journée du samedi 23 août.

Mais j'ose suggérer aux Illustres Sages du Conseil des dix et au Vénérable Doge de la Sérénissime République d'attendre encore avant d'arrêter des décisions.

Tout ce que j'ai vu et entendu depuis mon arrivée à Paris, le samedi 16 août, me conduit à penser que le nœud de calculs et de prudences, qui a retenu jusqu'à aujourd'hui les huguenots de Coligny et de Guillaume de Thorenc, et les catholiques de Catherine de Médicis et de Diego de Sarmiento, va être tranché dans les jours et peut-être les heures qui viennent.

C'est l'avis que m'a donné le comte Enguerrand de Mons, l'un des hommes les plus avertis de Paris.

Enguerrand de Mons représente l'ordre de Malte auprès de la cour de France.

J'ai combattu à ses côtés à Lépante, sur la galère la *Marchesa* que commandait le valeureux capitaine de la république, Ruggero Veniero. Le comte de Mons est devenu l'un des plus proches compagnons de Henri d'Anjou, frère du roi Charles IX.

Enguerrand de Mons fait donc partie de ces jeunes hommes élégants et courageux dont Henri aime à s'entourer. Le frère du roi, présent à tous les Conseils, fils préféré de Catherine de Médicis, ne cache rien de ses intentions ni de ce qu'il sait à ses favoris, surnommés ici ses mignons.

Enguerrand de Mons m'a laissé entendre que, les fêtes étant finies – la dernière s'est déroulée aujourd'hui dans la cour du Louvre, elle opposait en tournoi le roi, ses frères et François de Guise, travestis en Amazones, à Henri de Navarre et aux gentilshommes huguenots déguisés en Turcs ! –, Henri d'Anjou et la reine mère allaient enfin mettre en œuvre ce qui était depuis longtemps décidé.

Mon interlocuteur n'a pas voulu m'en dire davantage. Mais il ne fait aucun mystère qu'il s'agit d'en finir avec l'influence huguenote sur le roi de France et les affaires du royaume.

D'après Enguerrand de Mons, l'amiral de Coligny et Guillaume de Thorenc n'ont pas cessé de tenter d'arracher au souverain la promesse d'une guerre contre l'Espagne. Diego de Sarmiento m'a confirmé l'obstination avec laquelle Coligny, chaque jour, admoneste le roi, lui faisant ressortir combien une intervention aux Pays-Bas, contre les troupes espagnoles du duc d'Albe, serait bénéfique pour le royaume et permettrait de réconcilier huguenots et catholiques français unis contre l'Espagne.

Charles IX, m'ont assuré conjointement Sarmiento et Enguerrand de Mons, a refusé de s'engager, mais a laissé espérer à Coligny une décision favorable.

Le roi aurait même dit à Coligny : "Je vous prie de me donner encore quatre ou cinq jours seulement pour m'ébattre ; cela fait, je vous promets, foi de roi, que je vous rendrai content, vous et tous ceux de votre religion..."

Ces propos ont plongé dans l'effroi et la colère tous les catholiques qui les ont connus.

"Mon frère, aurait confié Henri d'Anjou, n'est plus maître de lui-même. Ce sorcier de Coligny et ce démon de Guillaume de Thorenc lui ont crevé les yeux. Ils le conduisent maintenant là où ils veulent. C'est mon devoir de prince du sang, héritier de la couronne, fidèle à la sainte Église, de libérer mon frère de cette emprise maléfique !"

Catherine de Médicis aurait joint sa voix à celle de son fils. Elle ne veut pas d'une guerre contre l'Espagne. Elle désirerait se venger de l'amiral de Coligny, qui a fait tuer l'un de ses proches. On dit qu'elle a rencontré à plusieurs reprises Henri de Guise, le Balafré, pour lui rappeler que Coligny est aussi coupable de la mort et de l'assassinat de François de Guise, le propre père de Henri. Elle l'a incité à mettre à mort l'amiral.

Ainsi se trame une conspiration dont les auteurs se sentent si forts, si bien soutenus par le peuple parisien qu'ils ont du mal à cacher leurs intentions.

Lors des fêtes qui viennent de s'achever, les huguenots étaient représentés dans les spectacles comme voués à l'enfer, ou bien traités en infidèles.

Mais ces huguenots sont si fats, si sûrs d'eux-mêmes qu'ils ne semblent même pas avoir remarqué le sort auquel on les destinait, non plus sur la scène d'un théâtre, mais dans la vie.

Ainsi, après avoir écouté Enguerrand de Mons, Diego de Sarmiento, les gentilshommes qui les entourent, les pères

Veron et Verdini qui les reçoivent en confession, les conseillent et haranguent le menu peuple, j'ai l'audace de conclure, Illustres Seigneuries, que ce qui se prépare sera aussi sanglant et impitoyable que la plus cruelle des guerres.

Enguerrand de Mons a d'ailleurs souvent évoqué devant moi la victoire de Lépante contre les Turcs, ajoutant qu'il fallait poursuivre notre croisade ici même, contre les huguenots, châtier la rage et la méchanceté de ces chiens barbares, plus coupables que les infidèles, parce que élevés dans la foi du Christ.

Diego de Sarmiento a lui aussi affirmé qu'il faudrait, dans le royaume de France, livrer une seconde bataille de Lépante, les combattants de la Croix venant se rassembler pour la gagner.

Au Conseil privé du roi, ce jour, jeudi 21 août – c'est Henri d'Anjou qui l'a rapporté à Enguerrand de Mons –, il s'est dit que l'on avait vu force gens à cheval entrer dans Paris, avec des pistolets et des arquebuses à l'arçon de la selle pour tourner la défense de port d'armes.

S'agissait-il de gentilshommes huguenots ou de spadassins des Guises ? peut-être même d'Espagnols ?

J'opine pour une troupe ennemie des huguenots, car elle a afflué vers Paris en même temps qu'y arrivait Henri de Navarre. D'ailleurs, certains d'entre eux, sans doute avertis du danger qui les menace, ou le pressentant, ont commencé de quitter la ville.

Sarmiento m'a dit : "Les plus malins de la secte sortent du sac avant qu'on ait tiré sur la cordelette qui le ferme."

J'ai rencontré Bernard de Thorenc ce même jeudi 21 août. Il quittait comme moi le Louvre à l'issue du tournoi.

J'ai aperçu près de lui une jeune femme dont j'avais remarqué qu'elle faisait partie des suivantes de Catherine de Médicis.

Bernard m'a longuement parlé d'elle. Il s'agit d'Anne de Buisson dont le frère, proche de l'amiral de Coligny, a été tué par les Espagnols à Mons, alors qu'à la tête d'une petite armée de gentilshommes et de lansquenets allemands il se portait au secours de protestants des Pays-Bas.

Robert de Buisson aurait été torturé, puis pendu. On aurait saisi sur lui une lettre du roi Charles IX l'incitant à combattre l'Espagne dans l'intérêt du royaume de France. À l'époque, l'affaire fit grand bruit.

Anne de Buisson est ainsi devenue l'une des figures du parti huguenot et qu'elle soit toujours au service de Catherine n'étonne que ceux qui ignorent l'habileté et la perversité florentines de la reine mère.

Celle-ci entend garder des liens avec tous les camps, se donner l'apparence d'une reine de paix, alors même qu'elle conspire à la perte des huguenots et incite le duc de Guise à faire assassiner l'amiral de Coligny.

J'ai longuement interrogé Bernard de Thorenc afin de découvrir ce qu'il savait. Il est au centre du labyrinthe. Sarmiento l'estime et le protège. Son frère Guillaume est l'un des chefs du parti huguenot et le conseiller de Coligny. De surcroît, lui-même est épris d'Anne de Buisson, qui m'a paru partager sa flamme.

Bernard de Thorenc m'a étonné. Il parle d'un prochain "égorgement général" des huguenots comme s'il le considérait inéluctable. Mais, dans le même temps, je l'ai trouvé étrangement joyeux pour un homme qui annonce un massacre risquant d'emporter et son frère et sa bien-aimée.

Peut-être l'ai-je rencontré à un moment où il était en proie à l'ivresse des sentiments ?

Il a prôné avec fougue la réunion de tous les sujets du roi de France, quelle que soit leur religion. Le mariage entre Marguerite de Valois et Henri de Navarre pouvait être, à son avis, le premier acte de cette réunification. Une catholique épousant un protestant : n'était-ce pas la voie de la sagesse, de la concorde et de la paix ?

Sans doute prêchait-il à l'évidence pour lui puisqu'il a ajouté qu'il pouvait bien, lui, le catholique, épouser une huguenote, Anne de Buisson.

Des propos semblables m'ont été tenus au Louvre par un membre du parlement de Paris, Michel de Polin, dont le père, Philippe de Polin, fut capitaine général de l'armée du Levant sous le règne de François Ier, et, à ce titre, l'allié des infidèles, sa flotte combattant aux côtés de celle de Dragut-le-Brûlé.

Selon Michel de Polin, il faut que la sagesse de ceux qu'il appelle les "politiques" l'emporte sur la passion des "religieux". Les intérêts du royaume de France doivent passer avant ceux des sectes qui se combattent, dit-il. Le Christ est figure de paix, non de guerre. Et huguenots et catholiques sont chrétiens !

Polin a ajouté que Henri de Navarre, un Bourbon, prince du sang, pouvait être un jour roi de France si les fils de Catherine mouraient sans descendance mâle.

Certes, Charles IX, Henri d'Anjou et François d'Alençon sont bien vivants et encore jeunes.

Mais qui peut disposer de l'avenir ?

Tout ici est double discours, chausse-trape, coupe-gorge !

Chacun se tient en embuscade. »

12.

« Illustrissimes Seigneuries,

On a voulu tuer d'un coup d'arquebuse l'amiral de Coligny, ce jour, vendredi 22 août 1572, vers onze heures.

Le chef huguenot n'est que blessé.

Il a été transporté dans sa demeure, l'hôtel de Ponthieu, situé rue de Béthisy, à quelques pas seulement de l'hôtel de Venise où j'écris.

Le chirurgien du roi, Ambroise Paré, dont on dit qu'il est lui-même huguenot, a soigné l'amiral.

Le bras et la main gauche de Coligny sont lacérés et brisés. Ambroise Paré a dû tailler dans les chairs, difficilement, pour trancher l'index et extraire du coude une balle de cuivre.

Coligny a montré un grand courage, répétant seulement, selon ce que m'a rapporté Guillaume de Thorenc, qui s'est tenu près de lui durant toute l'opération : "Mon Dieu, ne m'abandonnez pas dans l'état où je suis !"

Il a demandé à Thorenc que l'on fasse distribuer aux pauvres de Paris une aumône de cent écus d'or pour remercier Dieu de l'avoir protégé. Car l'intention d'homicide était manifeste.

La balle était percée et munie de broches pour que la

plaie fût large, les déchirures des organes et l'hémorragie mortelles.

Mais il fallait pour cela atteindre la poitrine ou la tête.

Or Coligny, au moment où le tueur faisait feu, s'est incliné en arrière et le bras gauche fut seul atteint.

Coligny a donc survécu, même si l'on craint une enflure du corps et les fièvres. Or rien n'est plus lourd de conséquences qu'un crime raté. Ceux qui ont organisé l'embuscade sont l'objet de toutes les vengeances sans avoir tiré profit de leur acte.

Au moment où j'écris, en cette fin de journée du vendredi 22 août, plusieurs centaines de gentilshommes huguenots, accompagnés de leurs domestiques, sont réunis devant l'hôtel de Ponthieu et réclament le châtiment des coupables, accusant le duc de Guise, la reine mère Catherine de Médicis, Henri d'Anjou et même le roi d'avoir armé le tueur.

Celui-ci ne peut avoir agi seul. Son crime avait été minutieusement préparé.

J'ai été sur les lieux de l'embuscade.

Coligny était encore à terre, entouré par la quinzaine de gentilshommes huguenots qui lui faisaient escorte.

Je l'ai entendu dire d'une voix forte, alors même que le sang couvrait son flanc gauche :

— Voyez comment sont traités les gens de bien en France ! Le coup vient de la fenêtre où il y a une fumée...

La maison où se tenait embusqué le tueur est située à l'angle de la rue des Poulies et de la rue des Fossés-Saint-Germain.

Elle n'est séparée de l'hôtel de Venise que par deux petites habitations.

C'est pourquoi j'ai entendu les détonations.

Pour moi, en effet, il y a eu *deux* coups d'arquebuse. J'ai d'ailleurs appris par Jean-Baptiste Colliard, l'un des gardes de Coligny, que l'on avait retrouvé une deuxième balle sur le sol de la rue des Poulies. Mais l'émotion était trop grande pour que l'on prêtât attention à ce détail.

Les gentilshommes huguenots s'étaient précipités vers la maison d'où le tireur avait fait feu. J'ai vu l'arquebuse encore fumante, la fenêtre grillagée derrière laquelle le tueur s'était tenu à l'affût, dissimulé par des draps pendus devant la croisée, comme si la demeure avait été habitée par quelque honorable famille soucieuse de faire sécher son linge au soleil du matin.

En interrogeant les domestiques, on a su que la maison appartenait à l'un des précepteurs du duc de Guise. Les Guises ont dont été aussitôt accusés d'être les ordonnateurs de l'attentat.

Je me suis rendu au milieu de l'après-midi à l'hôtel d'Espagne pour recueillir les propos des ennemis jurés de l'amiral de Coligny que sont Enguerrand de Mons, le père Veron et Diego de Sarmiento, conseiller de Philippe II, envoyé à Paris pour influencer la cour de France et la surveiller.

L'endroit était rempli d'hommes en armes qui m'ont entouré, bruyants, soupçonneux et menaçants. Ils craignaient une attaque des gentilshommes huguenots et imaginaient que je pouvais être l'un de leurs espions.

On m'avait vu penché sur Coligny, rue des Fossés-Saint-Germain. J'avais conversé avec Guillaume de Thorenc et Jean-Baptiste Colliard : cela suffisait à me rendre suspect.

Je me suis fait connaître, mais, s'ils ont accepté de me laisser traverser la cour, ils n'en ont pas moins continué à m'accuser d'être l'ambassadeur d'une république qui avait traité avec les Turcs.

Pour ces hommes-là, l'Espagne est le seul pays digne de respect. Ils méprisent tous les autres.

J'ai rencontré Bernard de Thorenc, frère de Guillaume le huguenot. Assis sur l'une des marches de l'escalier, il m'a chuchoté le nom du tueur à l'arquebuse, un certain Maurevert, familier de l'hôtel d'Espagne. Maurevert aurait agi autant par foi que par esprit de lucre, la tête de Coligny étant depuis plusieurs années mise à prix cinquante mille écus.

– Maurevert est un loup, a lâché Bernard de Thorenc d'un ton las.

Il m'a cité plusieurs noms de ceux qu'il appelle les "hommes sombres", spadassins, gens de sac et de corde au service de Diego de Sarmiento, des Guises et même de Henri d'Anjou et de la reine mère.

Thorenc avait besoin de se confier. Il m'a paru plus désespéré qu'indigné. L'accouchement prochain de jours sanglants lui semble fatal, et l'attentat manqué contre Coligny est à ses yeux un premier frisson annonçant les douleurs de cet enfantement.

Il m'a longuement parlé d'Anne de Buisson. Il craint pour la vie de cette jeune femme.

– Nous allons revivre un massacre des Innocents, a-t-il dit. Rien ne peut plus l'empêcher. Le sang appelle le sang. La mort se répand plus vite que la peste. Ce sera une épidémie.

J'ai deviné qu'il souhaitait que je lui propose d'accueillir à l'hôtel de Venise cette "innocente", Anne de Buisson. J'ai fait mine de ne pas comprendre, lui rappelant que la Sérénissime ne pouvait prendre parti dans les guerres intestines.

Je l'ai laissé en plein désespoir.

Diego de Sarmiento, Enguerrand de Mons et le père Veron, que j'ai vus peu après dans la grand-salle de l'hôtel d'Espagne, ne m'ont pas caché qu'ils souhaitaient une grande lessive de l'hérésie.

Le peuple de Paris la réclamait. Il avait accueilli l'annonce de l'attentat par des cris de joie et des prières.

Les boutiques avaient fermé comme pour un jour de fête. On disait dans les rues qu'il fallait en venir aux mains et aux couteaux afin de tuer ces huguenots qui empoisonnaient l'esprit du roi, voulaient changer la religion du royaume. L'insolence de ces "hommes noirs", de ces huguenots de guerre, était insupportable.

Quand le peuple avait appris que Coligny n'avait été que blessé, sa colère avait redoublé.

Veron a rapporté qu'on l'avait acclamé, à Saint-Germain-l'Auxerrois, lorsqu'il avait déclaré en chaire : "Dieu dresse toujours des obstacles sur la route des croisés afin de soupeser le courage des combattants de la Croix."

Sarmiento et Enguerrand de Mons n'ont pas parlé religion, mais politique. Ils redoutent le désarroi et les hésitations de certains des instigateurs de l'embuscade, désarçonnés par l'échec de l'attentat.

— À la guerre, a conclu Sarmiento, celui qui ne termine pas ce qu'il a commencé est un homme perdu. Or, c'est une guerre que nous menons ici.

Quittant l'hôtel d'Espagne, rue Saint-Honoré, j'ai emprunté le chemin suivi ce matin-là par l'amiral de Coligny et les gentilshommes de son escorte, censés le protéger.

J'ai à nouveau rencontré plusieurs d'entre eux. Guillaume de Thorenc, Jean-Baptiste Colliard, Pardaillan et Séguret — ces deux derniers les plus enragés des huguenots — ont répété devant moi leur serment de venger l'amiral. Ils soupçonnent non seulement François de Guise, mais Henri d'Anjou et jusqu'à la reine mère.

Ils remarquent que Charles IX n'a pas assisté, ce matin, au Conseil privé qui s'est tenu à dix heures, au Louvre, en présence de Coligny. L'amiral n'a rencontré le roi qu'au moment où le Conseil se terminait. Le monarque se rendait au jeu de paume, rue de l'Autruche. C'est là qu'après l'attentat Guillaume de Thorenc et Séguret lui ont apporté la nouvelle.

Charles IX aurait alors brisé sa raquette en la jetant à terre. Il se serait écrié : "N'aurais-je donc jamais de repos ? Quoi, toujours de nouveaux troubles !" Séguret s'est demandé si cette indignation n'était pas feinte, car le roi s'est mis à table peu après, sans songer à se précipiter aussitôt au chevet de

Coligny. Et l'on a su, à l'hôtel de Ponthieu, que Catherine de Médicis n'avait pas paru surprise à l'annonce de l'embuscade.

Pardaillan, un fier-à-bras au visage de reître, a hurlé, en brandissant son épée, que tous ceux qui avaient manigancé cette conspiration seraient châtiés, quels que fussent leur sang et leur rang.

Le roi cependant, accompagné de ses frères Henri d'Anjou et François d'Alençon, ainsi que de la reine mère, s'est rendu cet après-midi à l'hôtel de Ponthieu. Des murmures et quelques menaces ont accueilli l'arrivée de la famille royale. J'en ai été le témoin.

À ce que m'ont rapporté Guillaume de Thorenc, Colliard et Séguret, le monarque a conversé à voix basse avec Coligny, au grand dépit de Catherine de Médicis. Craignait-elle qu'il ne s'engageât à diligenter une enquête sur le complot dont elle était peut-être l'instigatrice ?

Charles IX a dit à Coligny d'une voix forte, pour que chacun l'entendît :

— Mon père, vous avez la plaie et moi la perpétuelle douleur, mais je renie mon salut que j'en ferai une vengeance si horrible que jamais la mémoire ne s'en perdra !

Et il a proposé à Coligny de se rendre au Louvre où il serait à l'abri d'éventuelles émeutes, qu'on pouvait redouter à de nombreux signes.

Coligny a refusé et le roi, au jugement de tous les témoins, a paru surpris et blessé, comme si l'amiral le soupçonnait de vouloir le séquestrer, l'occire ou, pis encore, mettait en doute la capacité royale de défendre le Louvre en cas de troubles dans la ville.

Charles IX a donc quitté l'hôtel de Ponthieu, contraint de passer au milieu d'une foule de protestants qui ont proféré une nouvelle fois de grosses injures et des menaces à son endroit.

Peu après, Henri de Navarre est arrivé et a été accueilli par des acclamations, comme s'il s'était agi d'un roi.

Il était accompagné de plusieurs gardes suisses qui ont commencé d'entreposer dans l'hôtel de Ponthieu des cuirasses et des arquebuses.

C'est donc que, dans le camp huguenot, on pense que l'embuscade est un commencement, qu'il faut s'apprêter au combat.

À écouter Séguret, Pardaillan, Jean-Baptiste Colliard ou Guillaume de Thorenc, il m'a semblé entendre Enguerrand de Mons, Diego de Sarmiento ou les spadassins regroupés dans la cour de l'hôtel d'Espagne.

L'embuscade contre Coligny a ravivé toutes les plaies, attisé toutes les rancunes. J'ose, Illustres Seigneuries et Vénérable Doge, formuler cette certitude : la gangrène va se répandre dans les heures qui viennent et toucher l'ensemble du pays.

On a déjà vu, sur la rive gauche de la Seine, autour du pré aux Clercs, des hommes en armes se former en cortège ; les compagnies d'archers dépêchées par le prévôt des marchands et les échevins, n'ayant pu les disperser, se sont regroupées autour de l'Hôtel de Ville.

Rumeurs et émotions ont enflammé au cours de la journée tous les quartiers.

On a affirmé que le tueur Maurevert avait parcouru les rues au grand galop en criant : "L'amiral est mort ! Vous n'avez plus d'amiral de France !"

Les ordres du roi, d'avoir à le poursuivre et à s'emparer de lui, n'ont pas été exécutés.

Ce n'est qu'un mystère de plus dans cette affaire qui demeure bien ténébreuse.

J'ai entendu deux détonations, et l'on n'a trouvé qu'une arquebuse que Maurevert, à l'évidence, n'a pas eu le temps de recharger. Il y avait donc un second tueur. Mais nul ne s'en est soucié.

On a accusé le duc de Guise d'être l'âme de la conspiration et d'avoir permis au tueur de se poster dans cette maison devant laquelle Coligny passait chaque jour.

Mais peut-être d'autres acteurs se dissimulent-ils derrière les Guises. On a vu cet après-midi Catherine de Médicis et son fils Henri d'Anjou se promener en compagnie de Diego de Sarmiento et d'Enguerrand de Mons dans les jardins des Tuileries. Ces longs conciliabules ont fait penser que là se trouvaient les véritables instigateurs de l'embuscade.

Sarmiento agissait dans l'intérêt du roi d'Espagne ; la reine mère voulait arracher Charles IX à l'influence de Coligny et garder entre ses mains le pouvoir qui risquait de lui échapper.

Les promeneurs des Tuileries devaient mesurer toutes les conséquences du crime raté, car les huguenots savent désormais que c'est à eux qu'on en a voulu en visant Coligny.

La paix entre les deux camps, qu'était censé sceller le

mariage de Marguerite de Valois et de Henri de Navarre, est donc rompue.

Qu'adviendra-t-il ?

Les huguenots sont en force dans Paris. Mais le roi est maître de la ville.

Que décidera-t-il ?

Ses conseillers les plus proches, la reine mère Catherine, son frère Henri d'Anjou, les prédicateurs, le peuple qui attend l'ange de Dieu qui purifiera Paris sont favorables au grand égorgement des huguenots.

Mais ceux-ci peuvent aussi agir les premiers.

Dans la lourde chaleur de ce vendredi 22 août, l'orage est sur le point d'éclater sans qu'on sache, Illustres Seigneuries, qui la foudre frappera d'abord. »

13.

— Ils les tueront tous ! murmure Bernard de Thorenc.

Il est assis en face de Vico Montanari dans l'une des pièces du premier étage de l'hôtel de Venise dont les deux fenêtres sont restées closes depuis l'aube pour se protéger de la chaleur de brasier qui étouffe la ville jour après jour et qui n'a jamais été aussi ardente qu'en ce samedi 23 août 1572.

C'est jour chômé, parce que vigile de la Saint-Barthélemy.

Montanari s'est souvent approché des fenêtres pour voir défiler, rue des Fossés-Saint-Germain, les processions des confréries, car on a fermé les ateliers.

Il a même entrouvert quelques instants l'une des croisées pour écouter l'un des prêcheurs qui, debout sur la borne qui se trouve au coin de la rue des Poulies, s'adressait aux fidèles, proférant des paroles de mort.

Le prêtre disait — Montanari avait cru reconnaître la voix du père Veron :

— On doit abattre une bête odieuse à Dieu comme aux hommes. On tient la bête dans les filets. Mais elle n'est que blessée. Elle peut encore mordre et tuer. Il faut prendre garde qu'elle et ses démons ne puissent s'échapper. Il ne faut pas manquer une si belle occasion de remporter une victoire, au nom de Dieu et de la Croix, sur les ennemis de la sainte

121

Église et du royaume. La victoire est facile. Le butin est grand et assuré. On peut sans péril obtenir la récompense d'un si grand succès. Dieu nous regarde ! Il faut tuer la bête !

Montanari avait refermé la croisée.

Il était en sueur. Il avait entendu les chants des confréries, puis les cloches se répondre d'une église à l'autre, saluant ce jour de la vigile de la Saint-Barthélemy. Et leur son sourd n'avait cessé de marteler la journée.

Il était allé du Louvre à l'hôtel de Bourbon, de l'hôtel d'Espagne à l'hôtel de Ponthieu, puis à l'hôtel d'Aumale où s'étaient rassemblés les gentilshommes appartenant à la maison des Guises.

Mais l'heure n'était plus à parloter.

On l'avait écarté parfois brutalement.

Des arquebusiers, garde-corps du roi, avait occupé les maisons proches de l'hôtel de Ponthieu. Il avait assisté à de courtes rixes entre ces soldats et les Suisses qui gardaient l'amiral de Coligny. Les arquebusiers voulaient empêcher ces derniers de recevoir des piques, des cuirasses, des hallebardes, des pistolets et des arquebuses. Guillaume de Thorenc et Pardaillan étaient sortis, avaient menacé un certain capitaine Cosseins qui commandait les garde-corps.

Montanari s'était approché et avait interrogé Guillaume de Thorenc, qui avait ricané, tout son visage exprimant l'amertume.

— Le roi, avait-il dit, nous donne Cosseins et ses arquebusiers pour protéger notre amiral, mais il n'est pire ennemi de Coligny et de la religion que ce Cosseins, le roi le sait, et nul ne l'ignore.

Puis Guillaume de Thorenc était rentré dans l'hôtel de Ponthieu, cependant que Pardaillan et d'autres huguenots criaient qu'ils allaient se faire justice, qu'ils ne se laisseraient pas égorger comme des moutons, que des milliers de huguenots étaient déjà en route depuis les Pays-Bas et qu'il faudrait bien que le roi choisisse son camp, celui des tueurs ou celui de la religion nouvelle. S'il s'y refusait, eh bien, on en mettrait un autre sur le trône, et pourquoi pas Henri de Navarre, prince du sang, un Bourbon ?

Ce n'étaient pas paroles en l'air. Montanari avait vu des gentilshommes huguenots quitter la rive gauche, des armes accrochées à l'arçon de leur selle, se regrouper rue de Béthisy, autour de l'hôtel de Ponthieu, et devant le n° 7 de la rue de l'Arbre-Sec.

En remontant la rue des Poulies et en arrivant rue Saint-Honoré, Montanari s'était trouvé face aux spadassins de Diego de Sarmiento. Ils écoutaient Enguerrand de Mons qui parlait – comme le père Veron – d'une « bête malfaisante aux mille têtes, qu'il fallait toutes trancher si l'on ne voulait pas qu'elles renaissent ».

Enguerrand avait ajouté que la guerre qu'il menait ici pour défendre le roi Très Chrétien, que les huguenots voulaient égorger, ou à tout le moins inciter à renier sa foi, était la même que celle qu'il avait livrée à Malte et à Lépante contre les infidèles.

Montanari ne s'était pas attardé. Mais, au moment où il s'éloignait de l'hôtel d'Espagne, il avait vu Enguerrand de Mons se précipiter vers un coche qui s'arrêtait rue Saint-Honoré.

Montanari avait reconnu le frère du roi, Henri d'Anjou, que les spadassins saluèrent par des acclamations.

Montanari avait revu Henri d'Anjou plusieurs fois dans la journée. Il passait en revue les arquebusiers royaux alignés sur la berge de la Seine, ou bien s'adressait aux archers et aux miliciens du prévôt qui gardaient les carrefours.

Lorsque Montanari était rentré à l'hôtel de Venise, Leonello Terraccini s'était précipité vers lui.

Le secrétaire avait appris que toutes les portes de Paris avaient été fermées. Il ne pouvait donc être question de faire partir ce soir-là un courrier.

L'ordre avait été donné au prévôt des marchands de faire tirer toutes les barques sur les rives et de les y enchaîner. La milice bourgeoise devait être armée, les pièces d'artillerie prêtes à entrer en action.

Montanari monta au premier étage de l'hôtel.

Là, derrière les fenêtres fermées, les rideaux tirés, il faisait un peu plus frais.

Il demanda à Leonello Terraccini de lui apporter une bouteille de vin doux. Et il se mit à boire à petites gorgées, avec un sentiment de fatigue et d'accablement.

La nuit était tombée, la mort approchait, personne ne pourrait plus l'arrêter. Comment ces hommes, ceux de Coligny et ceux de Henri d'Anjou, d'Enguerrand de Mons, du roi, des Guises, de Catherine de Médicis, auraient-ils pu le faire alors qu'ils pensaient que leur survie et leur pouvoir ne seraient assurés que s'ils réussissaient à tuer l'autre ?

Comment ce peuple qui marchait en priant et en chantant derrière les bannières des confréries, qui écoutait et acclamait les prêcheurs, n'aurait-il pas désiré la mort de ces hérétiques à l'austérité insolente, de ces huguenots qui semblaient appartenir à une race et à une nation différentes, qui voulaient imposer leur religion au roi Très Chrétien et au royaume de France ?

Montanari avait bu, somnolé.

Leonello Terraccini le réveilla pour lui annoncer que Bernard de Thorenc souhaitait le voir.

C'était déjà le milieu de la nuit.

— Ils les tueront tous, répète Bernard de Thorenc.

Il se penche vers Vico Montanari.

— Ils n'attendront pas le lever du soleil, poursuit-il.

Il se cache le visage derrière ses mains, parlant si bas que le Vénitien doit s'approcher pour comprendre ses mots chuchotés.

Bernard de Thorenc a vu un membre du parlement de Paris, Michel de Polin, partisan de la réconciliation ; il a décidé de quitter la ville parce qu'il est sûr qu'on ne va pas massacrer que les huguenots, mais aussi ceux qui, bons catholiques, ne veulent pas qu'on tue. Selon Michel de Polin, seul un miracle ou l'opposition du roi – mais ne serait-ce pas un miracle ? – pourrait empêcher l'hécatombe.

Michel de Polin a appris que des listes avaient été dressées. Les quarteniers sont allés dans toutes les hostelleries, les logis, prenant par écrit les noms de ceux qui font profession de la religion nouvelle, et ont transmis ces rôles au prévôt et aux échevins qui les ont remis aux gens des Guises et de Henri d'Anjou.

Les tueurs, qu'ils soient hallebardiers suisses – ainsi, ces cruels trabans levés par le duc de Guise – ou bien garde-corps du roi, savent qui ils doivent égorger.

Coligny sera le premier, puis viendront tous les autres.

Bernard de Thorenc se tait sans pour autant retirer les mains de son visage.

Il a vu, reprend-il de la même voix étouffée, les hallebardiers, les arquebusiers, les tueurs de Sarmiento s'accrocher un ruban blanc à l'épaule afin de se reconnaître durant le massacre.

– Ils les tueront tous, dit-il une nouvelle fois.

Il semble hésiter, se redresse, regarde Vico Montanari.

– Enguerrand de Mons participait au Conseil privé qui s'est tenu au Louvre il y a moins d'une heure. S'il l'avait voulu, le roi aurait pu couper la corde avec laquelle on s'apprête à étrangler les huguenots. Mais le miracle n'a pas eu lieu.

Bernard de Thorenc s'interrompt.

– Je n'aime pas les huguenots. Ils ont tué mon plus proche compagnon, Michele Spriano. Ils sont les alliés des infidèles. Je suis prêt à les affronter en bataille réglée. Mais cet égorgement qu'on prépare n'est pas conforme à la religion du Christ.

Il fait la moue, hausse les épaules.

— Je sais les huguenots prêts à faire de même, continue-t-il. C'est avec cette crainte que Henri d'Anjou et Catherine de Médicis ont arraché au roi son assentiment à ce qui se prépare. Je sais aussi que Diego de Sarmiento a transmis à Charles IX une missive du roi d'Espagne. Peut-être Philippe II l'a-t-il menacé de faire entrer dans le royaume les troupes espagnoles afin qu'elles en finissent avec les huguenots. Et Charles a cédé. Il s'est levé, a crié, juré par la mort Dieu, dit que puisque la reine mère et son frère d'Anjou trouvaient bon qu'on tuât l'amiral, il le voulait bien, mais qu'on tue aussi tous les huguenots de France afin qu'il n'en demeurât pas un qui pût lui reprocher d'avoir fait tuer l'amiral. Et il a juré derechef : « Par la mort Dieu, tuez-les tous, et promptement ! »

Tout à coup, Bernard de Thorenc saisit les mains de Montanari.

Il a cherché, dit-il, à avertir Anne de Buisson. Mais il était déjà trop tard, la rue de l'Arbre-Sec était tout entière occupée par des hallebardiers, les trabans des Guises. Aurait-il réussi à franchir leur ligne qu'il se serait trouvé face aux gentils-hommes huguenots. Et Séguret, Pardaillan ou Jean-Baptiste Colliard ne l'auraient pas laissé voir Anne.

— Je vais retourner là-bas, dit-il. Je veux être présent au moment où les hallebardiers et les arquebusiers attaqueront. La grosse cloche de Saint-Germain-l'Auxerrois devrait donner

127

le signal, vers les six heures. Mais ils n'attendront pas jusque-là. Ils ont trop hâte de tuer !

Il serre les mains de Montanari.

– Je ne veux pas qu'ils attentent à sa vie. Je la sauverai. Mais elle ne sera en sûreté que si elle reste cachée plusieurs jours, le temps que leur vienne le dégoût du sang. Arrive un moment où cela se produit toujours, nous le savons, nous qui l'avons tant vu et fait couler...

Thorenc se lève.

– Je la conduirai jusqu'ici. Vous la cacherez, n'est-ce pas ?

Vico Montanari ne répond pas.

14.

Vico Montanari s'est affaissé sur le siège à haut dossier. Il dort, le buste penché en avant, bras croisés, les mains enserrant ses coudes. Il respire bruyamment, le menton calé sur la poitrine, le front appuyé contre le rebord de la fenêtre.

Les bougies se sont consumées. La nuit n'est déchirée que par les lueurs fugitives de torches qui éclairent un instant la poterne et la façade de l'hôtel de Venise.

Tout à coup, Montanari secoue la tête comme s'il voulait la dégager, échapper à l'étouffement, à ce battement sourd qu'il entend, à ces flots de sang qu'il imagine recouvrir par saccades son visage et le noyer.

Il pense : on égorge une femme au-dessus de moi et c'est son sang qui jaillit, m'ondoie, pour quelles épousailles ?

Noces vermeilles. Noces de sang. Noces barbares.

Il se redresse, se réveille.

Le tocsin de Saint-Germain-l'Auxerrois frappe à grands coups contre la vitre qui tremble comme si elle allait se briser !

Montanari se lève, repousse le siège, ouvre la fenêtre.

Poisseux, chaud, l'air noir de la nuit est parcouru d'ondes épaisses qui résonnent, se chevauchent, heurtent les murs de l'hôtel de Venise. Montanari recule comme s'il ne pouvait résister à ce flot de bruits qui monte de la rue des Fossés-Saint-Germain.

Des hommes avancent dans la lumière des torches. Les arquebuses et les hallebardes, les casques brillent par instants. Il reconnaît les uniformes, les armes, le cuir des trabans, les mercenaires suisses du duc de Guise.

Il s'écarte d'un bond de la croisée.

Des soldats se sont arrêtés devant la poterne de l'hôtel de Venise. Ils lèvent leurs torches. La lumière jaune envahit la pièce, puis disparaît.

Montanari ne discerne pas les chevaux, mais il perçoit le choc des sabots contre le pavé.

Une voix rauque se détache, s'impose au tocsin qui semble l'accompagner. Elle répète à chaque fois, plus forte : « Le roi commande ! C'est la volonté du roi ! C'est son exprès commandement ! »

La troupe se remet en marche vers la rue de l'Arbre-Sec et la rue de Béthisy. À l'angle des deux rues se trouve l'hôtel de Ponthieu, là où repose l'amiral de Coligny, protégé par quelques hommes, encerclé par les garde-corps du capitaine Cosseins, son ennemi juré, désigné par le roi.

Montanari s'avance à nouveau vers la fenêtre. L'obscurité est comme un tissu dont les mailles peu à peu se desserrent.

Il se penche. La rue est envahie par les soldats. Ils parlent fort, leurs armes s'entrechoquent. Cette rumeur proche couvre parfois le tocsin de Saint-Germain-l'Auxerrois qui continue de heurter la nuit pour l'enfoncer, l'abattre.

Brusquement, des détonations, des cris, le fracas de portes qu'on brise, des hurlements, la voix aiguë de femmes.

D'autres cloches se mettent alors en branle, celles de Sainte-Eustache et de Notre-Dame qui répondent au tocsin. Les églises sont autant de nefs qui ouvrent le feu de tous leurs canons, et le quartier, du quai de l'Étoile à la rue Saint-Honoré, de la rue de la Monnaye à la rue de l'Autruche qui longe le Louvre et l'hôtel de Bourbon, n'est plus qu'un champ de bataille.

Montanari ferme les yeux. Il est à bord de la *Marchesa*, les galères se heurtent, les mâts craquent. Ce sont les mêmes cris d'hommes qu'on égorge à Paris comme à Lépante.

Les hurlements proviennent de la rue de l'Arbre-Sec et de la rue de Béthisy. Montanari les reconnaît. C'est quand on tue qu'on hurle ainsi.

Les soldats ont dû entrer dans la maison du n° 7 et occire l'amiral de Coligny.

Montanari regarde.

Les mailles se sont écartées. La nuit est trouée. L'aube est là, déjà rougie.

Les soldats sont moins nombreux, mais la rue grouille d'hommes, de femmes, d'enfants qui courent en gesticulant, en criant. Les uns brandissent des objets, des tapis, des vêtements ; ils se battent entre eux, se disputent le butin.

C'est l'hallali, le temps du pillage. On va tuer, tuer jusqu'à en être ivre, le visage barbouillé de sang.

Qui peut retenir une meute quand on l'a lâchée après lui avoir donné à flairer sa proie ?

Il faut que les noces de sang, les noces vermeilles, les noces barbares s'accomplissent.

Montanari discerne maintenant les corps, les armes et les visages.

La nuit n'est plus que débris d'un naufrage que noie la lumière de l'aube. Devant la poterne, tout à coup, des cris, un attroupement, deux silhouettes dont l'une, bras tendu, repousse de son épée les coups qu'on veut leur porter.

Montanari se précipite, dévale l'escalier, crie à Leonello Terraccini qu'il faut rassembler les valets : « Qu'on les arme, qu'ils me suivent ! »

Il traverse la cour, ouvre la poterne, reçoit contre lui le corps ensanglanté de Bernard de Thorenc, qui brandit son arme tout en protégeant de sa poitrine Anne de Buisson.

Montanari les pousse à l'intérieur de la cour, écarte les bras. Il sent que les valets l'entourent. Il fait face aux gueules ouvertes, voit les dents ébréchées, les gencives sanguinolentes, les visages balafrés, les yeux exorbités, les poings brandis, les torses couverts de haillons, les gourdins et les poignards. Des enfants semblent se glisser entre ses jambes. Il lui faut les rejeter à coups de pied.

Les valets dressent leurs hallebardes. Le peuple du néant recule.

Un prêtre s'avance au premier rang, dit qu'il faut châtier les mal-sentants de la foi, que l'ange de Dieu a choisi ce jour de la Saint-Barthélemy pour écraser les démons. Tous ceux qui les protègent seront damnés.

— Je suis vénitien de la Sainte Ligue, crie Montanari. Je suis soldat de la Croix, et l'homme que j'ai accueilli était avec moi à Lépante en ce jour béni du dimanche 7 octobre de l'année 1571, je l'atteste devant Dieu. Entre, si tu veux !

Il n'attend pas la réponse du prêtre, le tire par le bras dans la cour. Bernard de Thorenc est debout. Il porte à l'épaule le mouchoir blanc des soldats du roi et des Guises, le signe des exécuteurs.

— Tu le vois, dit Montanari. Ce gentilhomme est au service de Philippe II, roi catholique d'Espagne. Il a été prisonnier des infidèles. Il était avec moi à Lépante, dans la Sainte Ligue, sous le signe de la Croix : *Tu hoc signo vinces !*

Le prêtre hésite. Il aperçoit Anne de Buisson assise sur l'une des marches.

— Celle-là, s'écrie le prêtre, celle-là est une huguenote, une hérétique !

— Convertis-la, bénis-la si tu crois cela ! lance Montanari.

Il s'approche d'Anne de Buisson, lui tend la main, chuchote qu'il s'agit non seulement de sauver sa vie, mais celle de tous les gens qui vivent là. « Les chiens qui hurlent dehors veulent du sang. Ils nous tueront tous ! » lui murmure-t-il.

Anne de Buisson s'agenouille devant le prêtre, qui regarde autour de lui.

Bernard de Thorenc tient son épée à demi levée. Leonello Terraccini est armé de deux pistolets. Montanari a la main sur sa dague. Les valets avec leurs hallebardes ont formé un hérisson. La foule n'avance pas.

Le prêtre pose la main sur les cheveux d'Anne de Buisson, s'incline et marmonne. Elle baisse la tête. Montanari n'entend pas son murmure, mais elle doit confesser son erreur, renier

133

sa foi, demander grâce pour qu'on l'admette à nouveau au sein de la sainte religion.

Le prêtre se signe, puis se dirige vers la foule et crie :

— Il n'y a dans cette demeure que des croyants de la vraie foi en Jésus-Christ et en la sainte Église.

On hésite, puis on l'acclame. Il se tourne vers Montanari, le bénit.

Les valets referment la poterne.

Montanari se signe et murmure :

— Merci, Seigneur.

— Si je voulais la sauver, dit Bernard de Thorenc, je devais me jeter en avant.

Il est assis en face de Vico Montanari dans la pièce du premier étage de l'hôtel de Venise.

Il tourne la tête vers les fenêtres. Elles sont fermées, mais on entend le battement sourd des cloches auquel se mêlent les détonations sèches des arquebuses, les cris, le martèlement des sabots des chevaux.

— C'était comme sur le pont de la *Sultane*, reprend-il. Je me suis ouvert un chemin parmi les huguenots. Derrière moi, on égorgeait, on étripait.

Il s'interrompt, écoute la rumeur.

— Dieu a-t-Il voulu cela ?

Ses mains, ses bras, sa poitrine et son front sont pris dans des bandages que le sang a déjà rougis.

— Ils les ont tous massacrés, ajoute-t-il.

Il s'est engagé seul dans une galerie où les huguenots s'étaient réfugiés, raconte-t-il. Elle devait conduire jusqu'aux berges de la Seine. Ils espéraient fuir par le fleuve, ignorant que le roi avait donné l'ordre d'enchaîner les barques.

— Ils n'ont pas eu le temps d'atteindre la berge. Les hallebardiers du roi et du duc de Guise les ont cloués contre les parois. Je me suis placé devant Anne de Buisson.

Il s'interrompt, baisse la voix comme s'il craignait qu'Anne ne l'entende de la chambre voisine où elle a été conduite.

— Le sang qui coulait de mes plaies m'a sauvé. J'avais bien combattu. Elle était ma prise.

Il baisse la tête.

— Quant à ce qu'ils ont fait des autres femmes...

Il se tait un moment.

— Dieu veut-Il cela ?

Il se lève, mais, au bout de quelques pas, titube. Il refuse que Montanari, qui l'a rejoint, le soutienne.

— Vous la garderez ici, dit-il en montrant d'un hochement de tête la porte de la chambre où se trouve Anne.

— Elle n'est plus huguenote, répond Montanari, mais bonne catholique.

— On tue qui l'on veut, répond Bernard de Thorenc. On égorge un chrétien parce qu'il est un mal-sentant de la foi aux yeux du premier venu...

Il hausse les épaules.

— Qui sait ce que veut Dieu, qui Il condamne ? Qui sont, pour Lui, les mal-sentants de la foi ? Je ne connais que chrétiens, Juifs et infidèles.

Il retourne lentement s'asseoir.

— Mais les rois choisissent selon leurs intérêts ceux qu'ils veulent tuer et ceux dont ils font des alliés, qu'ils soient infidèles, mal-sentants de la foi ou bien juifs. Vous autres Vénitiens agissez de la sorte depuis longtemps. On brûle les hérétiques, on combat les infidèles, on contraint Maures et Juifs à se convertir seulement quand il y va de l'intérêt des princes ou du doge. Mais Dieu veut-Il cela ? Veut-Il qu'on tue des hommes en Son nom ?

— Dieu laisse les hommes se damner, dit Montanari, puis Il les juge.

— Gardez-la ici, murmure Bernard de Thorenc.

Il traverse la pièce en claudiquant. Vico Montanari l'aide à descendre l'escalier.

Comme ils traversent la cour, on entend dans la rue une voix qui clame, répétant chaque phrase, détachant chaque mot :

— L'ange de Dieu a exécuté le jugement du Seigneur. Le traître Coligny, qui a voulu tuer le roi, qui voulait perdre la France et a fait tant de mal à Paris, n'est plus maintenant que charogne pour les vers et les corbeaux ! Dieu soit loué !

15.

« Illustrissimes Seigneuries,

Je n'ai pu avant ce jour, jeudi 28 août 1572, vous rapporter les événements extraordinaires et sanglants survenus à Paris depuis le dimanche 24, jour de la Saint-Barthélemy.

Les portes de la ville ayant été fermées et les barques enchaînées aux rives de la Seine dès le samedi 23 sur ordre du roi, aucun courrier n'a pu quitter Paris jusqu'à aujourd'hui.

Ce jeudi 28, les portes ont été rouvertes et, au regard de ce qui s'est passé quatre jours durant, la ville est calme.

Je l'ai parcourue.

Des potences ont été dressées aux carrefours et portent des grappes de pendus. La corde noue ensemble pillards et huguenots. Les corbeaux par dizaines coassent au-dessus des gibets ; les yeux et les entrailles des morts ne sont que chair à picorer.

Mais la pendaison est un privilège auquel ont rarement eu droit les huguenots.

On les traque encore.

Ce matin, quai de l'Étoile, à quelques pas de l'hôtel de Bourbon et du palais du Louvre, j'ai vu une meute de vauriens arracher ses vêtements à une femme dont la robe noire et le port austère avaient dû faire penser qu'elle était de la religion réformée. La malheureuse battait des bras comme une noyée. Les chiens se sont disputé ses jupons, puis l'ont culbutée avant de la précipiter dans la Seine.

Peu après, sur le même quai, j'ai vu s'avancer, précédée de hallebardes, de porteurs de bannières et de crucifix, de prêcheurs, la grande procession qui, conduite par la famille royale, se rendait à Notre-Dame.

Je l'ai rejointe, marchant aux côtés de Diego de Sarmiento, envoyé du roi d'Espagne, et des ambassadeurs des cours d'Allemagne et d'Italie.

Le père Verdini s'est félicité, au nom de Sa Sainteté Grégoire XIII, de la victoire remportée sur la secte huguenote.

Sarmiento s'est moqué de cet amiral de Coligny qui prétendait faire la guerre à l'Espagne ou imposer sa foi à Paris avec quatre mille cavaliers huguenots et deux fois plus de fantassins venus des Pays-Bas et d'Allemagne.

– Allez donc le voir, le sentir, il est à Montfaucon, m'a-t-il lancé en s'esclaffant.

Autour de nous tous se sont gobergés.

Le sort de Coligny n'inspire aucune pitié à ces hommes dont beaucoup l'ont côtoyé dans les Conseils du roi.

Quant au souverain lui-même, il l'écoutait avec une considération filiale, ne l'appelant – à la grande colère de ses frères Henri d'Anjou et François d'Alençon – que "mon père".

Charles IX avait même paru, je l'ai rapporté, décidé à suivre les conseils de Coligny, et l'on a saisi sur le corps de Robert de Buisson, tué par les Espagnols, une lettre signée de sa main exhortant à tuer de l'Espagnol, comme le demandait Coligny.

Aujourd'hui, tout cela semble ne pas avoir existé. Nous sommes dans un autre monde.

Tout a commencé le dimanche 24 août.

Avant le jour, entre trois et quatre heures, le tocsin de Saint-Germain-l'Auxerrois a commencé à battre et, peu après, les cloches d'alarme de toutes les églises lui ont répondu.

Le bruit s'est aussitôt répandu que le roi avait permis qu'on égorgeât tous les huguenots et qu'on pillât leurs maisons.

Alors a commencé le massacre par tout Paris.

On m'a assuré – je l'ai vu, constaté autour de l'hôtel de Venise – qu'il n'y avait point de ruelle dans Paris, quelque petite qu'elle fût, où l'on n'en eût assassiné quelques-uns. Le sang coulait dans les rues comme s'il en avait plu.

Coligny a été le premier tué, peut-être même avant que n'ait sonné le tocsin à Saint-Germain-l'Auxerrois.

On connaît le nom de l'assassin, Bême, un homme des Guises, né en Bohême, qui a forcé avec les arquebusiers et les hallebardiers du capitaine Cosseins la porte de l'hôtel de Ponthieu.

Les huguenots se sont défendus. Certains ont réussi à fuir par les toits. On dit que, parmi eux, se trouvaient Guillaume, le frère de Bernard de Thorenc, Séguret et Jean-Baptiste Colliard, trois des huguenots les plus entêtés parmi les fidèles de Coligny.

Bême et ses spadassins ont percé et tailladé le corps de Coligny, puis ont voulu le précipiter par la fenêtre.

Coligny, encore vivant, s'est accroché. On lui a alors sectionné les doigts. Il est tombé aux pieds du duc de Guise qui attendait, voulant s'assurer de sa vengeance. Il a lui-même, dit-on, nettoyé le visage balafré et ensanglanté de Coligny avec un foulard, puis s'est écrié : "C'est bien lui, je le reconnais." Il l'a alors piétiné.

Ce qui est advenu du corps de l'amiral doit être dit, Illustres Seigneuries, si l'on veut mesurer ce qui s'est passé à Paris durant ces jours-là, alors que des centaines de cadavres nus et mutilés jonchaient les rues et souillaient le fleuve.

L'amiral jeté à demi vif au bas de l'hôtel de Ponthieu, plusieurs dizaines d'enfants – deux ou trois cents, me dit-on – se sont jetés sur lui pour lui couper la tête et les parties viriles, puis les mains, les bras et les jambes.

On l'a traîné par les rues, on l'a brûlé un peu sur un bûcher dressé quai de l'Étoile, on a hésité à le jeter dans la Seine, on l'a laissé pourrir avant de l'aller pendre par les cuisses au gibet de Montfaucon.

C'est là que le roi a voulu voir celui qu'il appelait "père".

Cependant que nous marchions dans la grande procession, ce jeudi 28 août, le comte Enguerrand de Mons raconta que le corps de Coligny n'était plus qu'une charogne puante. Lui-même avait dû se boucher le nez et d'autres gentilshommes près de lui l'avaient imité, ce que voyant, le roi avait dit :

– Je ne le bouche pas comme vous autres, car l'odeur de son ennemi mort est très bonne.

Le roi a fait preuve de la même impitoyable rancune avec d'autres gentilshommes huguenots qui furent ses compagnons de jeu de paume ou de baignades dans la Seine.

Au cours de cette nuit de la Saint-Barthélemy, le Louvre est ainsi devenu un des lieux de massacre.

Je tiens le récit de ces événements de la bouche de Diego de Sarmiento qui ne pouvait cacher son étonnement devant le roi qu'il avait cru tombé sous la coupe des huguenots et qui, tout à coup, devenait leur bourreau, ne sauvant de la mort que les princes du sang, Henri de Navarre et Condé.

Ces deux Bourbons, convoqués nuitamment, sans armes, ont été insultés par Charles IX qui leur a donné à choisir entre la messe, la mort ou la Bastille, tout en posant la pointe d'un poignard sur leur gorge.

— Lui, répétait Sarmiento, lui, Charles IX, qui était prêt à nous faire la guerre et semblait disposé à embrasser la religion réformée ou du moins à accepter sa présence dans le royaume...

Sarmiento secouait la tête, racontant comment Henri le Béarnais s'était aussitôt agenouillé, renégat une fois encore, prêt à entendre toutes les messes, à prier tous les saints qu'on voudrait. Condé avait résisté davantage pour finir, à son tour, par renier sa foi.

Ce furent là les deux seules grâces accordées par Charles IX.

Les gentilshommes huguenots des deux princes du sang

et tous ceux qui, il y avait à peine quelques heures, dansaient dans les salles du Louvre, furent poussés un à un dans la cour où les Suisses les transpercèrent de leurs piques, chaque corps crevé de si nombreux coups que le sang jaillissait de toutes parts, ruisselant sur le pavé.

Ils ont poursuivi un gentilhomme huguenot jusque dans la chambre de Marguerite de Navarre où ce couard s'est caché sous elle, la tachant de son sang. Je crois qu'elle a obtenu sa grâce, au moins pour quelques heures.

On avait égorgé dans les couloirs du palais, dans les jardins.

On avait traqué ceux qui cherchaient à fuir dans les combles, les souterrains.

De sa fenêtre, le roi avait regardé cet abattage dans sa cour et sur les rives de la Seine.

— Bon chasseur ! ricanait Diego de Sarmiento.

Il racontait comment le souverain avait tiré sur des huguenots qui, sur la rive gauche, en face du Louvre, tentaient de quitter Paris.

— Il avait une grande arquebuse à giboyer, ajoutait l'Espagnol. Et il criait : "Tuez, tuez, mort-Dieu ! Ils s'enfuient, tuez !"

Puis on a trouvé dans les couloirs du Louvre, non loin de la chambre du monarque, une suivante de Catherine de Médicis éventrée, et la peur a saisi le souverain, comme s'il craignait tout à coup ne plus pouvoir rappeler les chiens qu'il avait lâchés, qu'ils n'obéissent plus, allant jusqu'à massacrer et mutiler cette Isabelle de Thorenc, huguenote sans doute, mais protégée de Catherine de Médicis et sœur de Bernard de Thorenc, proche de Diego de Sarmiento.

Le roi a en effet cessé de conduire la chasse aux huguenots.

Mais le peuple, sorti du néant et de l'abîme où il se terrait, a envahi les rues, éventrant les maisons de huguenots et leurs habitants.

Au moins trois mille d'entre eux ont été ainsi d'abord dénudés – leurs vêtements de bonne laine représentant un butin convoité par ces gens de rien, vêtus de haillons – puis égorgés, dépecés, détroussés de toutes leurs bagues et boucles, enfin laissés dans les rues pour les chiens errants, ou jetés dans la Seine, ou déversés dans les fosses du cimetière des Innocents, ou encore pendus à Montfaucon.

Plus de six cents maisons ont été ainsi défoncées et pillées. Ce n'est que le mardi 26 août que, sur ordre du roi, des potences ont été dressées aux carrefours pour qu'y soient pendus les pillards.

Mais le Saint Carnage et le Juste Pillage ont continué jusqu'à aujourd'hui.

Depuis les fenêtres de l'hôtel de Venise et dans les rues que j'ai arpentées chaque jour, accompagné du secrétaire Leonello Terraccini, j'ai vu des bêtes féroces à visages et à corps d'hommes.

Les tueurs couverts de sang crevaient indistinctement le ventre de l'enfant ou de la femme. Ils entraînaient des nourrissons aux langes ensanglantés jusqu'au fleuve afin de les y précipiter. Ils faisaient éclater les crânes à coups de gourdin.

J'ai vu des huguenots agenouillés tenter de sauver leur vie

en offrant une bourse pleine de pièces d'or. Mais pourquoi accepter une rançon alors qu'on peut prendre et la bourse et la vie ?

On égorge et on vole. On pille.

Les quarteniers guident les tueurs vers les maisons qu'ils savent habitées par des huguenots. Ils consultent leurs registres, montent les escaliers des hôtels jusqu'à ces chambres où loge un gentilhomme venu à Paris pour le mariage de Henri, son seigneur huguenot, et de Marguerite de Valois, la catholique.

On tue.

Rien de tout cela, Illustrissimes Seigneuries, ne devrait me surprendre, puisque dans mes rapports précédents j'ai indiqué comment Diego de Sarmiento préparait une battue. Une fois entrés dans la nasse, enfermés dans la ville, les huguenots seraient frappés comme des bêtes prises au fond d'un sac.

Mais il y a loin des mots à l'odeur et à la couleur du sang. Et on a du mal à imaginer les rues d'une ville transformées en ruisseaux rouges, ou bien ce peuple que l'on croyait contenu, soumis, mué tout à coup en horde rugissante, en meute de tueurs travaillant avec ardeur et rage à massacrer ses voisins, à percer les corps de nourrissons, à éventrer femmes et vieillards.

Cela s'est fait. Je l'ai vu.

Les tueurs égorgeaient sans que leur main tremblât, avec l'assurance de qui exécute le jugement de Dieu.

Et chacun, durant ces jours-là, a su qu'une aubépine morte, fleur séchée devant la statue de la Vierge, au cimetière des Innocents, s'était mise à refleurir, signe de la satisfaction de Dieu devant le bon travail qui s'était accompli dans Paris.

Je me suis rendu au cimetière des Innocents et j'ai entendu les cloches de son église carillonner pour que la bonne nouvelle du miracle soit connue de tous.

Autour de la statue de la Vierge, j'ai vu des hommes et des femmes, les yeux exorbités, crier, prier, sauter sur place, se tordre, être emportés, soulevés par la joie du miracle.

Puis ils quittaient le cimetière des Innocents en courant pour aller plus vite tuer d'autres hérétiques, faire couler ce sang qui avait irrigué l'aubépine et allait faire reverdir le royaume de France.

Ainsi se sont passées les choses durant ces quatre jours écoulés depuis cette nuit du dimanche de la Saint-Barthélemy, le 24 août 1572.

Aujourd'hui, le roi s'est rendu en procession au cimetière des Innocents afin de contempler lui aussi le miracle de l'aubépine.

Il s'est agenouillé devant la branche refleurie.

J'étais non loin de lui, auprès de Diego de Sarmiento, au premier rang de tous les ambassadeurs.

Le visage de Charles IX était d'une extrême pâleur et ses

mains tremblaient. Il m'a semblé que son corps oscillait et il a eu du mal à se redresser, reprenant à pas lents la tête de la procession.

Il ne m'a pas paru habité par le sentiment de la victoire qu'il venait de remporter, plutôt par la crainte.

On murmure qu'il a convoqué le chirurgien Ambroise Paré, épargné bien qu'on le soupçonnât d'huguenoterie et qu'il eût soigné l'amiral de Coligny après l'arquebusade dont celui-ci avait été victime. Charles se serait plaint d'avoir l'esprit et le corps grandement émus, comme pris d'une forte fièvre.

Il lui semble à tout moment, aurait-il confié, qu'il veille ou qu'il dorme, que les corps massacrés approchent de son visage leurs faces hideuses, couvertes de sang. Il jure qu'il n'a pas voulu que fussent compris dans le massacre les imbéciles et les innocents.

Mais ils l'ont été, Illustrissimes Seigneuries, et Dieu seul a le pouvoir de faire ressusciter les morts. »

16.

« Je vis dans l'attente de la mort », a écrit Anne de Buisson.

C'est la première ligne du journal qu'elle a tenu tout au long de sa vie. Elle l'a commencé à la fin de l'après-midi du dimanche 24 août 1572, jour de la Saint-Barthélemy. Elle s'était réveillée en sursaut, découvrant cette chambre du premier étage de l'hôtel de Venise où, elle s'en souvenait peu à peu, Bernard de Thorenc l'avait conduite après qu'elle se fut agenouillée dans la cour de l'hôtel, que le prêtre lui eut demandé de renier sa foi, qu'il eut posé la main sur ses cheveux.

À ce souvenir elle avait frissonné, bondi hors du lit, les mèches dénouées, pieds nus – mais qui l'avait déchaussée ? Et, tout à coup, elle avait entendu des cris, des hurlements, ou plutôt des aboiements, et ce battement du tocsin dont elle avait eu l'impression qu'il ébranlait sa tête comme si elle avait été le métal heurté, vibrant.

Elle s'était précipitée vers la fenêtre, écartant la tenture, éblouie par l'ardent crépuscule.

Elle avait vu, au coin de la rue des Poulies et de la rue

des Fossés-Saint-Germain, deux enfants qui tiraient un corps nu mutilé, puis des hommes portant à pleines brassées des vêtements, d'autres qui, accroupis sur les pavés vidaient le contenu d'un coffre. Autour d'eux gisaient des corps nus, ensanglantés, hommes et femmes, celles-ci jambes écartées, les seins tranchés, enveloppées de pièces de tissu qu'elles portaient comme de grandes écharpes.

Anne avait crié, la porte de la chambre s'était ouverte et elle avait vu s'y encadrer Vico Montanari. Elle n'avait pas eu besoin de l'interroger pour qu'il lui dise que Bernard de Thorenc était reparti, mais qu'elle se trouvait en sûreté, qu'elle pouvait demeurer là tant que – il avait eu un mouvement du menton en direction de la fenêtre – cela durerait.

Elle avait joint les mains comme on prie, avait dit d'une voix suppliante et affolée qu'elle voulait du papier, des plumes, de l'encre. Puis elle avait plaqué les paumes sur ses oreilles pour faire comprendre à Vico Montanari qu'elle voulait écrire afin de dresser autour d'elle, en elle, mot après mot, pierre après pierre, un mur qui la protégerait, auquel elle pourrait s'accrocher quand elle se sentirait glisser vers l'abîme, dans cette galerie noire où elle avait vu des hommes, des femmes, des enfants transpercés à coups de hallebarde, cloués comme des trophées de chasse aux parois de ce souterrain qui conduisait, leur avait-on dit, du n° 7 de la rue de l'Arbre-Sec jusqu'aux berges de la Seine où l'on trouverait des barques pour s'enfuir et échapper aux massacreurs.

« Massacreurs » : elle répéta ce mot d'abord à mi-voix, puis elle le hurla aux oreilles de Montanari : « Massacreurs ! Massacreurs ! »

Elle l'avait entendu pour la première fois ce matin-là quand Bernard de Thorenc, le corps ensanglanté, blessé aux épaules, aux mains et au front, le cou tailladé par les huguenots – car il était entré le premier dans la demeure, puis dans la galerie –, lui avait murmuré, en la soulevant et en la portant vers la sortie : « Ce sont des massacreurs ! »

Des hallebardiers, ces mercenaires suisses qui appartenaient aux Guises, avaient voulu l'arrêter. Où allait-il ? Qui était cette femme, pourquoi ne pas l'ouvrir ici comme une truie, en la fendant par le milieu ? Et ils avaient fourré leurs mains entre les cuisses d'Anne de Buisson.

Bernard de Thorenc les avaient repoussés à coups d'épée, criant que celle-là était à lui, qu'il la gardait pour son propre usage.

– C'est ma bonne prise, et je l'ai payée de mon sang !

Et il avait exhibé ses blessures.

Ils avaient pu quitter la maison du n° 7 de la rue de l'Arbre-Sec.

Elle avait renoncé d'instinct à nouer ses bras au cou de Bernard de Thorenc, les laissant pendre, comme une proie blessée dans la gueule du fauve.

Mais, lorsqu'ils étaient parvenus rue des Fossés-Saint-Germain, elle avait voulu marcher, et, dès les premiers pas, la foule les avait cernés.

Elle avait vu ces visages haineux, ces mains qui cherchaient à s'accrocher à elle, à lui arracher ses vêtements.

Bernard de Thorenc avait dû décrire des moulinets avec son épée, mais la foule avait hurlé :

– C'est une huguenote ! On la tue ! À la Seine ! À la potence ! Au bûcher ! Donne-la, donne-la-nous !

Bernard de Thorenc s'était campé devant elle et avait repoussé cette meute en distribuant de grands coups d'épée. Puis la poterne s'était ouverte et les valets armés de piques avaient empêché ces chiens de pénétrer dans la cour, Montanari y attirant le prêtre devant qui elle avait dû s'agenouiller, confesser ses erreurs.

Elle en avait envie de vomir.

– Massacreurs, a murmuré à son tour Vico Montanari.

Il s'approche d'Anne de Buisson, veut lui prendre le poignet mais elle se dérobe et va jusqu'à la fenêtre.

Elle voit d'autres corps étendus dans la rue des Poulies, éventrés, émasculés, les détrousseurs se partager les vêtements des morts, puis regarder autour d'eux comme s'ils flairaient de nouvelles proies.

Anne de Buisson a un mouvement de recul et se heurte à Vico Montanari.

– Les massacreurs n'entreront pas ici, dit-il, cependant qu'elle s'éloigne, se recroqueville, assise sur le lit, le dos voûté, les bras enserrant ses jambes repliées.

Elle ne paraît pas écouter le Vénitien, qui explique que personne à la cour, ni le roi, ni la reine mère, ni son frère, Henri d'Anjou – ces deux-là ayant décidé le massacre et le souverain leur ayant cédé – n'entendent entrer en conflit avec la Sérénissime République.

Il se penche vers Anne de Buisson.

– Ici, c'est l'hôtel de Venise, précise-t-il.

Anne de Buisson se lève. Elle ne peut s'empêcher de marcher à grands pas comme une folle, elle le sait, jetant les bras en l'air, les tordant, répétant qu'elle les connaît : lui, ce roi qui aime à se faire fouetter et qui fouette, qui tremble devant sa mère, le visage en sueur, les yeux baissés, la parole hésitante ; et l'autre, le roi des mignons, Henri d'Anjou, fardé, paré comme une femme ; et elle, Catherine, la Médicis, la noire, la Reine de mort, celle qui ordonne à ses mages et à ses envoûteurs de piquer des aiguilles dans le cœur des figurines modelées à l'image de ceux qu'elle exècre, et qui, quand le sortilège ne réussit pas, use du poison – et personne, pas même le monarque, ne peut se dire à l'abri de cette tueuse.

– Si elle veut, elle entrera ici ou elle enverra ses empoisonneurs. Pour elle je suis déjà morte, mais, si elle sait que je vis, elle n'aura de cesse que je meure.

Anne de Buisson s'arrête devant Montanari. À nouveau elle le supplie : elle veut écrire, lutter ainsi contre les maléfices, ces poisons que Catherine infuse dans les âmes – et on ne sait plus, on ne veut plus, on n'est plus entre ses mains qu'une poupée qu'elle déchiquette, puis qu'elle jette quand elle l'a décidé.

Anne hésite, puis, d'une voix étouffée, murmure :

– Isabelle de Thorenc ?

Montanari baisse la tête, recule. Il dit que le secrétaire, Leonello Terraccini, va lui apporter ce qu'elle demande.

Il s'arrête sur le seuil de la chambre.

— Ils ont trouvé le corps d'Isabelle de Thorenc, répond-il.

Anne de Buisson écarte les bras.

— Ils veulent aussi le mien, dit-elle.

Le secrétaire est entré peu après et a déposé sur la petite table, au centre de la pièce, le papier, les plumes taillées, l'encre.

Anne se lève, tourne autour de cet homme jeune aux cheveux bouclés, aux traits réguliers.

Elle pousse la table vers la fenêtre. Elle doit voir les massacreurs.

Peut-être même Bernard de Thorenc est-il retourné parmi eux après l'avoir sauvée ? Mais c'était elle, elle seulement qu'il voulait arracher aux massacreurs ; les autres, tous les autres, comme ce nourrisson qu'elle voit traîné par des enfants et dont le corps et la tête rebondissent sur les pavés de la rue des Poulies, qu'on les tue tous !

Bernard de Thorenc doit les tuer pour se faire pardonner de l'avoir épargnée, cachée, ou pour éviter qu'on le soupçonne, lui, le frère de Guillaume de Thorenc, de complicité avec les gens de la secte huguenote, ceux de la cause.

Elle dispose les feuillets sur la petite table.

Or c'est à cet homme-là qu'elle s'est livrée le jour du mariage de Henri de Navarre et de Marguerite de Valois.

Et elle s'est laissé prendre sous un escalier, dans le coin le plus reculé du palais du Louvre, là où, aujourd'hui, on massacre ou on éventre Isabelle de Thorenc, la propre sœur de Bernard.

Il a sauvé Anne, mais l'a abandonnée ici alors que, dans la rue des Poulies, les massacreurs lèvent la tête et la recherchent peut-être.

Anne de Buisson s'assied à la petite table et prend une plume.

— Ne vous montrez pas, lui dit Leonello Terraccini en s'approchant. Ils vous ont laissée entrer ici, mais j'ai vu le prêtre rôder rue des Fossés-Saint-Germain. Il y a une centaine de tueurs qui l'écoutent et le suivent. Il n'a accepté de vous convertir que parce qu'il avait peur. J'ai entendu ses prêches. Il dit : « Dieu les convertira s'Il le veut, Dieu leur pardonnera s'Il le veut, mais nous, nous devons exécuter Sa sentence. » Le prêtre peut revenir, vouloir vous reprendre. Il agit peut-être pour le compte de quelqu'un qui souhaite votre mort.

Anne de Buisson se tourne et regarde fixement le secrétaire, qui répète :

— Ne vous montrez pas, le sang les a rendus fous !

Tout à coup, d'un mouvement brutal, Anne le saisit par le cou, l'attire vers elle, colle son corps au sien. Elle geint, semble vouloir s'enfoncer entre les épaules et les jambes de Leonello Terraccini.

Elle le force à se baisser, l'embrasse. Elle ne s'écarte de lui que lorsqu'elle a cette saveur tiède sur la langue.

Elle voit des perles de sang sur les lèvres de Terraccini qu'elle a mordues.

Elle noue les bras autour de sa taille, recule jusqu'au lit, y bascule en l'entraînant.

Elle ferme les yeux cependant qu'il soulève ses jupons, glisse sa main entre ses cuisses.

Elle se souvient du geste des massacreurs dans la galerie noire de la maison du nº 7 de la rue de l'Arbre-Sec.

Elle saisit le poignet de Terraccini non pour repousser sa main, mais pour qu'il l'enfonce en elle.

Elle pense : « Je vis dans l'attente de la mort. »

17.

Les jours de sang, quand les massacreurs tranchaient le nez et les oreilles, les lèvres, les sexes, les gorges, enfonçaient des pieux dans le ventre des femmes, ou bien, avant de les profaner ainsi, les forçaient à s'accoupler avec des huguenots émasculés, voire des pourceaux – et les rires, avec le sang, emplissaient les rues ces jours-là –, Bernard de Thorenc, rue des Poulies, rue des Fossés-Saint-Germain, baissait la tête, craignant de regarder la fenêtre de l'hôtel de Venise derrière laquelle il imaginait que se tenait Anne de Buisson.

Il pressait le pas pour s'éloigner au plus vite de ces rues où rôdaient les massacreurs guidés par ce prêtre devant qui Anne s'était agenouillée et qui souvent s'arrêtait devant la poterne de l'hôtel de Venise, comme tenté de la forcer, de reprendre ce qui lui avait été arraché, cette huguenote qu'il n'avait pu que convertir alors qu'il eût voulu la tuer.

De loin, dans la rue de l'Autruche, Bernard de Thorenc observait ces massacreurs dont les mains, les bras et jusqu'à la bouche étaient maculés de sang.

Puis, lentement, lorsqu'il était persuadé qu'ils allaient enfoncer d'autres portes, traverser la Seine en courant pour prendre en chasse quelques huguenots qui tentaient de fuir

— et le roi, depuis sa fenêtre du Louvre, les tirait avec sa grande arquebuse comme à la chasse on vise un cerf ou un sanglier —, Thorenc rentrait à l'hôtel d'Espagne.

Il gardait l'épée à la main, et son foulard blanc – taché de sang – était toujours noué à son épaule, sauf-conduit pour les massacreurs, comme l'étaient aussi ces bandages rougis qui enserraient ses épaules, ses mains, son front.

Il marchait tête haute, maintenant, parce qu'il voulait voir.

Là, il butait sur les corps de deux femmes enlacées, nues, le visage si tailladé qu'il en avait perdu toute forme humaine, et on avait planté des cornes de bœuf entre leurs cuisses.

Plus loin, au coin de la rue Saint-Honoré, c'était une troupe d'enfants qui entourait un vieillard nu, agenouillé, et le forçait à avaler des feuillets de la Bible, puis des excréments, car l'homme ne doit pas lire le Livre saint en langue profane ni refuser le carême. Or ce vieux-là avait fait tout cela. Alors, qu'il périsse dans les tourments !

Quelques pas après, Bernard de Thorenc avait vu des enfants – encore des enfants ! – crever le ventre d'une femme, l'éviscérer, se servir des boyaux fumants comme de fouets, frappant le visage d'autres huguenots que l'on poussait vers eux – et la foule d'applaudir ces gamins rieurs qui tuaient si sauvagement.

Bernard de Thorenc se retournait.

Souvent, durant ces journées de sang, il avait eu l'impression d'être suivi, et, quand il rentrait à l'hôtel d'Espagne,

Diego de Sarmiento, Enguerrand de Mons ou le père Verdini le dévisageaient avec suspicion comme si l'un de leurs espions – ces serpents-là étaient nourris par la reine mère, Henri d'Anjou ou Sarmiento lui-même – leur avait rapporté que Bernard n'avait tué aucun huguenot, s'était seulement défendu, évitant le combat. Qu'il s'était ainsi borné à sauver une femme, cette Anne de Buisson, huguenote, sœur du maudit corsaire de La Rochelle, Robert de Buisson, cette Anne, suivante de Catherine de Médicis, que celle-ci voulait peut-être à présent faire disparaître, parce qu'elle avait été témoin de trop de complots et que, Paris nettoyé, Henri de Navarre converti, on n'avait plus besoin d'une huguenote parmi les femmes de la reine mère.

Aussi Bernard de Thorenc se méfie-t-il. Il ne faut pas donner le moindre prétexte à ces massacreurs. Il faut éviter de regarder la fenêtre de l'hôtel de Venise, et même de penser à Anne de Buisson.

D'ailleurs, pourquoi l'attendrait-elle alors qu'entre eux deux, depuis leur nuit sous l'escalier dans le palais du Louvre, le sang a coulé comme un torrent les jours de crue ? Il fallait laisser passer le temps, ne même pas s'approcher de Vico Montanari ou de son secrétaire, Leonello Terraccini, que Bernard de Thorenc avait souvent aperçu à l'hôtel d'Espagne, puis dans cette chapelle du Louvre où Henri de Navarre s'était agenouillé au milieu des massacreurs, reconnaissant n'être qu'un dévoyé de la foi qui demandait humblement à être reçu en la sainte Église. Et, lorsqu'il avait ouvert la bouche pour recevoir l'offrande, le rire de

Catherine de Médicis avait été si fort qu'il avait empli toute la nef, et les massacreurs avaient mêlé les leurs à celui de la reine mère.

C'est à cet instant que Bernard de Thorenc avait pensé – ç'avait été dans sa tête comme une douleur brûlante – que les hommes, tous les hommes, à quelque religion qu'ils appartinssent, avaient fait un enfer de cette terre offerte par Dieu.

Il s'était souvenu des enluminures du livre de Michele Spriano, des supplices que Dante décrivait dans son voyage en enfer. C'était bien ce qu'il avait vu accomplir rue des Poulies, rue de la Monnaye, sur le quai de l'École, autour de l'hôtel de Bourbon et de l'hôtel d'Aumale.

Enguerrand, qui rentrait de Provence, de la Grande Forteresse des Mons, avait péroré, disant qu'il avait chaque jour, au terme d'un festin, et pour distraire les bons catholiques qu'il y avait invités, précipité des huguenots du haut des falaises dans les gorges de la Siagne. Il conviait les femmes invitées à piquer à l'aide de poignards les reins et le cul de ces huguenots pour les inciter à se jeter d'eux-mêmes dans la rivière. Et les enfants n'avaient pas été les derniers à se prendre au jeu.

Partout, disait Enguerrand de Mons, on traquait le huguenot, et les corps de ces hérétiques flottaient aussi sur le Rhône, personne ne voulant leur donner une sépulture.

– Et maintenant ces charognes empoisonnent les eaux...

— On n'en a jamais fini avec eux, avait ajouté Enguerrand de Mons, après un silence, en se tournant vers Bernard de Thorenc.

Une centaine de gentilshommes huguenots avaient occupé et défendaient le Castellaras de la Tour. À leur tête se trouvait...

— ... votre frère Guillaume, et quelques épargnés comme Jean-Baptiste Colliard et Séguret.

Sarmiento s'était indigné.

Ceux qui avaient laissé la vie sauve à des mal-sentants de la foi étaient encore plus coupables qu'eux. C'étaient à ceux-là qu'il fallait infliger la mort la plus cruelle. Ils devaient la sentir se glisser lentement en eux. Car ils avaient, par leur compassion, leur lâcheté ou leur complicité, compromis le destin du royaume de France et de la juste foi.

Déjà les protestants de La Rochelle résistaient aux troupes du roi. Ceux de Montauban et de Nîmes, entre bien d'autres villes du Sud, voulaient se rassembler en une Union, quitter le royaume, attendre les secours des Allemands et des gueux des Pays-Bas.

— Voilà ce qu'ont permis les protecteurs de huguenots ! Pour ceux-là, la hache, le poignard, la corde, l'agonie la plus longue seront encore des châtiments trop légers !

Diego de Sarmiento n'avait pas quitté des yeux Bernard de Thorenc, qui avait soutenu son regard, puis s'était éloigné.

Dans sa chambre, cette nuit-là, il avait prié, agenouillé, la tête appuyée sur ses mains nouées, les bras reposant sur le rebord de sa couche.

Puis il avait délaissé les prières et commencé d'une voix devenue peu à peu plus forte, en s'adressant à Dieu :

— Seigneur, nous sommes tous des infidèles ! Ici, j'ai vu crimes et barbaries aussi pervers qu'au bagne d'Alger et dans les chiourmes turques. J'ai vu trancher le nez, les oreilles, les lèvres, crever les yeux comme faisaient les bourreaux de Dragut-le-Brûlé, de Dragut-le-Cruel.

« J'ai vu dénuder les femmes, les traiter comme des proies, puis, après avoir abusé d'elles, les éventrer, ou bien les laisser pour mortes, le corps profané. Chrétiens ou mahométans, nous sommes tous des infidèles, Seigneur. La terre est devenue enfer.

« Que peut faire celui qui croit en Toi ?

« J'ai beaucoup péché, Seigneur.

« Souvent, au cours de ma vie, j'ai été un massacreur.

« Mais j'ai maintenant le dégoût du sang.

« Comment, Seigneur, agir pour qu'on ne le répande plus en Ton nom ?

« Comment, Seigneur, mettre fin au massacre, cette trop humaine et sanglante comédie ?

« Comment ne plus t'être infidèle ? »

18.

Lorsque Bernard de Thorenc s'est mis à parler d'une voix que l'indignation et peut-être le désespoir faisaient trembler, Vico Montanari lui a étreint le bras. Mais il a poursuivi sur le même ton, indifférent à la foule qui les entourait.

Il y avait sur ce quai de l'École, des portefaix, des mendiants, des mariniers, des marchands, des femmes dépenaillées qui lavaient à grande eau le linge du Louvre ou de l'hôtel de Bourbon. Mais, au coin de la rue de l'École et du quai, Montanari avait remarqué des spadassins aux pourpoints élimés, le bord rabattu de leur chapeau leur cachant le visage. Ceux-là étaient gens de sac et de corde qui, pour une poignée d'écus, vous crevaient le ventre. Peut-être même étaient-ce des espions de la reine mère surveillant Bernard de Thorenc, chargés de rapporter ses propos.

Montanari lui a chuchoté :

— Parlez plus bas !

Bernard de Thorenc a regardé autour de lui, haussé les épaules, posé la main sur le pommeau de son épée

— Qu'on vienne ! a-t-il dit, les dents serrées.

— Oui, Montanari, a-t-il repris, nous sommes aussi cruels, aussi barbares que des infidèles. Les hallebardiers, les trabans du duc de Guise, les garde-corps royaux, les spadassins de Diego de Sarmiento, d'Enguerrand de Mons ou de Henri d'Anjou sont nos janissaires. Nous avons nos massacreurs, nos bourreaux. Et qui est le plus débauché, de Dragut-le-Brûlé ou du roi Très Chrétien ?

Il s'est interrompu, puis a ajouté d'une voix plus sourde :

— Il aime tuer. Il est comme fou. Un chasseur dément. Il veut du sang. Il a usé plus de cinq mille chiens. Il massacre à l'arquebuse et à la dague. Ses cerfs, ses sangliers, ce sont les huguenots qui ont réussi à s'enfuir, qui résistent encore, à La Rochelle, qui se rassemblent autour de mon frère Guillaume, massacreurs eux aussi.

Il a eu une moue de dégoût.

— Lorsque Charles rentre de la chasse, on le parfume, on l'habille. Il attend la nuit et s'en va, masqué, rôder dans les rues, non loin de ce quai de l'École, rue Saint-Honoré, rue de l'Arbre-Sec ou rue de la Monnaye. Il force les portes des gentilshommes ou des membres du parlement. Il les jette au bas de leur lit, s'y installe, exige qu'on le fouette. Il prend la femme, fouette à son tour, geint. Il dit qu'il entend des voix criardes, hurlantes, en tout semblables à celles des nuits de massacre. Il a le corps couvert de sueur. Il veut qu'on le fouette encore, et raconte que chaque matin, devant ses fenêtres, des multitudes de corbeaux, de ceux qu'on voit voler autour des potences et du gibet de Montfaucon, se rassemblent ; leurs cris sont cris d'hommes et parfois ils viennent frapper de leur bec les croisées.

Vico Montanari lui a de nouveau serré le bras, puis, pour l'empêcher de continuer, lui a parlé d'Anne de Buisson, toujours cachée à l'hôtel de Venise. Elle songeait à quitter Paris, peut-être pour la Sérénissime.

Bernard de Thorenc a paru ne pas entendre. Il a poursuivi en disant que le roi avait de plus en plus souvent du sang dans la bouche, sur les lèvres, qu'il toussait et hoquetait. De ses débauches de la nuit, il rentrait pâle, le pourpoint taché de sang, le regard sombre, la tête baissée, criant tout à coup qu'il voulait qu'on rassemble ses gardes, qu'il savait qu'on cherchait à le tuer, à l'étrangler, à l'envoûter. D'aucuns pensaient qu'il redoutait que sa mère ne songeât à l'empoisonner parce qu'elle lui préférait Henri d'Anjou, qu'elle avait déjà organisé la succession ; et, puisque Henri d'Anjou venait d'être élu roi par la Diète de Pologne, c'est elle qui, après la mort de Charles, et en attendant son retour, assurerait la régence.

— Il a beau crier, a continué Bernard de Thorenc, des flots de sang l'étouffent, et quiconque le voit sait qu'il va mourir.

C'est encore Bernard de Thorenc, marchant aux côtés de Vico Montanari sur ce quai de l'École, qui a murmuré que Charles IX était mort, du sang plein la bouche, ce dimanche 30 mai 1574, jour de la Pentecôte. La reine mère s'était enveloppée d'une écharpe noire, avait caché son visage sous une dentelle noire et ses mains dans les plis de sa robe noire.

— Femme de deuil, a murmuré Thorenc, femme de mort ! Elle est la messagère de la moissonneuse à la grande faux.

Catherine de Médicis avait aussitôt fait partir des courriers pour la Pologne afin que son fils bien-aimé, Henri d'Anjou, vienne poser son petit cul de femme sur le trône et soit proclamé Henri III, roi Très Chrétien du royaume de France.

C'est ce même jour, celui de la mort de Charles IX, qu'Anne de Buisson et Leonello Terraccini ont quitté l'hôtel de Venise, et Montanari n'a su comment annoncer leur départ à Bernard de Thorenc, se bornant à lâcher à mi-voix :

— Elle est partie. Avec lui.

Montanari a d'abord cru que Bernard de Thorenc n'avait pas entendu, puisqu'il a continué à parler du roi.

— Ce sang dans sa bouche, ce sang qui l'a étouffé est celui des massacrés, de ceux sur lesquels il a tiré depuis sa fenêtre comme s'il visait du gibier, de ses compagnons de jeu qu'il a laissés égorger, transpercer sous ses yeux à coups de hallebarde. C'est le sang du remords. À moins...

Il s'est arrêté tandis que la foule, si dense sur le quai de l'École, les bousculait.

— À moins que sa mère ne l'ait empoisonné. La reine Catherine sue la mort...

Puis, tout à coup, il a murmuré :

— Elle est donc partie avec ce Terraccini ?

Il a esquivé une grimace, la bouche tordue, ajoutant qu'il avait connu autrefois, quand il était encore jeune, comme ce Leonello Terraccini, une femme, Mathilde de Mons, qui avait des tresses blondes comme celles d'Anne de Buisson. Il l'avait retrouvée heureuse dans le harem de Dragut-le-Débauché.

— Les femmes sont ainsi, a-t-il conclu en haussant les épaules.

Il s'est remis à marcher, tête baissée, puis, d'un mouvement du menton, il a montré les lavandières qui, agenouillées, bras rougis, frottaient les draps des palais et des nobles demeures.

— Même celles-là, a-t-il murmuré.

Et, après quelques pas :

— Même les reines.

Il a entrepris de raconter ce qu'Enguerrand de Mons et Diego de Sarmiento rapportaient de ce qui se passait au Louvre où Marguerite de Valois, l'épouse de Henri de Navarre, se couchait sous tous les hommes qu'elle rencontrait.

C'était, à les entendre, une dépravée qui n'avait qu'une seule pensée : satisfaire ses appétits, même avec ses frères, et ce depuis l'âge de douze ans.

Au lieu d'amoindrir ses désirs, le temps n'avait fait qu'augmenter ses vices, et, aussi mouvante que le mercure, elle branlait pour le moindre sujet qui l'approchait.

Elle était même allée déterrer la tête d'un de ses amants, décapité sur ordre du roi, et elle l'avait enfouie de ses propres mains dans la chapelle des Saints-Martyrs, sous Montmartre.

Son époux et ses frères, François d'Alençon et le mignon Henri III, ses compagnons de jeu, montraient la même lubricité qu'elle.

— Ils vont des unes aux autres, et Catherine de Médicis leur jette entre les jambes des jeunes femmes qui les épuisent. L'on dit même que Henri de Navarre a perdu conscience pendant plus d'une heure, tant il s'est donné à cette volupté. Et tous se disent chrétiens, tous s'agenouillent devant l'autel !

Voilà la cour, et celle d'Espagne est à cette image, et chacun de laisser derrière lui bâtards de prince ou de roi.

Thorenc a hoché la tête.

— J'ai connu don Juan, bâtard de Charles Quint...

Il s'est de nouveau arrêté puis a repris :

— J'observe Henri de Navarre chaque fois que je me rends au Louvre. Je n'ai jamais vu homme aussi joyeux, qui court de l'alcôve au jeu de paume. Il rit avec les massacreurs de ses gentilshommes. Il danse, la cuirasse sous la cape, la dague dans la manche du pourpoint, parce que – c'est ce qu'il a dit à Enguerrand de Mons – « nous sommes presque toujours prêts à nous couper la gorge les uns les autres ». Mais il danse, Montanari, il festoie comme s'il n'y avait pas eu massacre des siens, de ces gentilshommes que son mariage avait attirés à Paris. Lorsqu'ils avaient voulu sortir du sac, sentant qu'on allait les y enfermer pour les tuer, il leur avait promis sur sa propre vie qu'ils étaient en sûreté, que le roi Charles le lui avait juré.

Thorenc a ajouté d'une voix rauque :

— Celui-là est mort, le sang du remords plein la bouche. Mais Henri danse et couche, il rit et s'ébroue au récit des amours de son épouse Margot. Ce sont là princes chrétiens ! Demain Henri sera peut-être roi. Les huguenots l'espèrent. Mais tous ceux-là, je les vois, Montanari, comme si j'étais Dante marchant dans l'enfer aux côtés de Virgile et y découvrant les damnés.

Ils ont ainsi parlé presque chaque jour, et Vico Montanari, rentré à l'hôtel de Venise, faisait rapport aux Illustrissimes Seigneuries de la Sérénissime de ce qu'il avait appris.

Il ajoutait que d'autres que Bernard de Thorenc parta-geaient ses regrets – son dégoût – pour tout le sang versé, et que ces sentiments étaient d'autant plus vifs que la guerre entre huguenots et catholiques se préparait, que la religion apparaissait dans chaque camp comme un simple prétexte.

On massacrait au nom de Dieu, mais qui se souciait de ce qu'avait enseigné le Christ ?

Montanari était sûr que Thorenc avait pris langue avec d'autres « mal-contents », des « politiques » des « machiavé-liens » – ainsi se nommaient-ils – qui voulaient la paix entre chrétiens, l'union de tous les sujets du royaume, puisque aussi bien ils ne s'étaient pas entre-massacrés pour Dieu, mais pour l'ambition de quelques princes.

Il fallait écouter, observer ces hommes-là, et, parmi eux, un Bernard de Thorenc, un Michel de Polin, conseiller au parlement de Paris, avait écrit dans l'un de ses rapports Vico Montanari. Ces mal-contents, ces politiques pouvaient rallier un souverain qui serait d'abord homme de paix.

Pourquoi pas ce Henri de Navarre qui avait déjà plusieurs fois changé de religion et qui avait fui le Louvre, le 4 février 1574, craignant qu'on ne l'y égorgeât ou qu'on ne l'empoi-sonnât ?

TROISIÈME PARTIE

19.

Je me souviens du vent glacé qui, en ce premier jour de mars 1576, balayait le quai de l'École que Vico Montanari et moi arpentions comme nous le faisions souvent.

La glace recouvrait les berges, s'accumulait en blocs grisâtres contre les piles des ponts.

J'avais le cœur gelé.

J'avais retrouvé Montanari au coin de la place de l'École, au bas de la rue de l'Arbre-Sec et du quai.

Il m'avait aussitôt pris par le bras et, comme il l'avait étreint, j'avais deviné qu'il allait me parler d'Anne de Buisson.

Je m'étais aussitôt dégagé et m'étais mis à marcher d'un pas plus rapide, lui rapportant ce que j'avais appris au Louvre et à l'hôtel d'Espagne.

Diego de Sarmiento et Enguerrand de Mons, les pères Verdini et Veron, le duc Henri de Guise, dit le Balafré, se rencontraient presque chaque jour depuis la fuite de Henri de Navarre.

Sarmiento et Guise se montraient les plus inquiets. Si Henri III n'avait pas de descendant mâle, Henri de Navarre deviendrait l'héritier du trône de France.

Le père Verdini s'emportait. Dieu ne le permettrait pas ! renchérissait le père Veron. Comment pardonnerait-il à Henri d'avoir une nouvelle fois, dès qu'il s'était retrouvé parmi les siens, la Loire traversée, abjuré la foi catholique et proclamé qu'il était huguenot, protecteur de l'union de tous les huguenots du royaume ?

— Protecteur, avait répété Diego de Sarmiento, ainsi que se nomme le prince d'Orange aux Pays-Bas. Croyez-vous que nous, Espagnols, allons accepter cela ?

Henri de Guise avait dit que si le Roi Catholique, le grand Philippe II, l'aidait dans l'entreprise – il y fallait des ducats pour recruter des hommes : Suisses, mais bons catholiques ; Allemands, mais ennemis jurés des luthériens et des calvinistes ; et pourquoi pas des troupes espagnoles du duc d'Albe en provenance des Pays-Bas –, alors lui, Henri de Guise, jurait de rapporter au Louvre le corps de Henri de Navarre attaché sur un âne et saigné comme un goret. On ferait de lui ce qu'on avait fait du corps de l'amiral de Coligny : on le dépècerait et on pendrait ce qu'il en resterait au gibet de Montfaucon.

J'avais écouté, assis dans la pénombre ; la haine que chacun de ces hommes exprimait était si grande que j'en avais frissonné.

Ceux-là appartenaient au camp des massacreurs. Enguerrand de Mons, qui pourtant était l'un des plus proches conseillers de Henri III, avait ajouté que le roi, malgré toutes les drogues qu'il prenait et celles qu'il faisait administrer à son épouse, Louise de Lorraine, était bien incapable d'engendrer un fils.

— À moins, avait-il ricané, que l'un de ses mignons, Épernon ou Joyeuse, ne l'engrosse !

Ils avaient ricané.

— Mais ce miracle-là, Dieu ne le veut pas, n'est-ce pas, mon père ? avait ajouté Diego de Sarmiento en se tournant vers Verdini, qui, l'air offusqué, s'était signé.

De jour en jour, à écouter les conciliabules de Sarmiento et du duc de Guise à l'hôtel d'Espagne, j'avais senti ainsi battre de plus en plus vite le désir de guerre contre les huguenots.

Enguerrand de Mons racontait que Henri III s'y ralliait, que la reine mère, Catherine, le poussait à prendre la tête d'une armée pour aller traquer Henri et ses huguenots dans leurs provinces de Guyenne, de Gascogne et du Béarn, à Montauban et à Nîmes, à La Rochelle, qu'il fallait faire diligence si l'on ne voulait pas que ces hérétiques imitent les gueux des Provinces-Unies et créent eux aussi, dans cette partie du royaume, un État huguenot.

— Catherine répète au roi que la grande purge de la Saint-Barthélemy aurait été administrée en vain si on laissait Henri de Navarre et ses huguenots se rassembler. Elle sait que des reîtres allemands au nombre de vingt mille sont en marche pour le rejoindre.

173

Je me rendais au Louvre en compagnie de Sarmiento et d'Enguerrand de Mons. J'observais Henri III et la reine mère.

Le roi, de haute taille, paré de velours et de soie, s'avançait, entouré de ses mignons à l'élégance aussi raffinée que la sienne. Ils étaient si parfumés que j'en toussais.

Souvent, dans leur sillage, apparaissait Marguerite de Valois, l'épouse de Henri de Navarre. Elle était si belle, son regard si accrocheur, son visage si parfait que j'en étais troublé, sachant aussi ce que l'on disait de ses mœurs, de sa lubricité, de son désir jamais assouvi.

On murmurait que Henri III – mû peut-être par la jalousie – avait fait chasser de la cour une jeune femme parce que la reine Marguerite – Margot, disait-on, pour la traiter comme une harengère – partageait ses caresses avec elle, sitôt que les hommes avaient quitté sa couche.

Elle m'avait souvent regardé et j'en avais été ému. Puis elle détournait la tête et je la suivais des yeux alors que, vêtue d'une robe de drap d'or frisé, les cheveux ornés de grosses perles et de riches pierreries, de diamants disposés en étoile, elle allait de l'un à l'autre.

Et, cependant, elle était prisonnière. La reine mère et le roi – sa mère et son frère ! – lui interdisaient d'aller rejoindre Henri de Navarre. Et lorsqu'elle avait menacé de fuir, comme son époux, on l'avait attachée ; et Catherine de Médicis et Henri III l'avaient battue, assurant qu'on la tuerait si elle cherchait à quitter Paris.

J'avais donc rapporté ce que j'avais entendu et vu à Vico Montanari, l'empêchant ainsi de me parler d'Anne de Buisson.

Chaque fois que, par le passé, il l'avait fait, me confirmant ainsi qu'elle avait quitté Paris en compagnie de Leonello Terraccini, j'avais feint de ne pas l'entendre, de ne pas en être blessé, alors que ma poitrine était trouée, mon cœur gelé.

Mais j'avais dû, ce matin-là, dans le froid vif qui tailladait les joues et les lèvres, écouter Vico Montanari me dire que Terraccini venait de rentrer, qu'il avait vu à Pau, puis à Nérac, au milieu des troupes huguenotes, Henri, roi de Navarre, heureux et vert comme un homme qui a échappé à la mort et qui s'en va répétant – tels étaient ses mots, consignés par Terraccini : « Loué soit Dieu qui m'a délivré ! On a fait mourir la reine, ma mère, à Paris, on y a tué M. l'amiral et tous nos meilleurs serviteurs. On n'avait pas envie de me mieux faire, si Dieu ne m'avait pas gardé. Je n'y retourne plus si on ne m'y traîne. Je n'ai regret que pour deux choses que j'ai laissées à Paris, la messe et ma femme : toutefois, pour la messe, j'essaierai de m'en passer, mais, pour ma femme, je ne puis et la veux ravoir... »

– Il les veut toutes, et son épouse par surcroît, avait commenté Montanari. Terraccini, qui n'est pas un moinillon, est encore tout ébahi de ce qu'il a vu ; ce roi Henri est comme un chien fou qui renifle toutes celles qu'il croise, les prend quelles qu'elles soient, et se soucie fort peu des morpions qu'il y gagne. Ses poux espagnols sont si nombreux, si pressés dans leur logis des parties basses, qu'ils montent sous les aisselles, dans les sourcils, les cheveux, et qu'on voit Henri se gratter, et, quand les morpions ne le harcèlent pas, il souffre de la chaude-pisse. Voilà le souverain huguenot, adepte d'une cause que l'on disait austère ! Mais lui culbute tous les jupons qui passent, viole celles qui résistent, marie les autres à ses compagnons pour qu'ils les lui gardent prêtes, qu'il puisse en disposer à sa guise, et l'âge ou la condition ne font nullement obstacle à ses désirs : fille de quatorze ans ou putain, châtelaine ou vilaine, la plupart sont bien heureuses de recevoir le roi entre leurs jambes. Ce Henri-là n'est pas entouré de mignons et ne sera pas en manque d'héritiers ! Cela aussi doit enrager notre Catherine et son fils, lui qui n'a jamais dû toucher une femme...

Nous avions fait quelques pas en silence, puis Vico Montanari m'avait à nouveau pris le bras et j'avais baissé la tête, l'écoutant me dire qu'Anne de Buisson s'était d'abord rendue au Castellaras de la Tour « où votre frère Guillaume avait rassemblé quelques centaines de gentilshommes qui s'étaient emparés de la Grande Forteresse de Mons, sur l'autre rive de la Siagne ». Enguerrand m'avait déjà fait part de cette attaque. Mais j'ignorais qu'Anne avait vécu plusieurs mois dans notre demeure en compagnie de Leonello Terraccini et de Guillaume.

Puis elle avait quitté le Castellaras de la Tour avec Guillaume et la plupart des gentilshommes, renonçant à se rendre à Venise comme elle l'avait d'abord promis à Terraccini.

Ils avaient chevauché à travers les provinces huguenotes

du Midi, attaquant quelques châteaux et villages catholiques, pillant les biens, égorgeant ou pendant les prêtres, contraignant les croyants à l'abjuration, tuant ceux qui s'y refusaient, disant qu'ainsi les massacres de Paris, de Lyon, d'Orléans, les quelque trente mille fidèles de la cause étaient vengés, mais que ce n'était là qu'un commencement, qu'un jour il faudrait chasser du Louvre et de Paris les massacreurs, qu'avec l'aide de Dieu, d'Élisabeth d'Angleterre, de ceux de la religion venus d'Allemagne ou des Pays-Bas, et sous le commandement de Henri de Navarre, ce serait bientôt chose faite.

— Anne de Buisson, avait ajouté plus bas Vico Montanari, était, si j'en crois Leonello Terraccini, l'une des plus belliqueuses, jurant qu'elle voulait, elle, venger son frère et ceux qu'elle avait vu tuer dans la galerie de la maison du 7 de la rue de l'Arbre-Sec. A-t-elle oubliée que vous, catholique, l'avez sauvée ?

J'aurais voulu que Montanari se taise.

Seigneur, Vous savez combien, depuis des mois, je Vous adjure de me donner la grâce d'oublier Anne de Buisson.

Mais une fois de plus, ce matin-là, j'ai su que Vous aviez refusé de m'entendre.

Je n'ai pu m'empêcher de demander à Montanari où elle se trouvait maintenant.

J'avais déjà imaginé sa réponse.

Avec Guillaume elle avait gagné Pau, puis Nérac, où séjournait le roi de Navarre.

Selon Terraccini, qui en avait été le témoin, il avait suffi d'un jour, peut-être même d'un regard pour qu'Anne de Buisson fasse oublier au roi toutes les autres femmes.

Montanari m'avait serré le bras.

– Mais Henri de Navarre, je vous l'ai dit, est un chien qui court après chaque femelle, l'une chassant l'autre.

Que ne m'aviez Vous fait, Seigneur, de cette espèce-là ?

20.

Je n'ai plus revu Vico Montanari durant des semaines mais ce sont les espions de Diego de Sarmiento, d'Enguerrand de Mons ou de Henri de Guise le Balafré qui m'ont parlé d'Anne de Buisson.

Ils n'avaient nul besoin de la nommer.

Je l'imaginais, lorsqu'ils racontaient que Henri de Navarre puait comme un porc et que les femmes qu'il prenait se plaignaient de cette senteur « de l'aile et du pied ». Elles se baignaient et se parfumaient durant plusieurs heures après qu'il les eut quittées.

Quant à la reine Margot que Henri III et Catherine de Médicis avaient autorisée à rejoindre son mari à Pau puis à Nérac, elle changeait toute sa literie lorsque le roi de Navarre s'y était vautré.

Sarmiento faisait une grimace de dégoût. Henri de Guise disait que ce Béarnais avait toujours eu le cul merdeux.

Je ne voulais pas entendre, mais m'approchais de ces hommes qui arrivaient des provinces huguenotes de Guyenne, de Gascogne ou du Béarn.

Ils avaient séjourné dans les villes fortifiées par les fidèles de la cause où Henri de Navarre se rendait souvent en compagnie de quelques gentilshommes.

Ils disaient qu'à Agen, à la fin d'un bal, le roi avait fait souffler toutes les chandelles afin de pouvoir forcer les femmes et leurs filles, honnêtes dames tant mariées qu'à marier, et que certaines en étaient mortes d'effroi, d'autres s'étaient précipitées par les fenêtres pour défendre leur honneur, et celles qui avaient subi sentaient si fort le porc et le bouc que l'on savait, à les humer, qu'elles avaient été chevauchées par ce satyre couronné qui se prétendait chrétien.

Il y avait aussi cette suivante de la reine Margot, Françoise de Montmorency-Fosseux, qu'on appelait la « Petite Fosseuse », qu'il avait prise et que la reine Margot avait enseignée pour qu'elle fût la bonne et experte amante que Henri souhaitait.

— Damné, murmurait le père Verdini, il faut qu'il le soit ! Brûlé comme hérétique et comme dépravé !

Je songeais à Dragut-le-Débauché, à Mathilde de Mons. Je pensais à Anne de Buisson.

L'un de ces espions rapportait que Henri de Navarre s'était un jour écrié : « Si je n'étais huguenot, je me ferais turc ! » Le bel aveu !

On disait aussi que, dans le château de Nérac, la reine Margot recevait ses amants au vu et au su du roi.

— Une putain ! décréta Sarmiento.

Mais d'autres espions ajoutaient qu'elle avait créé une

académie et qu'elle y recevait des lettrés venus de Bordeaux, tel ce Michel de Montaigne qui discourait avec elle de religion, de philosophie et, disait-on, de pensées athéistes.

— Sorcière, sacrilège et païenne ! renchérit le père Verdini.

Des gentilshommes gascons et des pasteurs de la religion partageaient ce sentiment. L'un d'eux s'était confié, disant que cette reine avait « amené les vices, comme la chaleur les serpents ». Elle voulait, prétendait-elle, dérouiller les esprits, mais elle avait fait rouiller les armes ! Elle avait semé le trouble parmi tous les gentilshommes huguenots qu'elle accrochait d'un regard, qui savaient qu'elle recherchait le plaisir et ne le cachait pas, ayant même convaincu Henri de Navarre que c'était vertu de ne rien faire en secret, que le vice était non dans la chose, mais dans sa dissimulation, que l'époux devait caresser les serviteurs de sa femme, et celle-ci caresser les maîtresses du roi, son mari.

— Et elle assiste à la messe chaque matin dans la chapelle située dans le jardin du château de Nérac.

Sarmiento s'esclaffa :

— Les putains souvent sont bonnes catholiques.

Il me lança un coup d'œil, puis interrogea l'espion :

— Et la huguenote, cette Anne de Buisson ?

— Comme les autres, répondit l'espion.

Mais, d'un geste, Sarmiento l'arrêta.

— Pour elle on ne veut pas savoir, dit-il, tourné vers moi.

Il n'est pire souffrance que d'imaginer.

Je voyais Henri de Navarre faire irruption dans la chambre d'Anne de Buisson. Il n'avait pas besoin d'en forcer la porte. Anne s'avançait vers lui, embrassait ce corps aux affreux relents de sueur, puant de l'aile et du pied. Et j'imaginais qu'elle ne se lavait pas après le départ de Henri de Navarre pour garder sur elle cette odeur de roi.

C'est Diego de Sarmiento qui m'a obligé à voir ce qu'il en était vraiment d'Anne de Buisson.

Un soir, à l'hôtel d'Espagne, j'ai vu entrer dans la grand-salle l'ambassadeur Rodrigo de Cabezón, accompagné d'un Maure portant turban. Il se tenait quelques pas en retrait, comme un serviteur.

Aussitôt, Sarmiento avait, d'un signe, invité tous les gentilshommes présents à quitter la pièce.

J'avais voulu sortir moi aussi, mais il me retint, me demandant de fermer les portes, et quand je l'eus fait, que je me retournai, je le vis qui s'inclinait devant le serviteur maure.

Celui-ci venait d'ôter son turban, et, peu à peu, malgré la teinture noire de son visage, je reconnus don Juan d'Autriche qui me souriait, nous expliquant comment il avait traversé toute la France sous ce déguisement, en route pour les Pays-Bas, où, sur ordre de Philippe II, il devait prendre la tête des troupes espagnoles.

– J'ai vu les provinces huguenotes, les villes fortifiées. J'ai côtoyé l'armée de Henri de Navarre.

Il s'est assis et nous l'avons entouré.

Il repartait le lendemain matin sous ce déguisement mais avait reçu mission de transmettre à Diego de Sarmiento les volontés de Philippe II.

Il a posé les mains sur ses genoux, s'est penché vers nous :

– Ce roi de Navarre, cet hérétique, il nous le faut comme allié ! a-t-il commencé.

21.

J'ai écouté don Juan d'Autriche le front baissé. Je craignais qu'il ne lût sur mon visage mon désespoir, mon mépris, ma honte.

Mais il ne me prêtait pas attention.

Il déclara que Philippe II était prêt à verser trois cent mille écus, puis cent mille autres chaque mois, si Henri de Navarre entrait en guerre avec ses troupes huguenotes contre Henri III, le Très Chrétien roi de France. L'infanterie espagnole, franchissant les Pyrénées, viendrait appuyer les gentilshommes de la cause et leurs mercenaires allemands ou anglais lorsqu'ils affronteraient les soldats du roi.

Don Juan s'interrompit, frappant du talon le parquet avant de reprendre :

— Nous mettrons ainsi notre pied sur la gorge du mignon Henri III qui apporte contre nous son aide aux protestants des Pays-Bas. Et Catherine de Médicis, qui envoie une flotte contre nos possessions d'Amérique, se souviendra de l'engagement qu'elle avait pris d'être toujours à nos côtés.

J'entendais les approbations de Diego de Sarmiento.

Lui qui, il y avait seulement quelques heures, souhaitait que le pape excommuniât le roi de Navarre, ce renégat qui changeait de religion plus souvent que de chausses, se félicitait maintenant que Philippe II se déclarât prêt à offrir sa fille, infante d'Espagne, à ce satrape, s'il abjurait une nouvelle fois sa cause.

— Donc, ajouta don Juan, proposons-lui les écus, et, s'il les refuse, nous les verserons à Henri de Guise et à la Ligue catholique pour qu'ils fassent plier les genoux à Henri III et à Catherine.

Dieu, où étiez-Vous dans toutes ces manigances ?

J'avais le sentiment d'avoir été berné et bafoué, comme Vous !

Lorsque j'avais combattu en Andalousie aux côtés de don Juan d'Autriche, j'avais cru que nous tuions pour Votre plus grande gloire, parce que ces Maures menaçaient notre foi et que leur conversion n'était qu'un masque cachant leur haine de Votre Église.

Je me souvenais de Lela Marien dont le nom était Aïcha et qui avait brandi contre nous un sabre courbe.

Puis notre sainte guerre s'était poursuivie à Lépante. Don Juan commandait alors la flotte de la Sainte Ligue.

Vico Montanari m'avait dit qu'une immense statue de don Juan avait été dressée sur une place de Messine pour honorer le vainqueur des infidèles. Et, maintenant, c'était lui qui voulait conclure, au nom de son roi, une alliance avec les huguenots, ceux-là mêmes dont Diego de Sarmiento avait voulu, ordonné, organisé le massacre !

Je gardais souvenir que j'avais, au début de ma vie, condamné mon père, qui, au nom de son roi, François Ier, avait recherché l'alliance avec les infidèles.

J'eus envie de crier quand, redressant la tête, je découvris de nouveau le déguisement de don Juan d'Autriche. La couleur noire de sa peau n'était pas teinture, mais vérité de son âme.

Il était devenu infidèle au Christ.

J'ai pensé à cet instant que tous ceux – Sarmiento ou don Juan, et, dans l'autre camp, mon père autrefois, à présent mon propre frère Guillaume ou Séguret, et sans doute aussi ce Henri de Navarre – qui invoquaient le Christ tout en s'en prétendant les hérauts, en fait, le trahissaient.

C'était ce que m'avait dit, sur le quai de Messine, Michele Spriano. Les religions, celles des infidèles, des hérétiques, comme notre sainte foi catholique, étaient tombées entre les mains des habiles, masques derrière lesquels se cachaient les rictus de leurs bouches avides.

Plus près de Dieu m'avaient paru ceux qui ne Le nommaient que dans la prière et non en politique.

Dieu Lui-même le savait.

J'ai revu cette tête de christ aux yeux clos que j'avais enfouie au pied d'un chêne, dans la forêt qui entoure le Castellaras de la Tour.

Ce christ pleurait.

Il connaissait les mensonges des hommes et c'est pour ne pas se détourner d'eux à jamais qu'il préférait fermer les yeux.

J'ai ainsi maudit et méprisé ceux qui se servaient de Dieu pour cacher leurs parjures, leurs sordides besognes, même s'il me fut échu d'être leur compagnon d'armes et leur messager.

Je reconnais, Seigneur, ma faiblesse. Je ne suis pas meilleur qu'eux.

Mais peut-être ai-je, avec le temps, tenté de le devenir.

Lorsque Diego de Sarmiento et don Juan d'Autriche m'ont proposé de partir pour Nérac afin d'y rencontrer Henri de Navarre et de lui faire connaître les propositions du roi d'Espagne, j'ai eu l'impression qu'un souffle d'air emplissait ma poitrine et que je me redressais comme une voile enfin tendue.

Sarmiento s'est approché de moi et a posé les mains sur mes épaules, la tête tournée vers don Juan.

— Vous le connaissez, dit-il. Bernard de Thorenc a été de toutes les batailles, de toutes les saintes causes.

Don Juan hocha la tête. Il parla de Grenade, de Lépante. Il se souvenait de l'assaut que j'avais conduit contre la galère la *Sultane*, au cours duquel Ali Pacha avait péri.

— Il a été l'esclave des Barbaresques, ajouta Sarmiento. Lui et moi avons été enchaînés au même banc dans les chiourmes musulmanes.

Don Juan écarta les bras, souligna en riant qu'il n'avait d'un Maure que l'apparence.

J'ai marmonné que l'imitation était si parfaite qu'on aurait pu s'y laisser prendre.

Diego de Sarmiento et don Juan ont échangé un regard.

Le premier a semblé hésiter à me répondre, puis il a ri à son tour, imitant le second.

J'étais, a-t-il repris en pesant sur mes épaules, le gentilhomme catholique que les huguenots pouvaient écouter. Mon frère était l'un de leurs chefs. Et n'avais-je pas sauvé la vie de cette huguenote dont on disait qu'elle était l'une des préférées du roi de Navarre ?

– Tu la verras, a murmuré Sarmiento.

C'était bien ce qui m'incitait à partir.

22.

J'ai vu Anne de Buisson dès le jour de mon arrivée à Nérac.

J'étais fourbu, la peau tannée par le vent de la course, par la pluie qui m'avait accompagné jusqu'au-delà de Tours, puis par le soleil qui m'avait brûlé.

J'avais le pourpoint déchiré, car j'avais dû à plusieurs reprises gagner les futaies, me jeter dans les fossés pour éviter les bandes de pillards, ces soldats en maraude qui mettaient le feu aux récoltes, rançonnaient les villages, violaient les femmes, coupaient les oreilles et le nez, et parfois – je l'ai vu – empalaient les hommes qui tentaient de leur résister.

Ces « picoreux » volaient les chevaux, détroussaient les cavaliers, et certains m'avaient poursuivi jusqu'à la nuit, au cœur des forêts où j'étais parvenu à leur échapper.

J'avais traversé des villages incendiés, écouté les paysans qui se lamentaient et maudissaient ces brigands qui prétendaient agir au nom de leur religion, dévalisant ici les églises, saccageant là les temples, catholiques s'il fallait voler des huguenots, huguenots s'il fallait dépouiller des catholiques.

Cependant, au fur et à mesure que je m'étais enfoncé dans les provinces huguenotes, j'avais senti que l'ordre était ici

189

comme un printemps dont on voit pointer les premières pousses.

Je pouvais m'asseoir dans une auberge, à Agen, et entendre un marchand me dire que le roi Henri voulait que « l'on vive et se comporte aimablement les uns avec les autres, sans quereller, injurier, provoquer, troubler ni empêcher respectivement en leur religion, jouissance de leurs biens, sans rien entreprendre les uns contre les autres ».

Et ce marchand, en me versant à boire, avait ajouté : « Nous sommes tous du royaume de France, concitoyens d'une même patrie. »

Sur la route menant à Nérac, j'avais vu sécher, pendus à quelques arbres, des soldats aux uniformes lacérés, aux yeux picorés par les corbeaux, eux qui avaient tant « picoré » les biens des paysans !

À l'entrée de Nérac, j'ai même vu deux hommes dont on venait de trancher le poing parce qu'ils avaient pris les armes dans une ville de la province.

Peut-être ce roi de Navarre était-il homme d'ordre et de paix ?

Je l'ai espéré.

J'ai donc marché dans les rues de Nérac en tenant mon cheval par la bride.

On me regardait avec une curiosité bienveillante, comme si la douceur du temps, la tiédeur des pierres rose et ocre rendaient les gens aimables. Je me souvenais de la haine que l'on ressentait à chaque pas, quai de l'École ou rue de l'Arbre-Sec. Paris était un volcan qui ne cessait de gronder. Ici semblait régner une nonchalante gaieté.

On m'a accueilli au château qui dominait le méandre d'une rivière.

J'ai découvert les grandes salles auxquelles des tentures et des tapisseries brodées de velours, de satin et d'or, conféraient une allure opulente. Je me suis avancé jusqu'à l'une des portes ouvrant sur le jardin. Des allées bordées de lauriers et de cyprès descendaient jusqu'à la berge.

Tout à coup, auprès d'une fontaine, j'ai découvert Anne de Buisson, plus blonde qu'elle n'était dans mon souvenir. Elle portait une robe bleue à larges plis, boutonnée jusqu'au cou. Mais la couleur en était si vive, la taille si serrée, la dentelle blanche autour du cou et des poignets était si abondante qu'on eût dit une robe de bal, non l'austère tenue d'une huguenote.

Anne de Buisson marchait aux côtés d'une femme dont le rouge de la robe, brodée de velours noir, attirait le regard. Je reconnus Marguerite de Valois. La maîtresse et l'épouse du roi de Navarre se tenaient par le bras et riaient.

Elles me remarquèrent et l'une et l'autre détournèrent la tête comme si ma présence les importunait.

Elles m'ignorèrent et s'éloignèrent dans une allée bordée d'orangers qui me rappelaient les jardins d'Alger ou ceux d'Andalousie et d'Italie.

On vint me chercher pour me conduire auprès du roi.

Il était seul, allant et venant dans une petite pièce plus sombre que toutes celles que j'avais traversées. Des livres étaient posés sur une écritoire.

Il s'approcha de moi.

Il sentait vraiment de l'aile et du pied !

191

Je découvris qu'il était d'une taille bien inférieure à celle de Henri III et, me souvenant du roi de France, j'eus l'impression de voir s'avancer un nobliau de campagne habitué aux chevauchées, aux batailles, au vin rugueux, aux viandes faisandées, aux femmes qu'on renverse sur une botte de paille, qu'on prend contre un rebord de table comme on avale une rasade quand on a soif, sans s'arrêter à la qualité du vin ni à la propreté du verre.

Il m'interrogea :

— Thorenc, comme Guillaume ?

Il se mit à rire.

Il avait le front dégagé, un menton avancé qu'il commençait de cacher sous une barbe taillée en pointe. Ses lèvres étaient soulignées par une moustache effilée. L'œil était vif et rieur.

— Et tu n'es pas de notre cause ? Tu es papiste ? Tu pries tous ces saints, si nombreux que personne, même les docteurs de la Sorbonne, n'est capable de les nommer ?

Il haussa les épaules.

— Mais nous croyons au Christ, toi et moi, et nous sommes du royaume de France. Ton frère est avec moi ; toi, tu es avec Henri ; faut-il pour autant se trancher la gorge ?

Il s'écarta, mais l'odeur affreuse persistait comme si toute la pièce en était imprégnée.

— Que veux-tu me raconter ? Tu ne viens pas te perdre ici seulement pour rencontrer ton frère ?

Il rit à nouveau.

— L'as-tu vu ?

Il s'assit derrière l'écritoire.

— Tu découvriras le présent que je lui ai fait... Et ce têtu qui le refusait ! Il a fallu que je lui demande par trois fois de l'accepter... Mais il te racontera. Dis-moi ce que tu veux.

J'ai craint que les propositions de Philippe II ne le mettent en rage et qu'il ne m'empêche même de les lui exposer, s'indignant dès mes premiers mots.

J'étais bien naïf.

Henri de Navarre m'a écouté en se lissant la barbe et les moustaches, le regard amusé, puis se frottant les mains comme s'il avait été heureux qu'on songeât à le payer, comme on fait d'un mercenaire, sans se soucier de la foi qui était la sienne ni des liens qui l'unissaient depuis l'enfance au roi Très Chrétien, Henri III, et à ce royaume de France dont les Bourbons étaient l'une des familles régnantes.

Benêt que j'étais !

Henri a répété lentement :

– Trois cent mille écus, et cent mille chaque mois ? Le Balafré, si je refuse, acceptera, il n'aura de cesse que de mettre une laisse à Henri III et de nous faire la guerre. Auprès de qui se rangera alors François d'Alençon ? Rejoindra-t-il le roi, son frère, ou bien les Guises, et pourquoi pas moi ? Si j'ai l'argent et les troupes du roi d'Espagne, je serai bien plus que le roi de Navarre. Or François d'Alençon va là où est la force...

Il a tout à coup ri aux éclats.

– Mais me convertir une nouvelle fois pour épouser l'infante d'Espagne ? Là-bas, elles sont laides, sèches, les cuisses serrées comme les deux moitiés d'une coque de noix ! Et nous avons ici ce qu'il nous faut en femmes. En veux-tu une pour cette nuit, Bernard de Thorenc ?

Seigneur, cette cour non plus n'appartient pas à Votre royaume !

J'en suis venu à penser qu'ici comme au Louvre, comme à l'Escurial, à Alger ou à Constantinople, les hommes étaient exclusivement guidés par leurs désirs et leur volonté de gouverner.

Aurais-je dû me retirer du monde dans quelque lieu de prière ?

Ce soir-là, quittant Henri de Navarre, je me suis bien tardivement incliné devant la décision de l'empereur Charles Quint fermant derrière lui toutes les portes afin que, d'une abdication à l'autre, il se retrouve seul à seul avec Vous, Seigneur !

J'ai quitté le château de Nérac à la nuit tombée, sûr que Henri de Navarre refuserait les propositions de Philippe II, non par fidélité à sa foi ou sens de l'honneur, mais par calcul.

Cet homme-là était un habile qui ne voulait pas compromettre son avenir en devenant le mercenaire d'un prince étranger. Et peut-être sa prudence serait-elle moins préjudiciable aux sujets du royaume de France que la témérité d'un Henri de Guise qui, j'en étais convaincu, accepterait pour sa part l'alliance espagnole en prétendant vouloir ainsi défendre les catholiques contre les huguenots.

Un prince cynique valait peut-être mieux qu'un prince hypocrite, même si aucun des deux n'était vertueux.

Mais la vertu, Seigneur, était-elle encore de ce monde ?

J'étais ainsi dans mes pensées, cherchant l'auberge où je devais passer la nuit, quand des hommes m'ont entouré, l'épée à la main.

J'ai reconnu Séguret, Jean-Baptiste Colliard, d'autres spadassins huguenots que j'avais vus à Paris devant la maison du n° 7 de la rue de l'Arbre-Sec ou devant l'hôtel de Ponthieu.

Il ne me servait à rien de tirer mon épée hors du fourreau.

— Tu vas rendre gorge pour notre amiral et nos compagnons que vous avez massacrés, a rugi Séguret.

Il a levé son arme, en appuyant la pointe contre ma poitrine.

J'ai pensé à Anne de Buisson.

Et tout à coup elle a été là avec des serviteurs qui portaient des torches.

Elle s'est avancée, se plaçant devant moi, disant qu'elle me devait la vie et qu'il faudrait la lui prendre avant que de me tuer. Les spadassins ont rengainé leurs armes et je me suis retrouvé en face d'elle, dans la lueur mouvante des torches. Anne me fixait, le visage altier, la bouche boudeuse, avec un air d'arrogant défi.

— Partez ! a-t-elle dit. Sinon, ils vous tueront, quoi qu'en pensent Henri de Navarre et mon époux.

Elle a haussé la voix en sorte que je ne perde aucun des mots qu'elle prononçait.

— Ils veulent venger le sang des nôtres avec le vôtre.

Peut-être allais-je arguer que je n'avais pas participé au massacre ? Elle m'a devancé.

— Vous m'avez sauvée plusieurs fois, en Espagne, rue de l'Arbre-Sec, je ne l'ai pas oublié. Mais tant d'autres ont été tués par les gens de votre camp !

— Je ne veux être que du camp de Dieu.

— Sur terre, il n'y a que des hommes, a-t-elle répondu. Ce ne sont pas les hommes qui choisissent Dieu, mais Dieu qui les choisit.

La pluie s'est mise à tomber, drue et froide. Les flammes des torches ont vacillé.

— Votre époux ? ai-je murmuré.

Ses tresses, sous l'averse, s'étaient dénouées et ses longues mèches couvraient ses épaules. Sa robe collait à son corps, en dessinant les formes, et je fus saisi par le désir de la serrer contre moi, comme autrefois, sous cet escalier du palais du Louvre, le jour du mariage entre ce Henri de Navarre, le Puant, et Marguerite de Valois dont elle, Anne, paraissait l'amie.

Elle a ri.

— C'est un présent du roi de Navarre, a-t-elle dit.

Le porc l'avait mariée à un gentilhomme complaisant, ai-je d'abord pensé. Puis, tout à coup, j'ai porté la main à mon épée en me souvenant de ce que Henri de Navarre avait dit du présent qu'il avait offert à mon frère Guillaume.

Il avait donc fait cela, et Guillaume avait accepté de prendre Anne de Buisson pour épouse afin de complaire à son souverain !

Tuer, tuer !

Oui, Seigneur, j'ai été emporté par la rage.

J'ai saisi Anne par les épaules et l'ai secouée en hurlant.

Les serviteurs se sont précipités, me repoussant avec les flammes de leurs torches.

— Je suis maintenant de votre famille, a-t-elle lancé en s'éloignant.

Tuer, tuer !

Ce prince et ce frère cyniques qui pouvaient enfermer dans leurs bras le corps d'Anne de Buisson, que je voyais disparaître dans cette nuit rayée par la pluie.

23.

– Qu'ils crèvent tous !

J'ai crié ces mots en quittant Nérac sous un déluge qui me glaçait les os.

Mort-Dieu !

J'ai blasphémé en éperonnant mon cheval jusqu'à ce qu'il tombe, jambes brisées, après avoir heurté un arbre que le vent avait déraciné et qui barrait le chemin.

Il a tenté de se redresser, sa croupe agitée de soubresauts.

Je me souviens que j'ai caressé son encolure, ému aux larmes, prêt à m'agenouiller, à Vous implorer, Seigneur, pour lui et pour moi.

Et puis j'ai reculé d'un pas.

Mort-Dieu !

Vous m'aviez infligé la plus humiliante, la plus inattendue des souffrances ! Que pouvais-je craindre de l'enfer ? J'étais déjà au fond de l'abîme, le corps broyé, écorché vif.

Celle que j'aimais, celle que Vous aviez mise sur ma route, à qui j'avais sauvé la vie – ce que Vous aviez permis, Seigneur –, respirait à présent la puanteur de l'hérétique, qu'il fût roi de Navarre ou mon propre frère !

Qu'avais-je à attendre de Vous, mort-Dieu ?

Elle l'avait dit, cette putain blonde, cette huguenote : Dieu choisit les hommes qu'Il veut sauver.

Mort-Dieu, Vous ne m'aviez pas élu ! Vous me replongiez le visage dans la fange !

J'ai cherché mon cornet à poudre. J'ai armé mon pistolet. Mais l'amorce était trempée par cette pluie qui n'avait pas cessé.

Vous vouliez donc que ce cheval agonise, qu'il soit la proie des loups qui viendraient le flairer, le déchiqueter encore vivant !

C'était cela, le monde, mort-Dieu !

J'ai tué mon cheval en lui tranchant la gorge et le sang a jailli, me couvrant les mains, chaud, brûlant même.

Mort-Dieu, c'était cela, la vie !

Point de paix ! Point de pitié ! Point d'entente entre sujets du même royaume ! Mais la guerre !

Qu'ils crèvent tous, mort-Dieu !

J'ai vécu la tête pleine de ces pensées durant des mois et même des années.

Vico Montanari s'étonnait. Je refusais de rencontrer Michel de Polin, qui continuait d'espérer que Henri de Navarre et Henri III firent alliance pour établir la paix dans le respect des religions de l'un et de l'autre. N'étaient-elles pas toutes deux issues de l'enseignement du Christ ?

« Ne vaudrait-il pas mieux ouïr cinq cents messes tous les jours ou cinq cents lectures de la Bible, que d'allumer une guerre civile ? » disait Michel de Polin.

Je ricanais lorsque Montanari me rapportait ces propos.

J'avais vu le porc de Navarre entouré de ses truies, qu'elles eussent pour noms Anne de Buisson, la Petite Fosseuse, la comtesse de Guiche ou la reine Margot, sans oublier toutes ces autres, servantes et paysannes, châtelaines et suivantes, filles vierges ou épouses rouées.

J'étais son ennemi.

Qu'on le tue ! Qu'ils crèvent tous !

Le père Veron ne prêchait-il pas que le devoir de tout catholique était de livrer à Dieu le corps mort de l'hérétique ?

J'étais de cet avis.

Diego de Sarmiento me serrait contre lui.

— Tu es de Castille ! se rengorgeait-il.

Il m'envoya auprès de Henri le Balafré, duc de Guise, lui remettre les milliers de doublons que lui offrait Philippe II pour lever des troupes qui, le jour venu, pourraient servir les desseins de l'Espagne, vaincre l'armée huguenote et porter sur le trône de France un roi décidé à soutenir la politique espagnole, en lieu et place de ce Henri III qui balançait comme une femme.

Je déposai devant Henri de Guise les sacs remplis de pièces d'or.

J'approuvais Diego de Sarmiento, Enguerrand de Mons, les pères Verdini et Veron quand ils s'indignaient des propos tenus par Henri III à ses mignons.

Le frère de Henri III étant mort, c'était désormais Henri de Navarre qui se trouvait être l'héritier du trône.

J'imaginais déjà les bals et les banquets donnés au Louvre, mon frère Guillaume s'avançant vers le nouveau souverain, accompagné de son épouse, Anne de Buisson.

Mort-Dieu, n'avais-je donc vécu que pour assister à cela ?

Que pour entendre Henri III dire, en tendant ses mains baguées vers le feu de la cheminée :

— Je reconnais le roi de Navarre pour mon seul et unique héritier. C'est un prince bien né et de bon naturel. Mon naturel a toujours été de l'aimer et je sais qu'il m'aime. Il est un peu colère et piquant, mais le fond en est bon. Je m'assure que mes humeurs lui plairont et que nous nous accommoderons bien ensemble...

Il fallait à tout prix empêcher cela !

J'assistais à des conciliabules secrets entre le duc de Guise, Diego de Sarmiento, Enguerrand de Mons, les pères Veron et Verdini, et quelques autres gentilshommes. On y parlait à voix basse, mais parfois quelqu'un s'écriait : « Ils nous égorgeront ! Ils se vengeront. Ce sera une Sainte-Barthélemy des catholiques, le peuple le sait. Il ne veut pas de ce roi huguenot ! »

On décida de distribuer des armes aux bourgeois de Paris.

Le père Veron prêchait que « les sujets ne sont pas tenus de reconnaître ni de soutenir la domination d'un prince dévoyé de la foi catholique et relaps ».

On se réunissait au château de Joinville. Sarmiento ou Rodrigo de Cabezón y parlaient en maîtres. Il fallait créer une Sainte Ligue perpétuelle qui choisirait un autre héritier à Henri III et n'accepterait jamais qu'un hérétique accédât au trône de France, celui du roi Très Chrétien.

Et Diego de Sarmiento ajoutait que si, pour l'empêcher, il fallait d'abord chasser Henri III, eh bien, on l'en chasserait !

Car ce roi à mignons, ce pratiquant de l'amour inverse avait beau s'agenouiller dans toutes les églises de Paris et conduire les processions, il n'en était pas moins l'allié des hérétiques, écrivant par exemple à Henri de Navarre :

« Je vous avise, mon frère, que je n'ai pu empêcher, quelque résistance que j'aie faite, les mauvais desseins du duc de Guise. Il est armé. Tenez-vous sur vos gardes et n'attendez rien. Je vous enverrai un gentilhomme à Montauban qui vous avertira de ma volonté. »

Et c'était l'un de ses mignons, le duc d'Épernon, qui était parti pour les provinces huguenotes.

— Celui-là, disait Sarmiento, on l'empalera !

Il se tournait vers moi. La peau de son visage s'était fripée, la barbe était devenue grise, mais le temps n'avait pas terni son regard.

Penché vers moi, il m'interrogeait : est-ce que je me souvenais des bourreaux de Dragut-le-Cruel qui plongeaient dans les entrailles des chrétiens un épieu rougi au feu ?

— Ce qu'ils ont fait, nous le ferons à Navarre et à quelques autres, concluait-il.

Je ne baissais pas les yeux.

Mort-Dieu, je voulais qu'ils souffrent, ceux qui m'avaient écorché vif !

Telle fut ma vie de haine et de blasphème, pleine de désir de vengeance.

J'ai honte aujourd'hui de l'écrire, mais j'ai vécu ainsi.

Je ne priais plus, Seigneur, Vous le savez.

Je me réjouissais que le père Verdini nous lise la bulle

d'excommunication que le pape Sixte Quint avait publiée contre Henri de Navarre et son cousin Henri de Condé, « génération bâtarde de l'illustre et si signalée famille des Bourbons ».

Mais ce n'était plus, pour moi, en ce temps-là, le jugement du descendant de l'apôtre Pierre, et donc une parole sacrée, mais une arme de plus dans cette guerre qui m'opposait à ceux qui m'avaient blessé.

Finie, la compassion !

Oubliées, l'espérance de paix, et mes indignations de chrétien face à ces rois, ces princes, ces gentilshommes qui se servaient de la religion pour satisfaire leurs démons !

J'étais devenu l'un d'eux.

J'assistais aux messes. Je communiais. Je vouais les hérétiques à la damnation. Je portais la bannière d'un bon catholique. Je respectais le rituel. J'accomplissais les gestes du croyant. Je remuais les lèvres pour faire croire que je priais.

Mais je Vous avais chassé de mon cœur, Seigneur !

J'étais devenu un homme de guerre.

24.

La guerre, c'est la mort.

Je voulais l'infliger à mes ennemis et je sais aujourd'hui que je souhaitais aussi la recevoir.

Je la conviais chaque jour à ma table.

Je proposais à Diego de Sarmiento de partir pour l'une de ces villes huguenotes – Agen, Mont-de-Marsan, Montauban, Cahors ou La Rochelle – où nos espions signalaient la présence du roi de Navarre.

Je saurais m'approcher de lui, le flatter, lui parler de femmes, rire avec lui, peut-être partager l'une de ses nuits de débauche, et l'égorger, le matin venu, comme le porc puant qu'il était.

Diego de Sarmiento me regardait et m'écoutait avec étonnement.

Je sentais qu'il se défiait de moi.

– Cette affaire-là n'est pas besogne de gentilhomme, mais d'assassin gagé ou de moine inspiré. Tu n'es pas Maurevert. On ne te paie pas pour tuer, et la guerre n'est pas un duel privé.

Au demeurant, on apprenait que Henri de Navarre se tenait sur ses gardes, entouré de gentilshommes sûrs comme Séguret, Jean-Baspiste Colliard et mon frère, qui les commandait.

Guillaume ne me laisserait pas approcher de Henri. Lui-même lui conseillait la vertu, lui demandant de renoncer « aux amours si découvertes, auxquels vous donnez tant de temps et qui ne semblent plus de saison. Il faut, Sire, que vous fassiez l'amour à toute la chrétienté, et particulièrement à la France... ».

Sarmiento se tournait vers moi, paumes ouvertes, et me remontrait qu'on ne tuerait point Henri de Navarre dans une alcôve, ou déculotté dans une grange ! Ni dans un tournoi comme le Béarnais l'avait lui-même proposé à Henri de Guise, le défiant de l'affronter en duel singulier ou bien avec une troupe choisie de quelques gentilshommes. (Je m'étais aussitôt proposé pour être l'un de ceux qui porteraient les couleurs du Balafré, des catholiques contre le roi huguenot, mais Guise avait décliné cette offre.)

Et la mort ne venait pas, même si la guerre se préparait.

Je l'attendais avec des ribaudes que Diego de Sarmiento et moi troussions à l'hôtel d'Espagne pour quelques écus.

Je buvais, forniquais jusqu'à ce que la petite mort du plaisir et l'ivresse m'ensevelissent sous le voile noir du sommeil.

Je ne laissais ainsi, Seigneur, aucun doute m'envahir.

Le matin venu, je pouvais, encore titubant, m'assurer que les bourgeois de la Sainte Ligue et les prêtres qui les commandaient avaient appris le maniement des arquebuses, se tenaient prêts, s'il le fallait, à défendre chaque rue de Paris.

Ils avaient déjà accumulé des barriques et les avaient remplies de sable afin de les rouler au milieu de la chaussée, le moment venu, et de les y amonceler pour rendre impossible le passage des troupes, celles de Henri III et de Henri de Navarre, qu'ils harcèleraient depuis leurs fenêtres.

Je rentrais à l'hôtel d'Espagne.

Parfois, je m'arrêtais à celui de Venise, et, cependant que Vico Montanari ou Michel de Polin m'entretenaient, je regardais cette porte derrière laquelle avait vécu Anne de Buisson, et me reprochais de n'être pas venu la forcer.

Je valais bien un prince aux affreuses odeurs de l'aile et du pied, et aussi bien mon frère !

Je me tournais vers Montanari et Michel de Polin, les interrompais, les informais que nous avions appris que la reine Margot, qui risquait d'être un jour reine de France si Henri de Navarre venait à succéder à Henri III, s'était enfuie, enlevée en croupe par un petit gentilhomme qu'elle avait séduit, et lorsque son mari l'avait reprise et enfermée elle s'était offerte au geôlier pour s'échapper à nouveau.

– La reine Margot ?

Je ricanais.

– Margot la Ribaude, Margot la Débauchée, Margot la Putain, comme toutes celles qui respirent le fumet de Henri de Navarre !

Michel de Polin s'emportait : il se moquait de savoir combien de jupons avait troussés Henri de Navarre et combien de gentilshommes la reine Margot avait vus se déchausser.

Que le Béarnais puât de l'aile et du pied, c'était affaire de nez, et non de politique.

Henri de Navarre n'en était pas moins l'héritier légitime de la couronne et tous ceux qui s'opposaient à cette perspective – il tendait le bras vers moi pour les énumérer : les Guises, les Espagnols, les bourgeois de cette Sainte Ligue... – écartelaient le royaume, ruinaient la France et favorisaient l'Espagne.

Il arrivait de Lyon, avait parcouru les provinces. Il avait vu les bandes de paysans affamés couper, sur les terres, les épis de blé à demi mûrs et les manger à l'instant pour assouvir une faim effrénée.

– Le peuple meurt d'avoir le ventre vide, disait-il. Il veut continuer de prier dans ses églises, devant ses saints, mais il veut d'abord qu'on lui remplisse la panse, qu'on lui donne du grain à semer pour qu'il puisse récolter du blé à la prochaine saison. Car il a mangé ses semences !

Il se levait, allait jusqu'à la fenêtre, montrait la rue des Fossés-Saint-Germain, m'invitait à le rejoindre, à voir ces mendiants, ces misérables, ces gens du néant qui avaient quitté leurs campagnes parce qu'ils y crevaient de faim.

– Le royaume a besoin de paix et d'ordre, donc d'un souverain légitime, et non de princes qui se sont vendus à l'Espagne, qui s'enrichissent des doublons que leur verse Philippe II et qui ont forcé le roi Henri à mettre en vente à leur profit les biens des hérétiques.

Il était revenu s'asseoir en face de moi.

– Vous le savez, Thorenc, pour eux la religion n'est qu'un moyen de plus d'arrondir leurs possessions, leur fortune, et demain s'emparer du trône. Peu leur importe de servir ainsi l'Espagne plutôt que la France.

Je ricanais. Il avait sans doute raison. Mais son Henri de Navarre était de la même couvée !

Légitime ? Il avait demandé à la reine Élisabeth d'Angleterre deux cent mille écus, des navires et des soldats pour mener la guerre contre les catholiques. L'un de ses envoyés – Séguret – avait gagné l'Allemagne et le Danemark, promettant à leurs princes de bonnes terres du royaume pour y créer des colonies.

« Faites la plus grande levée que vous pourrez de reîtres, de Suisses, un peu de lansquenets, leur avait écrit Séguret. Prenez les meilleurs et les plus expérimentés colonels et capitaines. Venez combattre les catholiques, il y va de notre religion partout dans nos contrées ! »

Voilà ce qu'il en était des huguenots ! Ne valaient pas mieux qu'eux, j'en convenais, les Guises et les ligueurs qui avaient rassemblé une armée de Suisses, d'Albanais, d'Allemands afin de renforcer les troupes royales. Mais à chacun son camp, son choix.

Le mien était fait.

Michel de Polin avait répété qu'il était du côté de la maison de France dont Henri de Navarre était l'héritier légitime. Il voulait à tout prix éviter la guerre qui, pour les sujets du royaume, était la plus cruelle des destinées.

C'était vrai. Les paysans souffraient. La faim les tenaillait. Les soldats, reîtres ou Suisses au service des huguenots, ou Albanais enrôlés par les Guises, les traitaient moins bien que le bétail.

Mais c'était là la loi du monde.

— Dieu ne le veut pas ainsi, avait murmuré Michel de Polin.

Quand on me parlait de Vous, en ces années-là, Seigneur, je ne savais plus que blasphémer.

— Mort-Dieu ! ai-je crié.

Polin ignorait-il que la cruauté régnait sur cette terre, qui était le véritable enfer des hommes ?

D'autant qu'à la barbarie s'ajoutaient la trahison et le mensonge.

Michel de Polin savait-il que, pendant que l'on se préparait à la guerre, que les armées se rangeaient en ordre de bataille et que leurs soldats maltraitaient déjà les paysans pour un sac de grain ou une poule, Catherine de Médicis embrassait avec une feinte affection Henri de Navarre tout en lui palpant la poitrine de ses doigts gras pour s'assurer qu'il ne portait pas sur lui une dague ou bien une cuirasse ?

— Il faut que vous me disiez ce que vous désirez, interrogeait-elle.

— Mes désirs, madame, ne sont que ceux de Vos Majestés, répondait benoîtement Henri.

— Laissons ces cérémonies et me dites ce que vous demandez.

— Madame, je ne demande rien et ne suis venu que pour recevoir vos commandements.

— Là, là, faites quelque ouverture !

— Madame, il n'y a point ici d'ouverture pour moi.

Et les espions avaient rapporté à Sarmiento que les dames qui assistaient à l'entrevue s'étaient esbaudies devant la vivacité des reparties du roi de Navarre et ses marques de galanterie.

Je savais par ailleurs que Guillaume de Thorenc, mon

frère, avait envoyé – trahison dans la trahison – Jean-Baptiste Colliard auprès du duc de Guise pour lui proposer une alliance entre les troupes huguenotes et celles de la Sainte Ligue perpétuelle afin de chasser de son trône Henri III et ses mignons.

Si le duc de Guise avait refusé, ce n'était pas pour raison de religion, mais parce qu'il disposait à Paris d'au moins quatre mille arquebusiers prêts à envahir le Louvre, à s'emparer de la personne du roi et à le contraindre soit à s'allier à lui, soit à abdiquer ou à fuir.

Pourquoi dès lors partager avec les huguenots ce dont on pouvait s'emparer seul ?

Et si Henri III refusait de céder la place, eh bien, on ferait comme la reine Élisabeth d'Angleterre qui venait de faire trancher à la hache la tête de la reine d'Écosse, Marie Stuart, la catholique, fille de Marie de Guise et qui avait été reine de France en tant qu'épouse de François II, l'un des fils de Catherine de Médicis, lequel n'avait jamais régné qu'une année !

Le sang avait commencé de couler.

Telle était la loi des hommes.

N'avaient-ils pas répandu celui du Christ ?

25.

J'ai oublié que le sang des hommes est de même couleur que celui du Christ. J'ai voulu qu'il jaillisse du corps de mes ennemis.

Je les devinais cachés dans ce chemin creux, entre la rivière de l'Isle et celle de la Drôme, non loin du village qui a pour nom Coutras.

Nous étions en Charente et nous suivions les huguenots depuis plusieurs jours déjà. Ils s'enfuyaient, marchant vers le sud, après avoir traversé le Poitou, cherchant à regagner leurs provinces de Guyenne et de Gascogne. Mais peut-être allaient-ils changer de direction, se porter à la rencontre de ces vingt mille reîtres et arquebusiers, lansquenets allemands et hallebardiers suisses qui avaient pénétré en Lorraine afin de leur porter secours.

— Il faut les tuer avant, avait décrété Diego de Sarmiento.

Et le duc de Guise, mais aussi le roi Henri III, bien contraints d'obéir à la Sainte Ligue, avaient donné l'ordre de rassembler près de cinq mille fantassins et plus de mille cinq cents cavaliers afin de débusquer le malodorant roi de Navarre qui en appelait aux mercenaires étrangers pour satisfaire son ambition et faire triompher sa foi hérétique.

213

Depuis longtemps je n'écoutais plus les prêches du père Veron. Peu m'importait désormais le sort du royaume de France ! Je savais seulement que Henri de Navarre et Guillaume de Thorenc, mes deux ennemis, marchaient à la tête de leurs troupes et j'avais donc rejoint l'armée des Guises et du roi Henri que commandait le duc de Joyeuse, l'un de ces mignons dont l'accoutrement et les manières, les parfums et les bijoux me soulevaient le cœur.

Je n'en avais pas moins chevauché à ses côtés, forçant le train, inquiet de ne voir autour de moi que des gentilshommes vêtus comme pour un bal, avec leurs grands chapeaux à plumes, leurs pourpoints de soie, de satin et de velours, leurs armes de parade toutes damasquinées.

Beaucoup d'entre eux brandissaient une longue lance au bout de laquelle flottaient leurs pennons multicolores. Et ils devisaient gaiement comme s'ils participaient à une cavalcade, par un jour de fête, rue Saint-Antoine.

On était pourtant loin des estrades.

La pluie, en ce mois d'octobre 1587, noyait la campagne. Quand elle cessait, le brouillard s'accrochait aux haies.

Dans cette grisaille, derrière les buissons, les buttes sableuses, au confluent de ces rivières, dans ces chemins creux, je craignais que Henri de Navarre et ses spadassins, gens de guerre comme Jean-Baptiste Colliard, Séguret ou mon frère Guillaume, ne dissimulent leurs arquebusiers, leurs canons et leurs cavaliers.

Ceux-là ne portaient pas d'oriflammes de couleur à la pointe de leurs lances. Ils serraient la crosse de leur pistolet.

Aucune enjolivure n'ornait les armes des arquebusiers, mais ils savaient en faire bon usage, vieux briscards et non danseurs invités des fêtes royales.

J'ai dit plusieurs fois au duc de Joyeuse et à son frère Claude de Saint-Sauveur qu'il fallait prendre garde aux huguenots, que Henri de Navarre avait à ses côtés ses cousins Condé et Soissons, que c'étaient là de vrais chefs de guerre et que, quittant La Rochelle, il leur avait lancé, ainsi que les espions l'avaient rapporté : « Souvenez-vous que vous êtes du sang des Bourbons ! Et vive Dieu ! Je vous ferai voir que je suis votre aîné ! »

Et Condé avait répondu, de la même voix forte : « Nous nous montrerons bons cadets ! »

L'on disait qu'avant de quitter La Rochelle Henri de Navarre s'était agenouillé devant ses soldats, faisant repentance, jurant qu'il allait, par sa bravoure, obtenir le pardon de Dieu pour ses fautes, y compris la dernière, quand il avait forcé cette fille d'officier de son armée de La Rochelle.

Lorsqu'on avait rapporté ces propos au duc de Joyeuse, il avait ri comme font les femmes, la tête rejetée en arrière, disant qu'on allait venger l'honneur de la petite huguenote maltraitée par ce soudard de Henri de Navarre.

Et l'assurance de vaincre le roi huguenot et son armée d'hérétiques s'était répandue comme un poison.

En regardant ces gentilshommes accoutrés comme pour une cavalcade, j'avais éprouvé un sombre sentiment de jouissance.

Nous allions tuer – et mourir.

215

Le 20 octobre 1587, après avoir traversé le village de Coutras, nous nous sommes engagés dans une petite plaine, large de sept cents pas, dessinée comme pour un tournoi.

Mais j'avais vu, sur la butte sableuse qui la dominait, les canons huguenots, et, malgré la pluie qui voilait l'horizon, j'ai aperçu dans les chemins creux les cuirasses grises des fantassins du roi Henri. J'ai pensé que sa cavalerie devait attendre que nous fussions entrés dans cette lice et que les arquebusiers nous eussent tirés comme gibiers rabattus pour s'élancer et nous tailler en pièces.

Mais n'était-ce pas ce que je désirais ?

J'ai chargé aux côtés des frères Joyeuse et des gentilshommes qui brandissaient leurs lances à pennons comme pour une parade. Quelques huguenots sont venus vers nous, puis se sont dérobés pour nous attirer plus avant dans le piège.

J'ai éperonné, frappé, j'ai tué, aveuglé par le sang qui jaillissait, puis il n'y a plus eu d'ennemis, hormis ces quelques corps étendus.

Et, brusquement, un psaume chanté autour de nous a roulé depuis la butte, est monté des chemins creux :

La voici l'heureuse journée
Que Dieu a faite à plein désir
Par nous soit joie démenée
Et prenons en elle plaisir !

Et le duc de Joyeuse et son frère Claude de Saint-Sauveur de rire, de clamer, debout sur leurs étriers, que l'armée huguenote demandait déjà grâce, qu'il suffisait d'aller les chercher pour qu'ils se rendissent.

Les chevaux de nos gentilshommes et de nos mercenaires albanais piaffaient d'impatience.

Tout à coup, ce fut la canonnade, l'arquebuse, la charge des cavaliers huguenots.

Nous étions dans la nasse, nous heurtant les uns aux autres, tués par la mitraille des arquebusiers, percés par les balles des pistolets des cavaliers. Ceux-là ne portaient aucune lance, mais de leurs mains jaillissaient le fer et le plomb.

J'ai vu tomber le duc de Joyeuse, ses dentelles et ses plumes rougies par le sang.

J'ai vu son frère Claude de Saint-Sauveur désarçonné par une arquebusade, et son corps, resté lié au cheval par un étrier, traîné sur le champ de bataille déjà couvert de morts enrubannés.

Il m'a semblé reconnaître, à la tête des cavaliers huguenots qui chargeaient, Jean-Baptiste Colliard et Séguret. Henri de Navarre et mon frère Guillaume ne devaient pas être loin de ces deux-là.

J'ai tiré sur les rênes, forcé, en lui labourant les flancs, mon cheval à bondir, et je me suis élancé contre mes ennemis.

Que leur sang coule, qu'il soit royal ou fraternel !

J'ai frappé. Mon épée rencontrait la molle résistance des corps. Et j'ahanais chaque fois que je la retirais, comme un laboureur qui vient de donner son coup de bêche.

Je ne voyais plus rien, du sang plein le visage, le mien ou celui d'autres, dont je reconnaissais la douceur tiède.

Tout à coup j'ai eu l'impression qu'on me tranchait le corps au ras des épaules.

J'ai senti que je tombais, que mon visage heurtait le sol puis s'enfonçait dans la terre.

Je me suis souvenu de la petite fosse que j'avais creusée au pied d'un chêne de la forêt du Castellaras de la Tour et dans laquelle j'avais enfoui la tête du christ aux yeux clos.

J'ai rouvert les yeux et j'ai discerné les poutres noircies d'un plafond enfumé. J'ai voulu tourner la tête à droite, puis à gauche, et j'ai hurlé tant la douleur était vive.

Je me suis mordu les lèvres pour étouffer ce cri.

J'ai entendu un brouhaha de voix, le bruit des écuelles et des verres qu'on heurte.

J'ai reconnu l'odeur de la viande qu'on rôtit.

J'ai réussi à me redresser en m'appuyant sur les coudes. J'ai découvert, attablés, les huguenots en cuirasse grise et collet de buffle, et, sur des bancs, nus, les corps morts du duc de Joyeuse et de son frère.

J'étais aussi allongé sur un banc, blessé.

Contre les murs étaient appuyées les lances à pennons des gentilshommes de Joyeuse. Dans le fond de la salle de cette auberge, sur une table entourée de cierges, j'ai deviné le corps de mon frère Guillaume, mains jointes sur la poitrine. Près de lui, tête baissée, bras croisés, se tenait Henri de Navarre qu'entouraient Jean-Baptiste Colliard et Séguret.

Je ne les avais pas tués. Peut-être le seul que j'avais occis était-il mon propre frère.

J'ai fermé les yeux et la prière est revenue en moi au bout de tant de semaines, Seigneur. Et j'ai imploré Votre pardon.

J'étais Caïn.

J'ai sangloté.

J'ai reconnu près de moi la voix de Henri de Navarre.

— Je perds Guillaume de Thorenc, disait-il. Je ne veux pas que l'arbre des Thorenc soit déraciné. Je veux que tu vives, Bernard de Thorenc, même si tu m'as fait grand mal.

Je l'ai regardé. Il a secoué la tête.

— Ce n'est pas toi, a-t-il dit.

Puis son visage s'est crispé, les mâchoires serrées, le front partagé par des rides.

— Pas toi seulement. Il s'est trouvé dans une mêlée. Tu as dû, toi aussi, donner ton coup. Mais il n'est pas mort de ta main. Je ne te déclare pas coupable. Tu n'as jamais été avec moi. Tu ne m'as donc pas trahi.

Il s'est penché.

— Combien de gentilshommes français sont morts aujourd'hui ? Tous de bonne race. Ils faisaient la force et la noblesse de notre royaume de France. Crois-tu que je sois satisfait de cela ? Pour quelques ligueurs que les Guises ont enrôlés, les mêlant à des Albanais, les autres, tous les autres, et toi aussi, Bernard de Thorenc, vous êtes de bons et naturels Français.

Il a effleuré du bout des doigts mon épaule meurtrie, murmurant qu'il avait ordonné à ses chirurgiens de me guérir. Un coup d'arquebuse m'avait déchiré le cou et les épaules. C'était miracle que je fusse encore en vie.

— Dieu l'a voulu ainsi. Un Thorenc mort aujourd'hui, cela suffit.

Il a haussé la voix et, dans le silence qui s'est établi peu à peu, il a dit qu'il voulait que les catholiques morts aient droit à une messe conforme à ce qu'auraient été leurs vœux.

— Qu'on trouve un prêtre et qu'on porte les corps dans l'église de Coutras.

Il s'est tourné vers moi.

— Quand les chirurgiens t'auront arraché aux griffes de ta blessure, tu seras libre, même de porter à nouveau les armes contre moi. Mais sache, Bernard de Thorenc, que je ne veux connaître que Français, et non papistes ou huguenots. Et sache aussi qu'il me fâche fort le sang qui se répand et affaiblit ainsi le royaume de France, pour le plus grand profit du roi d'Espagne. Je veux mettre fin à cette saignée. La mort d'un Thorenc suffit à ma peine. Je ne veux pas de la tienne. Vis et aide ce royaume à trouver la paix !

J'ai réussi, malgré la douleur qui glissait de mes épaules à l'extrémité de mes doigts, à joindre les mains et à prier.

26.

Je n'ai cessé de Vous parler, Seigneur, alors que la douleur m'empoignait tout le corps.

J'étais allongé dans une litière qui se dirigeait lentement vers le Castellaras de la Tour.

C'était l'hiver. Les chemins étaient creusés de fondrières où les roues s'embourbaient. À chaque cahot, un épieu me traversait la nuque, se brisait et ses éclats venaient me déchirer les épaules et la poitrine.

Mais cette épreuve-là, j'avais choisi de la subir.

Henri de Navarre avait voulu me retenir près de lui, mais, du fond de la fièvre, j'avais supplié qu'on me conduisît chez moi, puisque les chirurgiens avaient renoncé à me soigner : la plaie purulente était trop profonde, ses lèvres boursouflées, ma chair labourée par le plomb et le fer de la balle ; la gangrène, à les entendre, était déjà à l'œuvre, noircissant mon bras qu'il faudrait couper. Et cela ne servirait de rien.

Henri s'était plusieurs fois emporté contre ces médecins qui avaient – même le plus docte, Ambroise Paré – prétendu que l'amiral de Coligny allait succomber à sa blessure, qu'on ne pouvait le transporter hors de Paris ; or Coligny y avait survécu, et sa fièvre avait disparu, et les tueurs de Henri de Guise avaient en fait poignardé et mis en pièces un homme guéri.

Il me répétait qu'il voulait que je reste en vie, et j'étais ému par tant d'attention. J'en venais à me reprocher d'avoir désiré sa mort et celle de mon frère.

Je Vous implorais, Seigneur, de me pardonner. Cette souffrance que Vous m'infligiez était comme les douleurs d'une renaissance.

Il était juste que Vous me châtiiez.

J'avais cédé aux démons. J'avais blasphémé. J'avais fait couler le sang.

Par jalousie et amertume. Par déception d'amour.

Anne de Buisson était venue, le jour où je devais quitter l'hostellerie du Cheval-Blanc, à Coutras, pour entamer ce voyage de retour au Castellaras de la Tour. Au moment où les porteurs soulevaient le brancard, j'ai vu son visage penché vers moi. J'ai aussitôt voulu lui rappeler cette phrase qu'elle avait prononcée à Nérac, par cette nuit de déluge, ces mots qui m'avaient précipité dans l'abîme de la haine, dans le blasphème et le désir de mort. Elle avait dit : « Je suis maintenant de votre famille. » J'ai remué les lèvres, mais comment aurait-elle pu entendre alors qu'aucun son ne sortait de ma gorge à demi tranchée par le coup d'arquebuse ?

Et, cependant, elle a souri comme si elle avait compris. Elle a posé sa main sur la mienne, accompagnant le brancard jusqu'à la litière. J'ai essayé encore de lui dire : « Nous restons seuls. » Je me suis soulevé. Qui pouvait imaginer la douleur que je ressentais ? J'aurais voulu qu'elle entendît au moins ce mot : « Venez. »

Je suis retombé.

Les porteurs ont déposé le brancard dans la litière, baissé les rideaux de cuir, et, au premier tour de roues, j'ai su que si je voulais tenter d'étouffer ces cris de douleur qui envahissaient ma poitrine il fallait que je prie.

J'ai continué de m'adresser à Vous, Seigneur, durant tous ces jours de voyage – je voyais que leur lumière se faisait plus vive, tout comme les nuits devenaient plus courtes –, puis durant toutes ces heures passées allongé devant la cheminée du Castellaras de la Tour.

Ma plaie peu à peu se cicatrisait, et dans le même temps se refermait l'abîme dans lequel je m'étais naguère précipité.

Un jour je me suis levé et, appuyé au bras de Denis, notre serviteur, j'ai recommencé à marcher, m'arrêtant devant les niches vides de notre chapelle. J'ai donné des ordres pour que l'on fasse sculpter des statues de la Sainte Vierge et des Apôtres, pour que l'on guérisse ainsi ces plaies que les huguenots avaient ouvertes en détruisant les figures de notre foi.

J'ai pu m'agenouiller et revivre les heures de mon enfance, mais aussi les dernières vécues aux côtés de Michele Spriano, quand nous avions chargé les spadassins de Jean-Baptiste Colliard et qu'un coup d'arquebuse avait ôté la vie à Michele.

Plus tard, j'ai pu me rendre dans la clairière où je l'avais enseveli dans son manteau, plaçant près de lui, au pied d'un chêne, la tête du christ aux yeux clos.

J'avais fait le serment de bâtir un tombeau pour Michele Spriano, dans notre chapelle, et de placer sur l'autel l'étendard

223

de damas rouge qui avait flotté à la poupe de la *Marchesa*, notre galère victorieuse.

J'ai tenu parole.

Son corps n'était plus qu'ossements, et son manteau poussière.

Seules ses armes avaient résisté au temps.

Je suis rentré au Castellaras de la Tour, portant ce corps devenu si léger et cette tête de christ aux yeux clos que j'avais caressée pour la dépouiller de la gangue de terre qui l'enveloppait.

Je me suis remémoré ma rage, ma haine, ma volonté de tuer ceux de la secte huguenote, ces suppôts de Satan, ces mercenaires de Lucifer. Mais ces sentiments-là aussi étaient devenus poussière, et je les ai ensevelis avec Michele Spriano, dans son tombeau, à droite de l'autel de notre chapelle. Puis j'ai placé sur l'étendard rouge la tête de Christ aux yeux clos, à côté du tabernacle.

Après, j'ai commencé à attendre.

J'ai guetté, chaque jour, ne quittant pas des yeux la route qui longe la vallée de la Siagne.

J'ai prié pour que Vous lui rappeliez qu'elle était de notre famille.

Elle avait choisi, quelles qu'en fussent les raisons, d'en porter le nom.

Parfois, le désespoir m'étranglait : elle avait été l'épouse d'Abel et jamais elle n'accepterait de vivre avec celui qui avait été le complice de Caïn.

Puis je reprenais confiance. Elle viendrait, puisqu'elle m'avait souri dans cette hostellerie du Cheval-Blanc, à Coutras.

Je me persuadais, Seigneur, que Vous nous aviez imposé ces détours pour donner plus d'éclat à nos retrouvailles.

Il fallait qu'elles aient lieu pour que naquît d'elles un enfant qui continuerait notre famille, qui unirait dans sa vie les parties trop longtemps ennemies de notre foi en Jésus-Christ.

Je devais Vous prier de m'entendre.

Un jour, alors que le soleil était voilé et qu'une journée grise n'annonçait aucune joie, une voiture a franchi le pont et s'est arrêtée devant le Castellaras de la Tour.

Anne de Buisson en est descendue.

QUATRIÈME PARTIE

27.

Dans la grand-salle du Castellaras de la Tour, Michel de Polin ne vit d'abord que le berceau.

On eût dit une petite nef à la carène faite de nervures de bois poli, surmontée de rideaux de dentelle qui ressemblaient à des voiles.

Michel de Polin fit encore quelques pas, puis s'arrêta.

La pièce était plongée dans la pénombre.

Il entendit des chuchotements, chercha en vain à distinguer ceux qui parlaient. Puis, tout à coup, une lueur éclaira la salle. Les troncs posés l'un sur l'autre dans l'ample cheminée où plusieurs hommes eussent pu tenir debout venaient de se briser et des braises rouges avaient jailli des flammes bleutées.

Michel de Polin distingua alors une femme agenouillée derrière le berceau qui, jusqu'à cet instant, l'avait dissimulée. Deux servantes se tenaient auprès d'elle.

Il s'avança.

— Je suis Michel de Polin, dit-il à mi-voix, craignant de réveiller l'enfant.

Il expliqua qu'il était du parlement de Paris. Il avait connu le comte Bernard de Thorenc à l'hôtel de Venise, chez l'ambassadeur de la Sérénissime République, Vico Montanari...

Il s'interrompit.

La femme s'était redressée et avait fait un signe aux servantes. Elles soulevèrent le berceau et à petits pas l'emportèrent en le tenant comme un brancard.

Elles disparurent dans l'obscurité où demeurait plongée une partie de la pièce.

Polin se remit à parler d'une voix plus forte.

Il rentrait de Rome, dit-il. Il avait été reçu par le souverain pontife. Et Vico Montanari lui avait conseillé de s'arrêter, à l'aller ou au retour, chez Bernard de Thorenc. Montanari et beaucoup d'autres, dans l'entourage du roi, s'étonnaient, par ces temps troublés, de son absence. On savait qu'il avait été blessé à Coutras où tant de gentilshommes – près de quatre cents – avaient été tués aux côtés du duc de Joyeuse et de Claude de Saint-Sauveur. On s'inquiétait à la cour.

– Que voulez-vous ? fit la jeune femme en s'approchant.

Elle était entrée dans la lumière des flammes. Ses cheveux dénoués tombaient sur ses épaules et semblaient des fils d'or rehaussant le bleu de sa robe. Elle avait croisé les bras.

Polin s'était tu. Cette femme campée, le menton levé, les yeux immobiles, était comme une statue menaçante, la gardienne des lieux.

– Mon époux chasse le sanglier, a-t-elle ajouté.

Puis, son regard cherchant les yeux de Polin, elle a répété :

– Que voulez-vous ?

Michel de Polin a eu un geste vague de la main, et, comme pour échapper à ce regard, il s'est mis à marcher de long en large, s'arrêtant devant la cheminée, fixant les flammes. Puis il s'est retourné et a dévisagé la jeune femme.

C'était donc elle, cette Anne de Buisson dont Vico Montanari lui avait naguère dit qu'elle était l'une de ces huguenotes aux mœurs plus débauchées que la plus dévergondée des catholiques. Elle avait été l'amie de la reine Margot, partageant avec elle la couche de Henri de Navarre. « Huguenots ou catholiques, ces femmes-là préfèrent ouvrir les jambes plutôt qu'un missel ou une bible ! Toutes des ribaudes ! » avait alors conclu Montanari.

Et pourtant, cette femme immobile à quelques pas de Polin ne ressemblait en rien à ce portrait.

Fière et austère, on la devinait résolue et intransigeante.

Michel de Polin s'est approché.

— Bernard de Thorenc...

— Mon époux, l'a-t-elle interrompu. Notre fils Jean est né il y a onze jours. Nous l'avons baptisé dans la chapelle du Castellaras. Dans la religion catholique. Dites-le à ces messieurs de la cour qui s'inquiètent. Mais un ministre de la cause a assisté le prêtre. Je l'ai voulu ainsi. Je suis huguenote et convertie de force pour sauver ma vie et quelques autres, mais convertie. Ici nous ne fermons la porte à aucun de ceux qui croient au Christ et qui sont du royaume de France.

Elle est allée jusqu'à la cheminée, a empoigné le tisonnier, remué les braises, puis est revenue vers Michel de Polin, tenant la tige de fer recourbée et rougie comme une arme.

— Que voulez-vous ? a-t-elle répété d'une voix plus forte.

Michel de Polin a reculé d'un pas.

— La réunion des croyants dans la paix, a-t-il murmuré. Il y a de cela près de trente ans déjà.

Il a rappelé en haussant le ton la phrase de ce chancelier du roi, Michel de L'Hospital, qui avait eu le courage et l'audace de dire qu'il fallait ôter « ces mots diaboliques, ces noms de partis, factions et séditions, luthériens, huguenots, papistes : ne changeons plus le nom de chrétiens ».

— Nous sommes tous sujets du roi de France, a-t-il ajouté.

Anne de Buisson s'est à nouveau dirigée vers la cheminée et, accroupie, de la pointe du tisonnier elle a brisé les morceaux d'un tronc d'arbre, faisant s'envoler des nuées d'étincelles.

— Vous voulez cela vraiment ? a-t-elle demandé.

Puis elle s'est dressée, croisant les bras d'un geste rapide, baissant la tête et parlant d'une voix sourde, sans regarder Michel de Polin.

Les Espagnols avaient tué son frère, Robert de Buisson. Elle avait vu les Suisses de Henri de Guise, ces massacreurs, égorger hommes, femmes et enfants au n° 7 de la rue de l'Arbre-Sec, en ce jour de la Saint-Barthélemy, un dimanche. Elle ne devait la vie qu'à Bernard de Thorenc. C'est pour cette raison qu'elle l'avait épousé, puisqu'il le voulait et qu'elle lui devait bien ça, non ? Et pourtant il avait été l'un de ces bons gentilshommes catholiques, au service de Henri de Guise et du roi, qui avaient tué à Coutras Guillaume de Thorenc, son propre frère, et l'avaient laissée veuve.

Elle a serré les poings devant son visage.

— Mon fils, je ne veux pas qu'on me le prenne. Et je ne veux pas non plus qu'il tue.

— Si nous réussissons..., a commencé Michel de Polin.

Mais il a soupiré comme si la fatigue l'avait tout à coup gagné.

– Mais il faut que Bernard de Thorenc nous aide, a-t-il repris.

Elle a secoué la tête et s'est bornée à répondre :

– La paix, c'est ici.

À cet instant, on a entendu les aboiements des chiens.

28.

Bernard de Thorenc se tenait au milieu des chiens qui se jetaient en avant, tirant sur leurs laisses, essayant d'atteindre les cadavres des trois sangliers qu'on avait jetés sur les dalles, à l'entrée du Castellaras de la Tour.

Le sang, déjà noir, avait séché sur les soies longues et rêches des bêtes mortes.

Écartant les chiens de la pointe de ses bottes, Bernard de Thorenc s'est avancé et Michel de Polin a discerné cette longue balafre qui, partant du bas de sa mâchoire, cisaillait le cou de Thorenc et s'enfonçait sous le pourpoint, sans doute jusqu'à l'épaule. La peau était rouge et boursouflée.

Thorenc fit glisser son doigt le long de la cicatrice, puis montra les sangliers.

— Quand les hommes deviennent des bêtes, dit-il, quand ils se font la guerre, les bêtes sauvages envahissent à nouveau la terre. On ne les chasse qu'une fois la paix revenue. Je chasse donc...

Il a pris le bras de Michel de Polin et l'a entraîné dans la grand-salle.

On avait placé deux nouveaux troncs dans la cheminée et les flammes jaillissant des braises les enveloppaient.

— La paix n'est pas revenue, a murmuré Michel de Polin.

Il s'est assis en face de Thorenc, devant la cheminée.

— Elle l'est ici..., a commencé par objecter Thorenc.

— Nul n'est en paix dans un royaume quand celui-ci est encore en guerre. Vous le savez, Thorenc : les soldats, les massacreurs violent et tuent qui ils veulent ; ils pillent, fracassent la tête des enfants – il s'est tu comme pour laisser entendre les aboiements – puis les jettent aux chiens.

Thorenc a placé sa main ouverte devant ses yeux comme s'il se refusait à voir cette scène.

— Tous les jours, a poursuivi Polin, à chaque carrefour, autour du Louvre, dans la rue de la Monnaye, où j'habite, j'entends les prédicateurs qui appellent à tuer les hérétiques pour empêcher une Saint-Barthélemy des catholiques. On s'en prend au roi, on crie : « Allons quérir le sire Henri dans le Louvre ! » Les moines, les prêtres sont armés. Ils ont pris le commandement des quartiers au nom de la Sainte Ligue. Vous n'imaginez pas, Thorenc, ces troupes de quatre cents moines, de huit cents étudiants brandissant tous leurs arquebuses. Quand le roi a fait entrer les Suisses dans la ville pour y rétablir l'ordre, ils ont été attaqués, encerclés. Dans chaque rue, on a amoncelé des barriques, des pavés, des sacs de terre, et les Suisses ont été écharpés, tirés comme vous l'avez fait de vos sangliers. Derrière chaque fenêtre était posté un arquebusier. C'est Henri de Guise qui mène le bal contre le souverain. J'ai entendu les émeutiers crier qu'il fallait « prendre ce bougre de roi » et qu'il fallait sans lanterner mener M. de Guise à Reims !

Thorenc n'a pas bronché, la main devant les yeux, le buste penché, le coude appuyé sur la cuisse.

— Voilà la paix qui règne à Paris, a repris Michel de Polin. On tue et on tuera au nom de Dieu, et cette sotte populace sortie du néant est échauffée comme un troupeau de taureaux que des prédicateurs excitent. Henri de Guise la conduit là où il veut. Ce peuple a besoin de corps à embrocher. Il jette dans la Seine les malheureux qu'il décrète huguenots. Mon parlement a condamné les deux malheureuses filles d'un procureur dont je connais la religion, celle d'un catholique respectueux, a être brûlées en place de Grève en les déclarant « hérétiques des plus obstinées et des plus opiniâtres ». Les deux innocentes avaient voulu empêcher que l'on égorge un artisan de leurs voisins. Vous connaissez l'usage...

Michel de Polin s'est interrompu, comme marquant une hésitation, avant de continuer :

— On étrangle d'abord les condamnés avant de mettre le feu au bûcher. Mais le peuple, comme fou, a réussi à arracher l'une des filles au bourreau et l'a poussée vive dans les flammes. J'étais là au milieu de la foule, Thorenc, j'ai entendu ses cris. Je ne les oublierai pas.

Michel de Polin avait quitté Paris avec le roi. Ils avaient réussi à déjouer la surveillance des ligueurs. Le souverain était maintenant en sécurité à Chartres, mais n'osait pas combattre Guise, aveuglé qu'il était par les conseils de la reine mère, par la peur qu'il éprouvait d'être pris comme en tenailles entre les huguenots de Henri de Navarre et les hommes de Henri de Guise.

— Ceux-ci ont l'Espagne avec eux. Diego de Sarmiento

promet des troupes et des doublons. Depuis que la flotte de Philippe II, la prétendue Invincible Armada, a été défaite par les Anglais, il lui faut plus que jamais une France déchirée, vaincue par ses propres démons. Les ligueurs et Henri de Guise sont entre ses mains. Il les paie. Dieu veut-Il cela ?

Michel de Polin a levé les bras.

– Qui peut le croire ? Ce n'est même pas l'intérêt de l'Église...

Il s'était rendu à Rome, expliqua-t-il, pour dire, au nom de bons catholiques de France, qu'il fallait que le souverain pontife aide ceux qui, dans le royaume, voulaient la réunion de tous les croyants.

Il avait rencontré le pape Sixte Quint. Il lui avait assuré que Henri de Navarre savait qu'il ne pourrait être sacré roi de France qu'en abandonnant sa cause. Les huguenots les plus clairvoyants le savaient aussi et s'en inquiétaient. Henri III s'en persuadait peu à peu, et cela le rassurait, lui dont Henri de Navarre était l'héritier. Mais c'était au pape à favoriser ce rapprochement, à empêcher que les ligueurs, les guisards, ces massacreurs ne se masquent et ne se parent du nom de catholiques.

– Le pape m'a écouté. J'ai cru la partie gagnée. Mais il avait près de lui un prêtre que vous connaissez, le père Verdini. C'est un vieil homme, mais brûle en lui le feu de l'enfer. À peine avais-je cessé de parler qu'il m'a accusé d'être l'un de ces faux apôtres, de ces judas, plus retors que les Juifs, qui veulent que les catholiques mettent la tête sur le billot et connaissent tous le sort de la reine Marie Stuart, décapitée par l'hérétique Élisabeth. « Voilà ce qu'ils veulent en France, a répété Verdini. Henri de Navarre sur le trône, et le sang des catholiques répandu dans les rues. La hache huguenote frappant les cous innocents des serviteurs de l'Église ! »

– Le père Verdini..., a murmuré Bernard de Thorenc. C'est lui qui m'a appris ici – il a tendu le bras vers la chapelle dont on apercevait la façade – les premières prières, qui m'a enseigné les Évangiles, à qui je me suis confessé, que j'ai écouté plus que mon propre père...

– C'est l'homme de Sarmiento, a répliqué Michel de Polin. Il croit que Philippe II est le bras armé de l'Église, le chevalier de la foi. Il a eu des sanglots dans la voix quand il a évoqué la destruction de l'Invincible Armada. Pour lui, tous ceux qui veulent la réunion des croyants en France sont des « machiavélistes » – c'est ainsi qu'il nous appelle – et, pis encore, des athéistes. Henri de Navarre, à l'entendre, veut un royaume sans Dieu !

Michel de Polin est resté un long moment silencieux, respirant bruyamment comme si on lui écrasait la poitrine.

– J'ai eu peur, a-t-il repris d'une voix étouffée. J'ai pensé que le père Verdini allait ordonner aux spadassins espagnols qui le gardent de me tuer avant que j'aie pu quitter Rome. Je me suis enfui et n'ai changé de chevaux qu'une fois entré sur les terres du duc de Savoie, mais le Castellaras de la Tour est ma première halte. Vico Montanari, qui sait ce que vaut et ce que veut Diego de Sarmiento, m'avait conseillé de m'arrêter ici, chez vous.

Bernard de Thorenc s'est levé, a écarté les bras, murmurant que Michel de Polin était le bienvenu, que la demeure et les terres des Thorenc étaient vouées à la paix. Qu'il le voulait ainsi.

Polin a entrepris de tisonner le feu, appuyé de la main gauche au tableau de la cheminée. Il a précisé que Henri III avait convoqué les états généraux du royaume à Blois ; qu'il fallait que tous ceux qui voulaient la réunion des sujets et la paix y participent.

— Je pars demain matin, venez avec moi, a-t-il dit. Vous chasserez après.

Il s'est approché de Bernard de Thorenc.

— N'abandonnez pas votre fils à un royaume d'égorgeurs. Ils ne lui pardonneront pas d'être né de vous et d'Anne de Buisson.

Thorenc a paru ne pas entendre, branlant du chef, les yeux baissés.

— Vous les avez vus comme moi tirer sur le quai de l'École, rue de l'Arbre-Sec, a continué Polin, vous avez vu ces enfants morts emmaillotés de linges tachés de sang et dont la tête battait le pavé...

— Taisez-vous ! l'a adjuré Bernard de Thorenc.

Il a quitté la salle, suivi par Michel de Polin.

Les cadavres des trois sangliers gisaient toujours sur les dalles de l'entrée et les chiens continuaient d'aboyer avec la même fureur sauvage.

29.

Seigneur, en quittant le Castellaras de la Tour et en suivant Michel de Polin, je savais que je ne chasserais plus le sanglier.

À nouveau mon gibier serait l'homme, c'était son sang rouge que j'allais faire couler et non plus celui, noir, des bêtes sauvages.

Au moment du départ, dans la cour du Castellaras de la Tour, alors que les serviteurs, les chiens aboyant à leur suite, tiraient sur les pavés les corps des trois sangliers, j'ai dit à Anne de Buisson que je la quittais parce qu'il fallait aller jusqu'au bout si l'on voulait que la paix fût rétablie une bonne fois en ce royaume de France, donc ici même, sur nos terres.

J'ai voulu la serrer contre moi, elle m'a repoussé, le visage figé tel un masque aux yeux fixes.

J'ai haussé le ton.

J'étais parjure, je le savais.

Je lui avais promis, à elle, ainsi qu'à Vous, de ne plus

prendre les armes que contre ceux qui viendraient jusqu'ici, dans notre demeure, nous menacer.

J'ai crié que je ne voulais pas laisser mon fils à la merci d'un égorgeur, huguenot ou ligueur, parce que nous n'appartenions plus à un camp ou à l'autre, mais aux deux, traîtres à l'un comme à l'autre.

Ainsi était le destin de notre famille, moi servant le roi catholique, et mon père, mon frère et ma sœur dans l'autre parti.

— Ils sont morts, a dit Anne de Buisson.

Elle a croisé les bras, reculé quand j'avais voulu de nouveau m'approcher.

— Le salut de ton fils, notre salut était dans l'oubli, a-t-elle ajouté. Ils vont se souvenir de toi et des tiens. Tu auras du sang plein les mains, jusqu'aux coudes. Ceux que tu vas tuer voudront encore se venger.

Elle s'est tournée, suivant des yeux les sangliers et les chiens.

— Les bêtes sauvages ne se souviennent pas de qui les tue ; les humains, oui. C'est pour cela qu'ils sont cruels et que les guerres ne finissent jamais.

— La paix viendra, a protesté Polin. Il faut des hommes comme Bernard de Thorenc pour l'instaurer. Sa vie, ce que vous avez fait l'un pour l'autre, et ce fils sont des exemples.

— Si l'on veut vivre en paix, il faut se terrer et non pas monter sur les estrades, se pavaner à la cour, se mêler aux intrigues. On tue celui qu'on voit, a répondu Anne.

Elle s'est éloignée.

— J'aurais dû vous chasser, a-t-elle ajouté en se retournant vers Michel de Polin. Ou vous tuer.

En sautant en selle, j'ai lancé qu'elle devait prier pour nous, pour le succès de notre entreprise.

— Je veux vous oublier ! s'est-elle écriée.

Tout au long de notre chevauchée jusqu'à Blois où les états généraux du royaume et la cour étaient rassemblés, ces mots m'ont poursuivi comme une malédiction.

Puis les chuchotements des conspirateurs, le choc des poignards, les râles des assassinés, les rires des tueurs, les hurlements de colère de leurs ennemis ont étouffé la voix d'Anne de Buisson.

J'étais rentré dans le royaume des hommes en guerre, et chacun voulait savoir à quel camp j'appartenais, huguenot ou ligueur, espion de Henri de Navarre ou de Diego de Sarmiento, donc du prince de la Sainte Ligue, Henri le Balafré, et de son frère Louis, cardinal de Lorraine. Ou bien étais-je aux côtés de Henri III avec Enguerrand de Mons qu'on soupçonnait pourtant d'être aussi de la Sainte Ligue ? À moins encore que je ne fasse partie des machiavélistes, des athéistes que dénonçaient le père Veron et, depuis Rome, le père Verdini ?

N'étais-je pas arrivé à Blois en compagnie de ce Michel de Polin dont on assurait qu'il cherchait à rapprocher Henri III du roi de Navarre, à obtenir la conversion – une de plus ! s'indignaient les ligueurs – de ce dernier à la sainte religion afin qu'il pût accéder au trône de France, le souverain régnant étant sans héritier ?

— Savez-vous ce qu'on dit du roi ? me confia Vico Montanari, qui, comme tous les ambassadeurs, avait suivi la cour à Blois.

Il logeait non loin du couvent des Jacobins, dans une maison du quai de la Loire, à quelques pas du château.

Montanari s'est frotté les mains tout en riant silencieusement.

— Il a le bout de la verge tordu vers le bas. Il ne peut donc répandre le sperme dans la matrice. Certains médecins ont voulu le fendre plus haut, mais il a refusé. Il a préféré boire du lait d'ânesse pour modérer l'écoulement de son sperme qui sort trop vite et trop bas... Mais le roi est persuadé que c'est la reine qui ne peut pas enfanter. Elle prend des bains, elle maigrit, elle a des accès de fièvre. Il a fait venir de Lyon une fille de dix-huit ans, d'une extrême beauté, et on murmure que, bout de la verge tordu ou pas, et fendu trop bas, il lui a fait un enfant, mais personne ne l'a vu. Il ne l'a pas légitimé. Donc, les chances de Henri de Navarre de succéder à Henri III restent grandes. Que pensez-vous de lui, Thorenc, est-il prêt à se convertir ?

Je ne répondais pas aux questions de Vico Montanari, qui, chaque jour, se rendait au château, voyait Diego de Sarmiento, Enguerrand de Mons ou les proches de la reine mère, Catherine de Médicis. Il dépêchait auprès des femmes Leonello Terraccini, que je n'avais salué que d'une inclinaison de tête, mais dont j'imaginais qu'il pouvait faire merveille auprès d'elles.

De fait, Terraccini était au mieux avec Mme de Montpensier, la sœur de Henri le Balafré et du cardinal de Lorraine. Au cours d'un dîner, celui-ci avait montré les ciseaux d'or qu'elle portait accrochés à sa ceinture. C'est avec cette paire là, avait-elle dit, qu'elle tondrait le roi Henri qui devait finir ses jours comme un moine, au fond d'un couvent.

Et tout le monde de se goberger autour d'elle, le cardinal de Lorraine buvant à la santé de son frère Henri le Balafré qui serait bientôt roi de France.

— On a rapporté ce genre de propos à Henri III. Il enrage. Il dit : « Qu'ils ne me mettent point en fureur, sinon je les tuerai ! » Mais il embrasse Henri de Guise, rit avec lui, lui promet tout ce dont il rêve, le pouvoir, la grande lieutenance du royaume, et l'autre est aussi aveuglé que l'a été César à la veille et au matin des ides de mars !

J'écoutais. J'avais l'impression, lorsque je marchais dans les rues de Blois ou que j'entrais dans le château, de m'écorcher à ces regards acérés comme des dagues.

— Cela ne peut durer plus de quelques jours, disait Michel de Polin. Nous saurons bientôt qui, du roi ou du duc, sera le plus puissant.

Il baissait la voix, murmurait que, selon ce qu'Enguerrand de Mons avait rapporté, Henri III aurait dit : « Il faut qu'il meure ou que je meure. »

Polin se lamentait. Le royaume, à l'entendre, était plein d'ulcères, ses quatre membres en étaient infectés.

— La religion s'est brisée en cent sectes et l'État en cent factions. On ne respecte plus l'autorité du roi. Henri III le sait. C'est pour cela qu'il a fui Paris, mais les barricadeux veulent le trône pour Henri le Balafré. Et le royaume n'est plus qu'un champ où l'on a semé les graines de la division, de l'improbité et de l'impiété.

Avec Polin, je rencontrais Enguerrand de Mons.

Durant la saison des massacres, ces semaines qui avaient suivi la Saint-Barthélemy, il avait été l'un des plus enragés à vouloir que l'on extermine les huguenots.

Maintenant, il s'emportait contre les Guises que Diego de Sarmiento payait, qui espéraient que les fantassins espagnols ou les Suisses des cantons catholiques viendraient les soutenir.

J'osais observer que Henri de Navarre, de son côté, appelait à l'aide Anglais et Allemands.

— Réunion des sujets du royaume autour du roi, voilà notre but ! répétait Michel de Polin.

Sarmiento a demandé à me voir et je me suis rendu dans cette demeure située non loin de celle de Montanari.

Il ne s'est pas levé à mon entrée dans la petite pièce enfumée où il se tenait, le visage masqué par la pénombre, le menton appuyé sur ses mains croisées, les coudes posés sur les accoudoirs de son siège.

Il m'a harcelé de questions. Il savait que le roi avait rassemblé autour de lui, dans ses appartements, ses coupe-jarrets, quarante-cinq hobereaux payés mille deux cents écus l'an, une garde personnelle faite de tueurs à gages — « des diables gascons », avait-il ajouté, des « chiens égorgeurs ».

— Pour quelle raison ?

Il était inquiet. Henri III, il en était sûr, voulait assassiner Henri le Balafré, et ce dernier, aveuglé par sa vanité, refusait de quitter Blois, assurant que le souverain n'oserait jamais le faire tuer : Henri III était trop bon catholique, indécis comme une femme. D'ailleurs, Henri de Guise, montrant sa propre garde, disait qu'il ne se déplaçait jamais seul, qu'au premier de ses appels on se précipiterait à son secours. Si le roi tentait quelque chose contre lui, le Balafré ne donnait pas cher de son trône et de sa vie ! Paris s'insurgerait. Ce serait une guerre cruelle où périrait la dynastie : avec Henri III celle des Valois, avec Henri de Navarre celle des Bourbons. Alors pourraient enfin accéder au trône les Guises, descendants de Charlemagne et des Capétiens, et serait renoué le vrai fil dynastique.

— Avec qui es-tu ? a fini par questionner Sarmiento en se levant et en apparaissant ainsi dans la lumière.

Son visage m'a alors semblé encore plus dur, plus menaçant.

J'ai écarté les bras, dit que je ne voulais que la paix. J'avais trop vu couler le sang.

Il a eu une grimace de dégoût et de mépris.

— Michel de Polin t'a empoisonné l'esprit. Tu es devenu l'un de ces machiavélistes qui sont les pires ennemis de la paix chrétienne. Athéistes, plus pervers que des renégats !

Il s'est avancé, la main sur le pommeau de son épée.

— Choisis bien ton chemin, Bernard de Thorenc, a-t-il repris. Ce que nous avons vécu ensemble, tu sembles l'avoir oublié. Passe loin de moi !

Je suis sorti de sa demeure à reculons, sachant qu'il était homme à me donner un coup d'épée entre les épaules sans que sa main tremblât, tant il était sûr de son droit, de sa foi. Oui, il m'aurait tué comme il l'aurait fait d'un animal nuisible ou d'un démon. Je mesurais sa rage et sa haine à la flamboyance de son regard.

Il me l'avait dit : j'étais à ses yeux coupable de trahison, d'alliance avec les pires ennemis de son roi, ceux qui étaient responsables des échecs de Philippe II aux Pays-Bas ou du désastre de ce que, dans son orgueil, Philippe II avait appelé l'Invincible Armada.

Celle-ci gisait au fond des mers au large des côtes de l'Angleterre.

Il fallait donc à Philippe II une victoire. Il la remporterait si le royaume de France restait divisé, ou si, mieux encore, Henri le Balafré montait sur le trône.

Sarmiento veillait sans relâche sur ce dernier, l'avertissant des dangers qui le guettaient, essayant de connaître les desseins secrets du roi.

Mais je me suis tu, sachant pourtant par Enguerrand de Mons et Vico Montanari que Henri III réunissait chaque soir ses proches et le chef de ces quarante-cinq coupe-jarrets. Qu'il se réjouissait des défaites espagnoles qui affaiblissaient Henri le Balafré et sa Sainte Ligue, et que le moment paraissait favorable pour le frapper.

Je marchais le long des berges de la Loire, traversais la cour du château et voyais ces groupes d'hommes qui s'observaient, les uns appartenant au roi, les autres aux Guises.

Le ciel était noir et bas. Il pleuvait presque chaque jour.

Michel de Polin m'entraînait à couvert, dans la pénombre

d'un auvent. Les gouttes martelaient le toit, formant un rideau gris devant nous.

— Ce n'est, parmi les courtisans, les conseillers, les gardes du corps du roi et ceux de Henri de Guise, que craintes et suspicions, disait-il. On s'attend à quelque accident étrange et inouï, mais on ne sait quel il sera, ni qui en sera l'auteur.

30.

« Illustrissimes Seigneuries,

Hier matin, 23 décembre 1588, Henri le Balafré, duc de Guise, a été poignardé au château de Blois dans la chambre même du roi Henri III.

Il était seul, sans cotte de mailles, convoqué au Conseil où ses gardes, qui l'accompagnaient partout, ne pouvaient être admis.

Il avait répondu à l'invitation du souverain, qui lui demandait de le rejoindre dans son cabinet particulier pour un entretien. Il fallait pour cela traverser la chambre du roi.

Huit hommes armés de poignards l'y ont suivi et l'ont assailli au moment où il ouvrait la porte donnant sur le cabinet particulier.

Douze autres, venus du cabinet, lui barraient le passage.

Les premiers lui ont percé le dos avec leurs poignards, les autres la poitrine et la gorge avec leurs épées.

Ce guet-apens avait été préparé par Henri III en personne qui avait veillé au moindre détail, choisissant les assassins parmi les quarante-cinq tueurs à gages de sa garde personnelle.

Ce matin, quelques-uns d'entre eux ont occis de la même

manière Louis de Guise, cardinal de Lorraine, frère du Balafré, arrêté hier.

Les députés parisiens aux états généraux, tous ligueurs, ont été enfermés, et ordre a été donné devant eux de faire dresser des potences. Mais ils n'y ont pas encore été pendus.

Par ces meurtres et ces arrestations, le roi Henri III entend se soustraire à la mascarade des ligueurs qui l'ont humilié à Paris avec leurs barricades. Il veut être enfin maître du pouvoir.

L'assassinat de Henri de Guise revêt par là autant d'importance pour le royaume de France qu'en eut pour l'Empire romain le meurtre de César.

Comme César, Henri de Guise n'a écouté aucun de ceux qui, depuis l'aube du 23 décembre, l'avertissaient des dangers qui planaient sur lui.

Certains de ses hommes, gentilshommes ou simples serviteurs, avaient remarqué l'arrivée dans la nuit des quarante-cinq coupe-jarrets du roi, puis noté que les portes et les escaliers du château étaient gardés par des Suisses, mercenaires royaux.

Mais Guise a tenu à se rendre au Conseil, sûr que le roi, bon chrétien, n'oserait jamais ordonner sa mort.

Henri III avait réussi depuis plusieurs jours à endormir la méfiance du Balafré en le flattant et en l'entourant de prévenances. Il lui avait même rendu visite, la veille de l'embuscade, dans les appartements de la reine mère, Catherine de Médicis, qui ne se doutait pas elle-même de ce qui se tramait. Elle souhaitait au contraire continuer de négocier avec Henri de Guise, persuadée qu'en faisant se battre les uns contre les autres les ligueurs du Balafré et les huguenots du Béarnais elle renforcerait le pouvoir de son fils Henri III.

J'ai appris par Bernard de Thorenc, qui le tient lui-même du père Veron, proche de Diego de Sarmiento, que Catherine de Médicis, avertie des assassinats, a montré la plus vive désapprobation.

— Ah, le malheureux, qu'a-t-il fait ! aurait-elle dit au père Veron. Priez pour lui qui en a plus besoin que jamais et que je vois se précipiter à sa ruine ! Je crains qu'il ne perde le corps, l'âme et le royaume...

Les machiavélistes sont d'un avis opposé.

J'ai vu longuement Michel de Polin, le plus illustre d'entre eux. Il n'a pu me cacher le dégoût qu'il éprouve devant cet assassinat perpétré dans la chambre même du roi qui devrait être un lieu sacré.

Il veut cependant espérer qu'il ne s'agit là que du dernier acte d'une tragédie, que ce crime entraînera la disparition de la Sainte Ligue et la réunion des huguenots et des catholiques par l'alliance de leurs chefs, Henri de Navarre et Henri III.

L'avenir me paraît plus sombre que ce que Polin imagine.

J'ai envoyé Leonello Terraccini à Paris. Le premier courrier reçu de lui atteste la résolution des ligueurs.

Ils crient : "Au meurtre ! Au feu ! Au sang ! À la vengeance !"

Ils brisent les effigies et les armoiries de Henri III. Ils le maudissent, l'insultent. Il n'est plus pour eux que le "vilain Hérode". Ils ne l'accepteront plus pour souverain légitime et ils refusent par avance son héritier huguenot, Henri de Navarre.

Le roi d'ailleurs me paraît hésitant et Bernard de Thorenc m'a fait part de divers faits et propos qui révèlent l'indécision du souverain. Henri III prétend continuer la "guerre contre les huguenots avec plus d'ardeur et de courage, car [il] veu[t] de toute façon les extirper du royaume". Mais il entend aussi écraser la Sainte Ligue, "être roi et maître, et non prisonnier et esclave".

Mais que pourra-t-il contre les moines, les prêtres et le petit peuple de Paris, tous ces barricadeux armés d'arque-buses, s'il ne fait pas alliance avec l'armée huguenote ?

Or pareille alliance le condamnerait aux yeux des ligueurs et de la plupart des catholiques.

— Le roi est sans armure, m'a déclaré Bernard de Thorenc. Et le sang appelle le sang. Son corps va devenir une proie. Il a tué ; il sera gibier.

La manière dont le souverain a fait assassiner Henri de Guise le rend peu estimable même à ceux – comme Polin ou Thorenc – qui l'avaient préféré aux ligueurs et aux guisards.

Il invoque Dieu, qui aurait guidé son action et lui serait venu en aide après l'avoir inspiré. Mais ces paroles sont honnies par beaucoup, et Bernard de Thorenc m'a confié :

— Que le roi ne mêle pas Dieu à ses crimes ! Dieu n'est

jamais complice d'un assassinat. Que Henri III ait fait tuer le Balafré comme une bête sauvage prise au piège est une affaire politique. Il en avait peut-être le droit, puisqu'il est le juge souverain. Mais Dieu n'a jamais voulu qu'on traite les humains, y compris Ses ennemis, comme on traque et abat des sangliers. »

31.

Seigneur, j'ai vu le visage des assassins de Henri le Balafré !

Ce sont eux qui m'ont accueilli dans la salle du Conseil du roi.

Ils sont venus me renifler comme des chiens de meute pour s'assurer que j'étais bien Bernard de Thorenc, celui que leur maître Henri III avait souhaité rencontrer.

Et j'ai détourné les yeux pour ne pas croiser leurs regards, pour qu'ils ne lisent pas dans le mien le dégoût qu'ils m'inspiraient.

C'est dans cette même pièce du Conseil, que Henri le Balafré avait murmuré à Enguerrand de Mons : « J'ai froid. Le cœur me fait mal ! Qu'on me fasse du feu. »

Il portait un vêtement de satin bleu trop léger pour ce vingt-troisième jour de décembre.

Il s'était frotté les mains pour se réchauffer, avait réclamé des raisins de Damas, puis de la confiture de roses, et on ne lui avait apporté que des prunes de Brignoles qu'il avait commencé à manger quand Enguerrand de Mons lui avait dit que le souverain souhaitait le voir en particulier dans son vieux cabinet. Henri le Balafré avait suivi Enguerrand, insouciant, jusque dans la chambre du roi qu'il lui fallait traverser.

Je suis entré dans cette chambre.

J'ai vu sur le parquet les auréoles brunes qu'y a laissées le sang du Balafré.

Les sbires se sont jetés sur lui au moment précis où s'ouvrait la porte du vieux cabinet royal.

Ils ont crié :

— Traître, tu mourras !

Et lui s'est retourné et a hurlé :

— Ah, messieurs, messieurs, quelle trahison !

Il s'est accroché aux jambes de ses tueurs et s'est débattu avant de tomber là, au pied du lit royal. Nul n'a pris soin d'effacer les taches de son sang.

Il a murmuré :

— Ce sont mes offenses ! Mon Dieu ! Miséricorde !

Mais déjà le sang lui emplissait la bouche. On l'a enveloppé dans un manteau gris.

Personne ne sait avec sûreté ce que l'on a fait du corps criblé de trous.

L'a-t-on brûlé dans une salle du rez-de-chaussée du château avant de disperser les cendres dans la Loire ?

L'a-t-on enfoui dans la chaux vive aux côtés du cadavre de son frère, le cardinal de Lorraine, tué dès le lendemain ?

Ou bien l'a-t-on enterré anonymement dans le cimetière de quelque village ?

Le roi lui-même le sait-il ?

Je m'avance vers lui.

Je le dévisage sans pouvoir capter son regard. Je ne vois que la poudre sur ses joues, ses boucles d'oreilles, ses amulettes, son petit chapeau brodé.

Je me souviens de ces mots qu'on se répète dans l'entourage de Henri de Navarre, et ici même, au château de Blois : « Est-il, ce Henri, roi-femme ou bien homme-reine ? »

Et l'on ricane.

On croit, dit-on encore, se trouver « en face d'un roi » et l'on ne rencontre qu'une « putain fardée ».

Je m'incline devant celui que ses ennemis appellent « ce dégénéré de Henri, cet hypocrite bigot qui aime moins jouer le roi que le cagot ».

Il me touche l'épaule afin que je me redresse, me prend par le bras, familier et même tendre.

— Thorenc, me dit-il, vous êtes celui qui peut se faire entendre par mon cousin Henri de Navarre. Vous êtes celui en qui je place ma confiance. Je fais la guerre contre mon cousin sans la vouloir. Mais il le faut bien, si je ne veux pas que les ligueurs me chassent du trône et m'égorgent. Je suis contraint de continuer la guerre contre les huguenots, mais faites-leur savoir que je ne le veux point !

Nous sommes passés de son vieux cabinet à sa chambre.

Il s'arrête, les yeux rivés sur les taches brunes qui souillent le parquet.

— Ils m'ont indignement traité, moi, le roi, murmure-t-il.

Il se penche vers moi. Sa lèvre tremble.

— J'aurais bien volontiers accompli cet acte de justice par la voie ordinaire plutôt que par celle qui a été choisie et qui ne me plaît pas plus qu'à vous, Thorenc. Il y avait contre Henri et Louis de Guise plusieurs chefs de crime de lèse-majesté pour chacun desquels ils méritaient la mort. Mais ils avaient pris un tel pied et acquis tant de partisans dans le royaume et à la cour qu'il était impossible d'arriver à la fin recherchée par la voie ordinaire sans tout mettre sens dessus dessous.

Je me tais et deviens ainsi son complice.

— Thorenc, insiste-t-il, que puis-je ? Les théologiens de Paris viennent de délier mes sujets du serment de fidélité qu'ils me doivent. On les invite à me tuer comme si j'étais l'adversaire de la religion !

Il se signe.

— Dieu sait que je suis Son serviteur, mais les ligueurs, prêtres et moines, me nomment tyran, ils arment le bras d'assassins dont je sais qu'ils ne rêvent que de m'égorger. Ils détruisent à coups de masse mes armoiries et mes portraits...

Il porte la main à son visage comme s'il venait de recevoir un coup.

— Thorenc, il veulent me couper le cou ! Il faut bien que je me défende, dussé-je me servir des hérétiques et même des Turcs ! François Ier l'a fait contre Charles Quint, pourquoi ne le ferais-je pas contre le frère de Henri de Guise et de Louis, ce petit duc de Mayenne qui gouverne à Paris et a mis son épée au service du roi d'Espagne ?

Il me serre le coude.

— Vous avez été le compagnon de Diego de Sarmiento ? Cet homme-là, au nom de Philippe II, a tout fait et fera tout pour que je meure et pour que le royaume de France ne soit plus qu'un cadavre !

Il cherche fébrilement dans la manche de son pourpoint et en sort un billet froissé qu'il déplie, puis me le tend.

Je lis ces mots : « Pour entretenir la guerre en France, il faut sept cent mille écus tous les mois. »

— C'était dans les poches de Henri de Guise. Le prix qu'il réclamait, pour ses services, à Sarmiento.

Il s'éloigne d'un pas, puis revient vers moi.

— Vois Henri de Navarre, Thorenc. Aide-moi, aide-nous, aide le royaume à guérir de la guerre !

Je sais ce qu'il en est des maladies du royaume.

Leonello Terraccini est rentré de Paris. Je l'écoute, dans la demeure de Vico Montanari, raconter ce qu'il y a vu.

Le peuple de la capitale célèbre chaque jour, dans chaque rue, la mémoire des Guises. La cathédrale Notre-Dame est tendue de noir afin que n'apparaissent plus que leurs armoiries.

On brise à coups de masse les sépultures des proches du roi, « sangsues du peuple et mignons de tyrans ». On dénonce les « horribles assassinats perpétrés par le tyran, le vilain Hérode, faux roi et vraie putain ».

Quant au duc de Mayenne, au nom de la Sainte Ligue, il appelle Philippe II à l'aide.

Diego de Sarmiento a quitté la France pour l'Espagne afin d'apporter à son souverain le message des ligueurs.

« L'entente entre celui qui était notre roi, et qui n'est plus qu'un tyran sans foi, et la huguenoterie de Henri de Navarre est notoire, a écrit Mayenne. Apportez-nous votre appui, et vous aurez la gloire d'avoir rétabli l'Église et ce royaume vous en aura une perpétuelle obligation. »

J'ai hésité durant plusieurs jours.

Où étaient les grands élans de ma jeunesse quand je croyais que les monarques étaient les serviteurs de Dieu et que leurs actes ne visaient qu'à grandir Sa gloire et celle de Son Église ?

Où étaient le bel aveuglement et les grandes passions de mes années de combats en Andalousie, à Malte ou, avec la flotte de la Sainte Ligue, à Lépante ?

Je savais désormais que rien de ce que les hommes entreprennent, qu'ils soient manants ou rois, n'est limpide comme eau de source.

Seul Vous étiez, Seigneur, dans la clarté pure, mais Vous aviez quitté ce monde après nous avoir donné Votre souffrance, et nous n'étions plus que des aveugles qui tâtonnions.

Cependant, j'ai cédé aux bonnes raisons de Michel de Polin et de Vico Montanari. Il n'était pas nécessaire de croire à la sincérité des hommes, me disait Polin, et moins encore à celle des rois pour tenter d'empêcher que le pire ne survienne.

L'enfer sur terre, c'était la guerre fratricide entre chrétiens, entre sujets du même royaume de France.

J'ai donc quitté Blois en compagnie de Michel de Polin pour rencontrer Henri de Navarre dont les troupes, parties de La Rochelle, avançaient vers Tours.

Nous l'avons rencontré à Niort.

Le Béarnais passait toujours d'une couche à l'autre, on le croyait avec Diane d'Andoins, qui se faisait appeler Corisande, alors qu'il honorait une paysanne et lorgnait une jeune femme de dix-sept ans, Gabrielle d'Estrées.

Il vint à nous, les cheveux ébouriffés, le pourpoint ouvert, les gestes lents de qui vient de connaître l'épuisement heureux de l'amour, et il dit, en ouvrant les bras :

— Nous avons été quatre ans ivres, insensés et furieux. N'est-ce pas assez ?

Il baissa la tête, ferma les yeux comme pour se recueillir, reprendre force ; puis, allant et venant, il ajouta qu'il était prêt, si on l'instruisait, si on lui montrait une autre vérité que celle en laquelle il croyait, à s'y rendre et à prendre une autre religion que celle avec laquelle il avait servi Dieu dès le jour de sa naissance.

Mais on ne devait pas oublier qu'il était chrétien, alors qu'on était plus sévère avec lui que s'il avait été un barbare, un Turc !

Je l'écoutais.

Seigneur, il parlait de religion et de Vous avec légèreté, comme d'un sujet parmi d'autres. Mais au moins ne pouvait-on l'accuser d'hypocrisie, de mensonge ni de cagoterie, comme celle qu'affichait Henri III.

Henri de Navarre voulait le trône. Depuis l'assassinat des Guises, il s'en sentait plus proche. Il s'éloignait donc de sa religion réformée et j'entendais les murmures de certains de ses fidèles qui le trouvaient trop accommodant avec les papistes, trop peu soucieux de la vérité de sa foi.

En nous prenant tour à tour par les épaules, Michel de Polin et moi, il disait :

— Vous le savez, notre État est extrêmement malade ; la

cause du mal est la guerre civile, maladie presque incurable de laquelle nul État n'échappa jamais... Quel remède ? Nul autre que la paix, qui fait l'ordre au cœur de ce royaume... qui, par l'ordre, chasse les désobéissances et malignes humeurs, purge les corrompus et les remplit de bon sang, de bonnes volontés ; qui, en somme, le fait vivre. C'est la paix, la paix qu'il faut demander à Dieu pour son seul remède, pour sa seule guérison ; qui en cherche d'autre, au lieu de le guérir, le veut empoisonner... Il faut avoir pitié de cet État. Catholiques serviteurs du roi autant que ceux qui ne le sont pas, nous sommes tous français. Il faut dépouiller les misérables ligueurs de guerre et de violences pour reprendre les haleines de paix et d'union, les volontés d'obéissance et d'ordre, les esprits de concorde.

Il pressait les deux mains sur sa poitrine, ajoutant qu'il ne permettrait jamais que les catholiques fussent contraints dans leur religion, et qu'il ferait respecter la liberté de chacun, huguenot ou catholique.

Il m'a tout à coup longuement fixé, effleurant du bout des doigts sa moustache et sa courte barbe.

– Qu'as-tu donc fait à la belle Anne de Buisson, Thorenc ? Tu la cloîtres ?

Il a ri.

– Un fils, a murmuré Michel de Polin. Un Jean de Thorenc.

Henri de Navarre s'est rembruni.

– Donnons-lui la paix, a-t-il murmuré avec gravité.

32.

J'ai pensé à mon fils lorsque j'ai vu, dans le parc du château de Plessis-lès-Tours, Henri de Navarre s'agenouiller devant Henri III.

Et je Vous ai remercié, Seigneur, d'avoir permis cette rencontre, cette alliance dont, peut-être, allait naître la paix du royaume.

Et de faire que mon fils ne soit pas la proie des égorgeurs dont un courrier m'avait averti qu'ils rôdaient autour du Castellaras de la Tour et de la Grande Forteresse des Mons, sans que l'on sût à quel parti ils appartenaient, huguenots ou ligueurs – mais peut-être n'étaient-ce que des détrousseurs, des massacreurs n'invoquant la religion ou la cause que pour masquer leur âme d'assassins et de violeurs.

Ceux-là se nourrissaient de la guerre.

C'était donc avec elle qu'il fallait en finir si l'on voulait que les routes soient à nouveau sûres, et que l'on puisse dormir en sûreté dans les villages et les châteaux.

Je Vous ai donc rendu grâce, Seigneur, quand Henri III s'est penché sur Henri de Navarre et l'a invité à se redresser, puis l'a serré contre lui.

À ce moment, la foule a crié « Vive le roi ! », puis « Vivent les rois ! », et j'ai frissonné d'émotion.

Je me suis senti frère de ces gentilshommes, de ces marchands, de ces enfants et de leurs mères qui avaient envahi le parc et s'y pressaient, tant et si bien qu'ils empêchaient les deux souverains d'avancer vers le château en se tenant par le bras.

L'un, Henri de Navarre, était vêtu d'un pourpoint usé aux épaules et aux flancs par le port de la cuirasse. Il était enveloppé d'un manteau rouge d'empereur romain et l'on voyait, sous l'étoffe écarlate, la grande écharpe blanche du parti huguenot. Je me suis trouvé un bref instant près de lui, j'ai croisé son regard, et dans son visage ridé, déjà vieilli, l'œil vif et joyeux. J'ai cru à la franchise de cet homme qui m'a paru de bon métal, sonnant juste.

L'autre, Henri III, avait jeté sur ses épaules une courte cape. Les cheveux bouffants, à demi cachés par un petit chapeau à bord roulé, il paraissait lui aussi heureux de cette rencontre, et je l'ai vu, d'un geste, demander à l'un des gentilshommes huguenots de lui tendre une écharpe blanche qu'il a nouée à son épaule. Et la foule, après un instant d'hésitation, de répéter : « Vive le roi ! », « Vivent les rois ! ».

Je n'avais pas estimé possibles de tels gestes de paix.

J'étais avec Michel de Polin, resté à Niort, parmi les huguenots, puis, avec eux, nous avions chevauché vers

Saumur, cette place que Henri de Navarre réclamait à Henri III comme gage de bonne alliance.

Mais je sentais autour de nous les réticences et j'entendais les sarcasmes.

Qui pouvait faire confiance, nous répétait-on, à ce roi-femme, à ce souverain-putain, à cet assassin ? Certes, il avait, en tuant les Guises, duc et cardinal, envoyé en enfer les pires ennemis des huguenots ; mais il continuait de négocier avec le duc de Mayenne, le frère des Guises. Et son âme appartenait au diable.

Il est imbu du vice que la nature abhorre, me disaient un Séguret ou un Jean-Baptiste Colliard.

Ceux-là, l'envie m'était grande de les défier en duel régulier afin de parachever nos combats passés. Eux-mêmes m'avaient d'ailleurs avoué qu'ils devaient se faire violence pour ne pas me planter leur lame dans le corps, parce qu'ils savaient que mon épée était rouillée par le sang de tant et tant de leurs compagnons.

Mais Michel de Polin se plaçait entre nous. L'heure était à la paix et non à la guerre. Séguret et Colliard se contentaient alors de vilipender ce roi, ses mignons et ses archi-mignons.

— Son cabinet, ajoutaient-ils, a été un vrai sérail de lubricité et de paillardise, et sa chambre une école de sodomie où se sont déroulés de sales ébats. Jusqu'à la chambre du château de Blois, devenue un coupe-gorge pour les Guises, certes plus haïssables que le roi, mais plus vertueux !

Je n'avais rien à répondre.

Je n'étais ni courtisan de ce monarque, ni son favori, ni son gentilhomme. Je ne le servais pas plus que je ne servais Henri de Navarre. Je voulais que la guerre cesse et qu'on en finisse avec ces massacreurs qui maculaient de sang les autels et le visage du Christ.

Je voulais que la foi en Vous, Seigneur, ne soit plus une arme dont on se sert pour tuer un rival, neutraliser un ennemi.

Ce qu'elle était encore plus que jamais dans le camp des ligueurs.

Leonello Terraccini revenait de Paris et émaillait son récit d'un mot qu'il répétait en secouant la tête : *Pazzi, pazzi !*

« Fous, fous ! » traduisait Vico Montanari dans la demeure duquel Michel de Polin et moi le rencontrions.

Chaque jour, dans les rues de la capitale, ce n'étaient, disait Terraccini, que processions, actions de grâces pour célébrer le souvenir des Guises et vouer Henri III, suppôt du diable, à l'enfer.

Des centaines d'enfants, portant des chandelles de cire ardente entre leurs mains, chantant les sept psaumes pénitentiaux et autres psaumes, des litanies, hymnes, oraisons et prières, et marchant pieds nus sans se soucier de la neige, allaient en chemises d'église en église.

On souillait, on détruisait tout ce qui pouvait rappeler Henri III et ses mignons.

On vénérait le duc de Mayenne et Mme de Montpensier, frère et sœur des Guises.

Les moines répétaient, en faisant l'apologie du duc de Guise et du cardinal, son frère : « Ô Saints et glorieux martyrs de Dieu, béni soit le ventre qui vous a portés et les mamelles qui vous ont allaités. »

Puis les capucins, dominicains, feuillants, et les prêtres de toutes les paroisses, portant des reliques, parcouraient les rues de la ville, entourés de ligueurs en armes.

— *Pazzi, pazzi !* murmurait Leonello Terraccini.

Ces moines et ces ligueurs accusaient même Henri III d'avoir provoqué le trépas de sa mère, Catherine de Médicis, morte de chagrin après qu'il eut fait assassiner les Guises. La prédiction annonçant qu'elle succomberait étouffée sous les ruines d'une noble maison – c'était celle des Guises – s'était réalisée. Et Henri III, fils démoniaque et indigne, ne s'était même pas incliné devant la dépouille de la reine mère.

— Ils disent qu'à peine rendu le dernier soupir son fils l'a traitée comme une chèvre morte, rapportait Terraccini.

J'écoutais.

Je mesurais combien la foi et la religion, quand on se sert d'elles comme d'outres pleines de passion, peuvent en effet rendre fous les hommes.

— Le peuple est si échauffé et enragé que, la nuit, il oblige les prêtres et les moines à conduire des processions, et chante « Dieu éteigne la race des Valois ! » reprenait l'Italien.

Lorsqu'on avait appris à Paris que le pape excommuniait Henri III pour avoir tué le cardinal Louis de Lorraine, la haine contre le souverain s'était encore exacerbée !

Il fallait un « vengeur » pour en finir par le fer et le feu avec cet homme du diable, ce souverain qui n'était plus légitime, car, disaient les ligueurs, « ce ne sont pas les rois qui font les peuples, mais les peuples qui font les rois ».

— Paris est un nid de frelons, ajoutait Terraccini. Ils veulent la mort du roi. Ils le tueront, lui, tout comme son héritier, Henri de Navarre. Ils le clament. *Pazzi ! Pazzi !*

Je vois Henri III inquiet, blessé par l'excommunication, hésitant à plonger le poing dans ce nid de frelons.

J'entends Henri de Navarre lui répéter :

— Pour regagner votre royaume, il faut passer sur les ponts de Paris. Qui vous conseillera de passer ailleurs n'est pas un bon guide.

On se met en route. Je me tiens en retrait, chevauchant aux côtés de Michel de Polin.

Je ne veux point participer à ces batailles entre ligueurs, commandés par le duc de Mayenne, et les troupes de Henri III et de Henri de Navarre. Parmi celles-ci je reconnais les lansquenets et les reîtres, les Suisses, les gentilshommes du roi ainsi que Séguret et Jean-Baptiste Colliard, ceux du Béarnais. Je me refuse à combattre à leurs côtés, à arborer moi aussi à l'épaule l'écharpe blanche de la huguenoterie.

Je découvre, jusqu'à en avoir la nausée, ce que l'on fait dans les villes conquises : Pithiviers, Étampes, bientôt Pontoise, Meudon, Saint-Cloud... On pend le gouverneur, les officiers, les magistrats, déclarés ligueurs et rebelles.

Quand les armées se font face, j'entends les ligueurs crier : « Braves huguenots, gens d'honneur, ce n'est pas à vous que nous en voulons, c'est à ce perfide, à ce couillon de Valois qui vous a tant trahis et qui vous trahira encore ! »

Et je sais que Séguret, Jean-Baptiste Colliard et bien d'autres remâchent cette inquiétude.

Ainsi, la guerre a pour corollaire la vengeance. Elle entraîne tous ceux qui l'approchent, et je n'ai pu y échapper.

J'ai vu de nouveau la mort dans les églises et les rues de Saint-Symphorien, l'un des faubourgs de Tours, occupé une nuit – une seule nuit – par les ligueurs du duc de Mayenne. Ils avaient pillé les maisons, massacré les habitants, poursuivi les femmes jusqu'au pied des autels. Ils avaient violé celles-ci devant leurs filles, puis les filles à leur tour avaient été violentées. Après quoi ils avaient enfoui dans de grands sacs les objets du culte, clamant que tout leur était permis puisqu'ils combattaient pour la juste cause, la vraie foi. Le pape ayant excommunié le roi, dès lors tous leurs péchés leur étaient pardonnés !

J'ai contemplé ces églises saccagées, ces corps martyrisés.

Alors je me suis porté, l'épée au poing, au premier rang, et j'ai accroché une écharpe blanche à mon épaule.

Nous sommes ainsi arrivés jusque dans les petits villages qui entourent Paris. J'étais auprès de Henri de Navarre quand il a dit : « Il y va du royaume à bon escient d'être venu baiser cette belle ville et ne lui mettre pas la main au sein serait folie ! »

Le roi Henri III était resté à Saint-Cloud.

Le Béarnais a levé son épée et nous avons, avec huit cents chevaux, pris tous les villages jusqu'à Vaugirard, puis nous nous sommes avancés vers le pré aux Clercs où les ligueurs nous ont accueillis par une violente arquebusade.

Quand elle cessa, un moine est sorti de leurs rangs et s'est avancé vers nous, criant sans paraître nous craindre :

Le sang qu'as épandu devant Lui crie vengeance !
Dieu te fera mourir par la main d'un bourreau
Qui, de ton bras, tyran, délivrera la France !

33.

Le bourreau que le moine prophète annonçait, clamant devant nos bivouacs sa haine du misérable Henri III, ce fut un autre moine, un dominicain chétif de corps, à la courte barbe noire, aux yeux brillants de fou, qui se nommait Jacques Clément.

Il planta un long couteau à manche noir dans le bas-ventre du roi qui, chausses défaites, à demi nu, le recevait, assis sur sa chaise percée, le matin du 1er août 1589, dans la chambre de sa demeure de Saint-Cloud.

J'avais passé la nuit assis devant l'un des feux allumés par nos soldats, non loin des remparts de Paris d'où parfois les ligueurs nous tiraient une arquebusade.

Autour de moi, enroulés dans leurs manteaux, veillaient Séguret et Jean-Baptiste Colliard parmi d'autres gentils-hommes huguenots. À quelques pas, tête baissée, le menton sur la poitrine, Henri de Navarre somnolait.

Nous devions attaquer Paris dès le lendemain.

Je n'avais pu fermer l'œil, priant pour que Dieu protège mon fils et sa mère.

Un courrier arrivé de Provence dans l'après-midi m'avait informé que des bandes de ligueurs parcouraient la campagne, plus nombreuses de jour en jour, harcelant châteaux et villages restés fidèles à Henri III et à Henri de Navarre. Ils pillaient et massacraient au nom de Dieu et de la Saint Église, sûrs d'être absous puisque les prêcheurs leur répétaient que celui qui tue l'hérétique ou l'excommunié fait œuvre pie.

J'étais sûr, Seigneur, que Vous n'aviez pas voulu cela. Mais les démons montent ainsi en chaire et, sacrilège, se parent des habits sacerdotaux. L'inquiétude me rongeait le cœur. J'étais si loin de mon Jean et d'Anne de Buisson ! Ils étaient en Votre sauvegarde, Seigneur, mais peut-être vouliez-Vous me punir d'avoir, durant quelques années, blasphémé, douté de Vous. Je savais que Vous teniez le compte exact des actions des hommes et que Vous pouviez les punir en frappant ceux qu'ils aimaient.

J'aimais Jean et sa mère. Je souffrais de les imaginer pourchassés, encerclés par les massacreurs. J'en avais tant vu à l'œuvre qu'à chaque instant un flot de sang et des cris envahissaient ma mémoire.

Tout au long de cette nuit, je n'ai pu chasser de ma vision ce corps de nourrisson emmailloté dans des linges rouges. Et quand j'ai entendu le galop d'un cheval, que j'ai vu son cavalier foncer vers nous, j'ai aussitôt bondi, craignant qu'il ne soit le messager de la mort des miens.

Il a sauté à terre. J'ai reconnu un gentilhomme huguenot. Il s'est penché vers Henri de Navarre, lui a soufflé quelques mots ; le Béarnais a tressailli. Je suis allé vers lui en compagnie de Séguret et de Jean-Baptiste Colliard.

Henri de Navarre s'est adressé à moi d'une voix étouffée.

– Mon ami, le roi vient d'être blessé d'un coup de couteau dans le ventre. Allons voir ce qu'il en est. Venez avec moi.

À quelques-uns nous sommes partis à bride abattue vers Saint-Cloud.

Et je Vous ai remercié, Seigneur, de ne pas m'avoir frappé.

J'ai d'abord aperçu dans la cour de la maison du roi le corps transpercé de coups d'épée et brisé de l'assassin que les gardes du roi avaient frappé de leurs lames avant de le précipiter par la fenêtre de la chambre.

C'était ce dominicain, ce Jacques Clément, au visage ensanglanté, car le monarque l'avait frappé au visage avec le couteau qu'il avait arraché de sa plaie au ventre, criant :

– Ah, méchant, tu m'as tué !

Ce moine n'était plus qu'une défroque maculée.

Dans la chambre, le roi, le front blanc couvert de sueur, se tient les entrailles à deux mains.

Henri de Navarre s'approche. Je le suis parmi la foule de gentilshommes éplorés.

Les chirurgiens entourent Henri III et je lis, sur leurs visages qui se voudraient impassibles, que la mort est à l'œuvre, qu'elle creuse le corps royal, qu'ils le savent et le taisent.

J'entends la voix haletante du roi, auquel Henri de Navarre a baisé les mains.

— Mon frère, dit-il, voyez comme vos ennemis et les miens m'ont traité !

Il s'arrête, sa tête retombe. Sa respiration est rauque.

J'ai entendu de si nombreux râles, sur le pont de la *Marchesa*, dans la rue des Fossés-Saint-Germain, en tant d'autres lieux sanglants, que je reconnais cette plainte funèbre.

— Il faut que vous preniez garde qu'ils ne vous en fassent autant, reprend-il.

Il tousse, les mains à nouveau posées sur son ventre.

— Mon frère, continue-t-il, je le sens bien, c'est à vous de posséder le droit auquel j'ai travaillé pour vous conserver ce que Dieu vous a donné. C'est ce qui m'a mis en l'état où vous me voyez. Je ne me repens point, car la justice de laquelle j'ai toujours été le protecteur veut que vous succédiez après moi à ce royaume dans lequel vous aurez beaucoup de traverses, si vous ne vous résolvez point à changer de religion.

Il se redresse.

— Je vous y exhorte autant pour le salut de votre âme que pour l'avantage du bien que je vous souhaite.

Il lève la main et, d'un lent mouvement, trace un cercle :

— Messieurs, dit-il, approchez et écoutez mes dernières intentions sur les choses que vous devez observer quand il plaira à Dieu de me faire partir de ce monde... J'ai été contraint d'user de l'autorité souveraine qu'il avait plu à la Divine Providence de me donner sur mes sujets rebelles pour éviter la subversion générale de cet État. Mais comme leur rage ne s'est terminée qu'après l'assassinat qu'ils ont commis en ma personne, je vous prie comme mes amis, et vous ordonne comme votre roi, que vous reconnaissiez après ma mort mon frère que voilà, que vous lui ayez la même affection et fidélité que vous avez toujours eue pour moi, et que, pour ma satisfaction et votre propre devoir, vous lui prêtiez serment en ma présence...

Je vois les larmes couler sur le visage de Henri de Navarre.

J'entends les sanglots des gentilshommes. Ils jurent fidélité au roi de Navarre, et disent au mourant qu'ils obéiront à ses commandements.

Je pleure aussi, appuyé à l'épaule de Michel de Polin, qui murmure :

– Dieu nous donne un nouveau roi. Que la paix soit avec lui !

C'est la nuit, le silence. On prie. On dit la messe. Le roi se confesse.

Tout à coup, sa voix pourtant si faible, enrouée, hésitante, impose silence.

– Je n'y vois plus, dit-il. Le sang va me suffoquer.

34.

« Illustrissimes Seigneuries,

Le roi Henri III est mort, la bouche pleine de sang et le boyau percé par le poignard du moine Jacques Clément.

J'étais le seul ambassadeur présent à Saint-Cloud, dans cette demeure où Henri III a trépassé, le 1er août 1589.

J'ai entendu les sanglots des proches qui, autour du lit royal, prêtèrent serment, à la demande du souverain agonisant, au huguenot Henri de Bourbon-Navarre qu'il avait désigné comme son héritier. Mais aucun d'eux n'a crié, comme le veut la coutume : "Le roi est mort ! Vive le roi !"

Plusieurs de ces gentilshommes, fervents catholiques, sont venus vers moi en se tordant les mains, en jetant leurs chapeaux à terre, en me demandant de faire connaître à Vos Illustrissimes Seigneuries de notre république, mais aussi aux autres princes italiens et à Sa Sainteté le pape, qu'ils préféraient "mourir de mille morts et se rendre à toutes sortes d'ennemis plutôt que de souffrir un roi huguenot".

Beaucoup ont déjà quitté Saint-Cloud pour retourner dans leurs provinces, et certains ont dû prendre langue avec les ligueurs de Paris.

J'ai envoyé Leonello Terraccini dans la capitale afin de connaître l'opinion de ceux qui ont armé le bras de Jacques Clément. Ce que me rapporte Terraccini confirme les avis que m'ont prodigués Michel de Polin et Bernard de Thorenc.

Jacques Clément, moine sot et lourdaud, au témoignage de ceux qui l'ont connu, a été poussé à commettre son acte tyrannicide : il a rencontré à plusieurs reprises le père Veron, l'un des plus zélés catholiques et prêcheurs que l'on ait vus et entendus dans Paris. Le père Veron est de l'entourage de Diego de Sarmiento, et le roi d'Espagne ne peut que se réjouir de savoir que la France est à nouveau tachée de sang et écartelée.

À Paris, à l'annonce de la mort du souverain, les ligueurs ont festoyé, sortant des tables dans les rues. On a loué Dieu et chanté :

> *Peuple dévot de Paris*
> *Éjouis toi de courage*
> *Par gais chants et joyeux ris*
> *Il est mort ce traître roi*
> *Il est mort, ô l'hypocrite !*

La sœur des Guises, Mme de Montpensier, a fait distribuer au peuple des écharpes vertes afin que chacun arbore ce signe d'espérance. Elle a parcouru les rues en carrosse, accompagnée de sa mère, Mme de Nemours, et ces deux princesses de Guise ont crié au peuple assemblé :

— Bonne nouvelle, les amis ! Bonne nouvelle ! Le tyran est mort ! Il n'y a plus de Henri de Valois en France !

Illustrissimes Seigneuries,

Je ne puis dire aujourd'hui si Henri de Bourbon-Navarre, qu'on nomme désormais Henri IV, pourra conquérir ce trône qu'en mourant Henri III vient de lui léguer.

Le peuple dévôt de Paris et tous les catholiques du royaume le haïssent, et les prêcheurs vont exhorter les bons moines à tuer ce "renard béarnais", ce "loup".

Michel de Polin m'assure que les Écossais de la Garde royale lui ont prêté serment, et qu'il est le plus fort. Les soldats, prétend-il, se rallieront à lui. Et certains nobles ne renieront pas le serment qu'ils ont prêté devant le monarque mourant en faveur du nouveau souverain.

Mais qu'en sera-t-il des provinces du royaume ?

Bernard de Thorenc a quitté Saint-Cloud pour regagner la Provence car sa demeure, le Castellaras de la Tour, serait menacée par des bandes de catholiques zélés ou de pillards qui se prétendent tels.

Leonello Terraccini a appris que les chefs de la Sainte Ligue ont demandé aux prédicateurs de louer l'acte de Jacques Clément. Ce moine, disent-ils, est un vrai martyr qui a enduré la mort pour délivrer la France de la tyrannie de ce chien de Henri de Valois. Pour eux, Dieu le voulait, Jacques Clément l'a accompli. C'est une grande œuvre de Dieu, un miracle, un pur exploit de Sa Providence, que l'on peut comparer aux mystères de Son incarnation et de Sa résurrection.

Ces prêches, qui sont un appel au tyrannicide, seront-ils

entendus et Henri IV pourra-t-il esquiver les poignards, le poison ou le plomb des arquebuses, maintenant qu'il est devenu gibier ?

Les machiavélistes, les politiques – comme Michel de Polin et Bernard de Thorenc – lui ont prodigué maints conseils.

J'ai vu Thorenc avant son départ pour le Castellaras de la Tour. Il ne pouvait dissimuler sa fureur et son accablement.

Il dit que c'est manœuvre diabolique d'invoquer le nom de Dieu et la religion pour mener des batailles d'ambition. Les vrais hérétiques, les ennemis de la foi sont ceux qui pervertissent ainsi les principes sacrés.

Mais Thorenc craint aussi que ces mauvais bergers n'entraînent le peuple dans une guerre sans fin qui ne verra que l'abaissement du royaume et le triomphe de la mort après d'infinies souffrances et de grands massacres, le sang faisant jaillir le sang. Les tueries de la Saint-Barthélemy ont conduit au meurtre des Guises, et celui-ci a provoqué l'assassinat du roi, Clément ripostant aux tueurs de Blois !

– J'ai peur pour mon fils et ma femme, a conclu Thorenc avant de me quitter.

Beaucoup d'autres gentilshommes protestants ou papistes partagent de semblables inquiétudes. Ils craignent un regain de haine. Ils ne croient pas que le peuple catholique pourra accepter un roi qui ne le serait pas.

Henri IV a-t-il écouté Michel de Polin et Bernard de Thorenc ?

Dans une déclaration solennelle, il vient d'affirmer qu'il veut "maintenir et conserver en notre royaume la religion catholique apostolique et romaine dans son entier, sans y innover et changer aucune chose... Nous sommes prêt et ne désirons rien davantage, dit-il, que d'être instruit par un bon et légitime concile général et national pour en suivre et observer ce qui y sera conclu et arrêté".

Il paraît donc disposé à abandonner sa foi huguenote.

Mais la promesse de sa conversion suffira-t-elle à désarmer les tueurs ?

Les soldats l'ont acclamé, mais les plus entêtés parmi les gentilshommes huguenots murmurent et renâclent devant ce qu'ils appellent une "trahison", une "abomination", l'abandon du rêve d'un royaume protestant. Plusieurs ont déjà quitté son armée.

La tâche de Henri IV, roi de France et de Navarre, sera donc difficile.

J'ose pourtant conseiller à vos Illustrissimes Seigneuries de l'accepter comme souverain légitime. C'est un homme vigoureux et résolu, au corps et à la volonté de montagnard, et qui ne renoncera pas. Il a montré son courage, plus homme de guerre que de cabinet, aimé de ses soldats, paillard comme eux, mais esprit raisonnable qui semble prêt à l'abjuration de sa foi s'il peut ainsi rallier ses sujets à son trône.

Il est entouré d'hommes de qualité tels Michel de Polin et Bernard de Thorenc.

Il sera victorieux s'il échappe aux poignards des régicides.

Si Votre Illustrissime République le reconnaît au moment où il est en péril, il se souviendra d'elle quand il régnera sur un royaume apaisé.

Je suis prêt, dès que vous le jugerez bon, à me présenter à lui en audience solennelle.

Votre dévoué serviteur,
Vico Montanari. »

35.

Seigneur, lorsque j'ai vu ces longues traînées noires qui maculaient les murs du Castellaras de la Tour, j'ai cru que Vous ne m'aviez pas épargné.

J'ai sauté à terre, j'ai pris mon cheval par la bride et ai marché lentement.

J'avais éperonné mes montures tout au long de la chevauchée depuis mon départ de Saint-Cloud. Mais, à présent, je n'avais plus aucune hâte.

J'ai pensé : « Les choses sont faites. Tu n'y peux plus rien. »

Je me suis arrêté sous la poterne. La cour était devant moi. Et un instant j'ai craint, en levant les yeux, de voir, couchés sur les pavés, les corps de mon fils Jean et d'Anne de Buisson, mon épouse, comme deux sangliers tués après la battue.

Mais il n'y avait aucun cadavre devant la porte du Castellaras de la Tour.

Je me suis avancé.

Jamais quelqu'un n'avait pu traverser cette cour sans que la meute entière hurle, se ruant contre les portes du chenil, les faisant trembler, et nos visiteurs se hâtaient comme s'ils avaient eu tous ces chiens à leurs trousses.

Mais plus un aboiement pour couvrir mes pas qui résonnaient dans la cour vide.

J'ai eu la tentation de m'agenouiller, de Vous prier, Seigneur, de me faire mourir là, d'un coup de lame ou d'une décharge d'arquebuse, voire tout simplement de désespoir.

Mais je suis resté debout, lâchant la bride de mon cheval qui demeurait immobile près de moi, tête baissée.

J'ai caressé son encolure et répété : « Les choses sont faites. »

Je suis entré dans la grand-salle, puis je me suis dirigé vers notre chapelle avec, dans la gorge, ces cris et ces appels que j'aurais voulu lancer, tant ce vide et ce silence autour de moi étaient comme une mer nue pour un galérien jeté par-dessus bord, abandonné sans un bout de bois pour le soutenir.

Rien pourtant n'avait été saccagé.

Les statues étaient en place dans leurs niches. Le tombeau de Michele Spriano n'avait pas été profané. Sur l'autel, la tête du christ aux yeux clos reposait sur la bannière de damas rouge.

J'ai eu un mouvement d'espoir. Je suis tombé à genoux devant Votre visage. Je Vous ai imploré. Mais Vos yeux sont restés clos et Vos traits exprimaient l'accablement et la tristesse.

Les choses étaient faites.

Je ne me suis pas révolté contre Vous, Seigneur. Je n'ai pas blasphémé. J'ai commencé à prier.

Peu après, Denis, que les années avaient comme écrasé, lui courbant le dos, enfonçant sa tête dans ses épaules, est venu s'agenouiller près de moi.

Il a murmuré :

— Elle l'a sauvé, elle nous a tous sauvés. Ils ne sont pas entrés dans le château.

J'ai su, Seigneur, que Vous ne m'aviez pas précipité dans l'enfer.

Debout devant moi, dans la grand-salle, Denis le Vieux m'a raconté.

— Ils sont venus une nuit. Ils ont voulu nous brûler, entassant le foin et le bois contre les murs. Mais la pluie a éteint les feux et elle n'a pas cessé de plusieurs jours. Nous nous sommes défendus. La maîtresse disait que vous alliez venir avec une troupe, et qu'il fallait résister, qu'ils seraient chassés et pendus. Ils étaient comme fous. Ils ont d'abord égorgé les moutons, les porcs, les vaches. Puis ils ont tué tous les chiens et ont jeté leurs cadavres dans la cour, et ç'a été un tourbillon de mouches si nombreuses qu'elles cachaient le ciel. Nous avons commencé à manquer de poudre, de balles et surtout d'eau. Or il en fallait pour votre fils. La maîtresse nous a réunis. Elle a dit que c'était elle qu'ils réclamaient, qu'elle allait se livrer et qu'elle leur apporterait l'or, les bijoux qu'elle possédait. Ainsi ils lèveraient le siège du Castellaras de la Tour et ne toucheraient pas à un cheveu de l'enfant.

— Ils sont las. Ils accepteront, a-t-elle dit. C'est moi qu'ils veulent. Moi – et la rapine.

— Tous, a continué Denis, nous l'avons suppliée de ne point se livrer. Ces hommes-là, pillards et égorgeurs, ne respectent pas leur serment. Ils la détrousseraient, la violeraient, puis la tueraient et ne lèveraient jamais le siège.

287

C'étaient des chiens errants, non des hommes de religion. Ils étaient pires que des loups, ne laissant pas un lambeau de chair sur leur proie et leur brisant même les os d'un coup de mâchoires pour se repaître de la moelle. Ces profanateurs ne répugnaient pas à déterrer des cadavres pour s'emparer des bagues et des colliers. Ils l'avaient fait, ils l'avaient fait !

Anne de Buisson avait paru ne pas entendre. Elle avait dit : « Ils me connaissent. Ils m'attendent. Ils me veulent. »

— Elle paraissait sûre d'elle et sans peur, et à la fin nous nous sommes tus, a murmuré Denis. Elle s'est recueillie dans la chapelle, gardant longuement son fils serré contre elle, puis elle est sortie, vêtue de noir, avec une coiffe blanche, comme la plus huguenote des huguenotes, tenant dans ses bras ses coffrets à bijoux.

Denis le Vieux a branlé du chef.

— Ils l'ont entourée. Ils ont crié. Mais ce n'était pas de la haine. Et ils sont partis avec elle qui chevauchait à leur tête. Elle ne s'est pas retournée.

On dit que des louves parfois pénètrent dans les chenils pour mettre bas. Elles demeurent quelques jours parmi les chiens, nourrissent et lèchent leur portée à l'abri du froid, des bergers et des chasseurs. Puis, une nuit, elles bondissent par-dessus l'enclos et s'en vont rejoindre la meute, et leurs petits, qu'elles abandonnent, deviennent les plus aguerris des chiens. Mais elles, elles égorgent les troupeaux comme par plaisir...

J'ai pensé qu'Anne de Buisson était l'une de ces louves quand j'ai appris qu'une bande ayant à sa tête une femme attaquait les villages et les châteaux de la Haute-Durance sans se soucier de savoir s'ils étaient huguenots ou catholiques, fidèles de Henri IV ou de la Ligue. Ils pillaient. Ils massacraient.

De grande beauté, la femme était la plus cruelle, tailladant les seins des prisonnières, tranchant le sexe des malheureux qui n'avaient réussi ni à fuir ni à mourir.

Seigneur, malgré ces traces de sang qu'elle laissait derrière elle et ces corps d'enfants à demi consumés qu'on trouvait dans les maisons incendiées, parfois aussi sur des bûchers dressés sur les places, je n'ai pu la maudire.

Il me semblait qu'elle agissait ainsi pour entraîner loin du Castellaras de la Tour les égorgeurs qui l'avaient choisie pour capitaine. Qu'elle était cruelle par désespérance, pour attirer sur sa troupe les foudres de la vengeance.

C'est ainsi qu'un jour, sur un charroi arrêté devant la poterne du Castellaras de la Tour, j'ai vu sa dépouille, nue, un pieu enfoncé dans la bouche, un autre dans son sexe. Les paysans qui l'avaient tuée l'avaient jetée sur les dalles de l'entrée comme un gibier de choix. Les chiens, autour d'elle, hurlaient à la mort.

Je l'ai rendue humaine et j'ai longtemps contemplé son corps et son visage apaisés, puis je l'ai couverte d'un large manteau bleu.

Et j'ai voulu, Seigneur qu'on l'ensevelisse dans notre chapelle aux côtés du tombeau de Michele Spriano.

Quand ils l'ont su, les paysans qui me l'avaient livrée se sont rassemblés autour du Castellaras de la Tour, menaçants. Je suis sorti seul, mon épée à la main, et j'ai hurlé : « Elle est à moi ! » puis j'ai fait déposer à leurs pieds le produit de ma chasse de la veille – trois sangliers, des bêtes lourdes et grasses qui leur donneraient du jambon pour plusieurs mois.

Après quoi je suis retourné dans la chapelle pour prier, Seigneur, devant Votre visage aux yeux clos.

J'ai sollicité pour elle Votre miséricorde.

Elle s'était abandonnée aux puissances de l'enfer, mais elle avait sauvé cet enfant, notre fils, dont la voix jaillissait près de moi au pied de Votre autel.

36.

La voix de mon fils Jean, je ne me suis pas lassé de l'entendre.

Sa main, j'aurais voulu ne jamais la lâcher.

Elle était potelée, la peau lisse et rose comme du satin, et si bien formée qu'elle m'émerveillait.

Je pouvais la cacher tout entière dans mon poing. Et Jean la serrait autour de mon majeur comme si mon doigt avait été une branche.

Parfois, en jouant, je l'ai prise dans ma bouche et ai refermé les dents sur son poignet comme si j'avais voulu le trancher. Jean riait, se débattait entre joie et frayeur, et, lorsque je le libérais, je lui disais, en le soulevant à bout de bras :

– Je te mange ! Je te dévore ! Je t'avale !

Et tout à coup il me semblait qu'en moi, en effet, sommeillait un ogre qui aurait pu engloutir cet enfant dans un moment de folie et d'amour mêlés.

Je m'éloignais. Je regardais ce fils.

J'avais envie de tomber à genoux, Seigneur, pour Vous remercier de me l'avoir donné.

Je comprenais comme jamais qui Vous étiez, mon Dieu, dans Votre bonté, de par ce miracle de la Vie, de la naissance, de l'enfance, de par l'innocence de mon fils qui venait vers moi, désarmé.

Seigneur, Vous aviez voulu que les enfants d'humains ne puissent vivre que par l'amour qu'on leur portait.

Vous aviez été Vous aussi, comme mon fils Jean, comme tous les enfants, un être sans défense. J'avais lu l'Évangile selon saint Matthieu et je me souvenais de l'ange du Seigneur qui apparaît à Joseph et lui dit : « Lève-toi, prends l'enfant et sa mère, fuis en Égypte et restes-y jusqu'à ce que je te parle. Car Hérode va chercher l'enfant pour le perdre ! »

J'ai prié devant Votre visage aux yeux clos.

J'ai compris Votre accablement et Votre compassion qu'exprimaient les rides autour de Votre bouche.

À chaque naissance, Vous donniez aux hommes la chance du salut.

Il nous suffisait d'aimer l'être nouveau que nous avions engendré et qui dépendait de nous.

À chaque naissance, depuis que l'homme est l'homme, Vous assistiez au massacre des innocents.

Cet enfant nu, nous le tuions, nous le laissions mourir, ou bien nous en faisions un égorgeur.

Je me souvenais d'avoir vu, ce dimanche 24 août 1572, jour de la Saint-Barthélemy, des enfants massacrés, mais aussi d'autres qui, comme des vautours sur la charogne, s'acharnaient à mutiler, à dépecer, à brûler les corps.

Plusieurs dizaines d'enfants – peut-être deux cents – s'étaient ainsi jetés sur le cadavre de l'amiral de Coligny et l'avaient profané.

Voilà ce que nous faisions des enfants, Seigneur, et de la liberté que Vous nous aviez donnée de les aimer, de les protéger ou bien de les haïr, de les tuer ou de les pervertir.

J'avais assisté à tant de massacres des innocents !

J'avais vu tant d'hommes fracasser la tête des enfants contre les murs, les jeter dans les flammes ou les embrocher.

J'avais laissé faire, détournant à peine les yeux des nouveau-nés chrétiens donnés en pâture aux chiens par les Barbaresques, des corps des enfants maures en Andalousie, ou bien de ceux des fils de huguenots, rue des Fossés-Saint-Germain.

Et maintenant j'avais un fils dont la gorge était menacée par le poignard d'Hérode, comme l'était celle de tous les enfants.

J'avais peur pour lui.

Sa mère avait massacré des innocents.

Et je ne savais pas, Seigneur, vers quelle Égypte je pouvais m'enfuir pour mettre mon fils Jean à l'abri des égorgeurs.

Parfois, je vous l'ai dit, je craignais qu'un ogre en moi ne surgisse et que je ne devienne Hérode pour mon fils.

J'ai eu peur de moi, du désir de me châtier pour tout ce que j'avais fait, tout ce que je n'avais pu empêcher.

J'ai craint d'attirer par ma présence le malheur sur mon fils, et j'ai eu la certitude qu'il fallait que je m'éloigne de lui.

J'avais remarqué que lorsque je l'effrayais et que, tout à coup, il se détournait et s'enfuyait, seule la présence d'une jeune paysanne italienne, Margherita, le calmait.

Elle le berçait, le caressait, l'endormait.

Anne de Buisson lui avait confié l'enfant dès le lendemain de sa naissance. Je l'ai observée : elle avait une beauté et une bonté rondes, à l'instar de son visage et de son corps.

Je l'ai vue souvent, agenouillée devant Vous, Seigneur, le front posé sur ses mains nouées. Je ne pouvais détacher les yeux de ses larges épaules, de sa nuque que j'apercevais sous sa coiffe.

J'ai pensé qu'elle pourrait être, pour mon fils Jean, l'Égypte.

Je l'ai appelée un matin, alors que Jean dormait. Je lui ai montré la grande chambre où je dormais.

— Ce sera la tienne, lui ai-je dit. Tu vivras ici avec Jean. Sa mère est morte. Remplace-la.

J'ai tendu les bras vers sa poitrine. J'ai effleuré ses seins qui gonflaient sa robe de toile épaisse et grise.

Elle s'est agenouillée devant moi, secouant la tête, murmurant :

— Non, non.

— Tu ne veux pas ?

— Jean, oui, a-t-elle chuchoté.

J'ai baissé les bras. J'avais honte de mes instincts, de mon désir, de la folie qui pouvait naître de ma mémoire.

J'avais peur de moi, de la passion que j'éprouvais pour mon fils.

— Aime Jean mieux que je ne pourrais le faire. Je ne te demande rien d'autre.

J'ai quitté le Castellaras de la Tour sans revoir mon fils.

Mieux valait que sa main fût serrée par celle d'une femme qui n'avait jamais été souillée par le sang des hommes.

CINQUIÈME PARTIE

37.

J'ai retrouvé la cruauté des hommes.

Nous avancions dans le brouillard qui recouvrait les vallées, les marais, les prairies et les collines de la région de Dieppe. C'est là, au château d'Arques, que j'avais rejoint, en cette fin de septembre 1589, l'armée de Henri, quatrième du nom, roi de France et de Navarre.

J'ai entendu sa voix forte aux accents béarnais nous jurer, dans la cour du château, que nous allions en quelques jours en finir avec l'armée du dernier des Guises, le duc de Mayenne.

Henri IV s'est dressé sur ses étriers, silhouette floue dans le brouillard.

— Les portes de Paris s'ouvriront devant nous ! a-t-il lancé.

De cette masse sombre de cavaliers, de fantassins, de Suisses, des cris se sont élevés : « Saint-Barthélemy, Saint-Barthélemy ! »

Et j'ai frissonné.

Michel de Polin s'est penché vers moi et s'est accroché à mon épaule, nos chevaux flanc contre flanc.

Ses amis du parlement de Paris qui avaient réussi à fuir la capitale lui avaient raconté qu'à Paris on était si sûr de la victoire du duc de Mayenne qu'on louait à prix d'or les fenêtres de la rue Saint-Antoine afin de pouvoir assister à son triomphe ; et on disait aussi qu'il avait déjà fait construire la cage dans laquelle croupirait Henri l'hérétique, le huguenot relaps, le roi illégitime, complice du misérable Henri III !

Les hommes savent haïr. C'est ainsi qu'ils cessent d'être des enfants !

J'écoutais Séguret et Jean-Baptiste Colliard pendant que nous chevauchions le long des petites vallées qui irriguent la campagne entre le château de Dieppe, celui d'Arques et les hauteurs dominant les berges de l'Aulne et de la Béthune. J'avais l'impression de n'avoir jamais vu leurs visages couturés, leur peau tannée, ni leurs mains ainsi crispées sur la crosse de leur pistolet ou le pommeau de leur épée. Ils tendaient le bras, me montraient les fantassins anglais qui venaient de débarquer au nombre de quatre mille. Ceux-là, avec les Suisses et les arquebusiers, les cavaliers, allaient assurer, disaient-ils, la victoire de la cause, de la rébellion contre les papistes du duc de Mayenne.

Je m'étonnais : j'avais cru que Henri se préparait à abjurer. Séguret et Colliard m'assuraient au contraire qu'il avait, avec eux, écouté le prêche des pasteurs, la lecture de la Bible, et que jamais il ne renoncerait à sa foi. Au reste, pourquoi abjurer si l'on était victorieux des catholiques ? On allait l'être, et le royaume serait huguenot !

Les hommes sont des outres de duplicité et d'hypocrisie !

Nous franchissions la vallée de l'Aulne, protégés par le brouillard. Je me retrouvais près d'Enguerrand de Mons qui me confiait qu'il ne suivrait le roi Henri que si celui-ci abjurait. De nombreux gentilshommes qui avaient prêté serment au roi à la demande de Henri III n'y resteraient pas fidèles s'il se dérobait à ses engagements. Vaincre les ligueurs, soit, mais pas pour placer sur le trône de France un hérétique.

Les hommes sont maîtres en fourberies !

Seigneur, comment préserver en eux les vertus, l'angélique naïveté de l'enfance ?

J'ai entendu crier « Vive le roi ! ». Cela provenait de la berge opposée tenue par les troupes du duc de Mayenne. Nous en avons été étonnés. Peut-être s'agissait-il de transfuges qui quittaient le camp de la Ligue pour rejoindre celui de Henri IV ?

J'ai vu s'avancer vers nos Suisses des lansquenets, lances et drapeaux baissés, criant encore « Vive le roi ! ».

Nos Suisses leur ont tendu la main pour les aider à franchir le fossé, et tout à coup ces Allemands ont sorti dagues et coutelas et commencé d'égorger et d'éventrer les Suisses, puis de se précipiter vers nous qui refluions, appelant à la rescousse. Enfin, les quatre canons du château d'Arques ouvrirent quatre belles rues sanglantes parmi les escadrons et les bataillons ligueurs qui s'arrêtèrent court.

Les hommes se vengent toujours. L'oubli et le pardon sont les privilèges de l'enfance.

Moi, mêlé à cette bataille, marchant avec quatre cents arquebusiers huguenots vers les ligueurs, je pensais à mon fils Jean, à sa peau veloutée, à l'innocence de son regard.

301

Seigneur, Vous nous donnez tout avec l'enfance et nous sommes comme ces joueurs qui se dépouillent, coup de dés après coup de dés, de ce qu'ils possèdent, croyant ainsi pouvoir gagner alors qu'ils vont tout perdre.

Pensant cela, je m'élançai aux côtés du roi. J'écartai d'un coup de lame un capitaine de lansquenet qui le menaçait de sa lance en lui demandant de se rendre.

À cet instant précis, les arquebusiers ont fait feu, nos Suisses se sont jetés en avant et ont commencé d'égorger, de crever la poitrine et la panse de tous les lansquenets, en guise de représailles pour la trahison dont ils avaient été victimes.

Les hommes se laissent griser par la victoire.

Après celle d'Arques, Henri IV a répété que nous allions forcer les portes de Paris.

Le 1er novembre, les arquebusiers et les gentilshommes huguenots ont assailli les retranchements des faubourgs de la rive gauche de la Seine.

J'entendais leurs cris : « Saint-Barthélemy, Saint-Barthélemy ! » et j'imaginais que s'ils pénétraient dans la ville ils rechercheraient ceux dont ils pensaient qu'ils avaient été les massacreurs d'août 1572.

Dix-sept ans déjà...

La haine, la vengeance, le désir de mort étaient plus forts que jamais. Les huguenots commençaient le pillage de l'abbaye de Saint-Germain, conquise.

Des prisonniers, apeurés, prétendaient qu'ils combattaient

pour la Ligue parce qu'ils craignaient la pendaison ou le bûcher s'ils se dérobaient. Les ligueurs avaient étranglé des hommes accusés d'être partisans du roi hérétique, simplement parce qu'on les avaient vus sourire à l'annonce de l'assaut des huguenots.

Mais nous fûmes repoussés après avoir échoué à enfoncer la porte Saint-Germain, et nous dûmes abandonner les villages de Montrouge, d'Issy et de Vaugirard, puis chevaucher vers Tours en prenant les villes que nous traversions.

Dans chacune on pendait le ligueur le plus illustre. « Les autres rats, disait Séguret, vont rentrer dans leurs trous. »

Les hommes méprisent les hommes.

Ô Seigneur, donnez-leur la force de garder en eux l'enfance !

38.

« Illustrissimes Seigneuries,

J'ai été reçu ce jour par le roi de France et de Navarre en audience solennelle en sa demeure de Tours.

Le roi était arrivé la veille de Vendôme, ville qu'il venait de conquérir et où les chefs ligueurs ont été pendus, les maisons pillées par les soldats. Mais, à la demande de Sa Majesté, les églises avaient été sauvegardées.

Le roi et les gentilshommes huguenots m'ont paru sûrs de leur victoire sur le duc de Mayenne. La bataille d'Arques les a persuadés que les ligueurs seront bientôt chassés de Paris.

– Si la fortune nous veut rire, m'a dit Henri IV, je vous assure que ni le mauvais temps ni les mauvais chemins ne m'empêcheront de la suivre en quelque part qu'elle se présente, et j'espère bientôt me reposer à Paris après en avoir chassé le duc de Mayenne.

Les nobles catholiques qui se sont ralliés à Henri IV sont plus réservés. Enguerrand de Mons m'a confié son inquiétude et son dépit. Le Béarnais n'évoque plus sa conversion.

– Henri peut vaincre la Ligue, m'a dit de Mons, mais le peuple parisien ne l'acceptera que si le roi entend la messe. Or il préfère écouter la lecture de la Bible. Les huguenots qui l'entourent l'entretiennent dans l'idée qu'il doit rester de sa religion et que le royaume sera huguenot à la manière de l'Angleterre ou des Provinces-Unies. Mais nous ne le suivrons pas.

Enguerrand de Mons m'a demandé de faire comprendre au monarque que notre reconnaissance allait au souverain qui s'était engagé à renoncer à sa cause, et non à celui qui s'obstinerait dans l'hérésie.

Je me suis bien gardé de lui en parler.

Henri IV n'ignore pas que le roi d'Espagne et son envoyé, Diego de Sarmiento, tentent de rassembler tous les princes chrétiens. Philippe II appuie le cardinal Charles de Bourbon, celui que les ligueurs appellent Charles X et qu'ils ont reconnu comme roi de France. Mais l'homme est vieux et prisonnier des huguenots !

Sarmiento m'a fait parvenir un courrier dans lequel il regrette – et s'indigne – que notre Sérénissime République ait pu apporter son appui à un souverain hérétique, alors qu'il faut "extirper du royaume de France l'hérésie, et non la soutenir, qu'il y va du salut de la sainte Église catholique".

Il m'indique que Philippe II est prêt à envoyer deux armées dans le royaume de France pour le délivrer des huguenots.

Alexandre Farnèse, leur meilleur chef de guerre, se serait mis en route avec les troupes espagnoles des Pays-Bas.

La guerre va donc continuer, plus cruelle encore.

Bernard de Thorenc, l'un de ces catholiques ralliés à Henri IV, m'a fait le récit de la bataille d'Arques et de celle d'Ivry qui s'est déroulée le 11 mars. Le roi s'y est montré grand et valeureux capitaine :

"Mes compagnons, a-t-il dit avant de charger, Dieu est pour nous. Voici Ses ennemis et les nôtres, voici votre roi ! À eux ! Si vos cornettes vous manquent, ralliez-vous à mon panache blanc, vous le trouverez au chemin de la victoire et de l'honneur !"

Il a remporté la victoire sans avoir pu forcer les défenses de Paris. On dit que le sol était jonché de ligueurs tués au combat ou, comme le furent tous les lansquenets, égorgés après la bataille.

Bernard de Thorenc et d'autres gentilshommes catholiques sont las de ces massacres qui affaiblissent le royaume. Ils s'étonnent que Henri IV continue de se dire huguenot, priant comme un hérétique et parmi les gens de sa cause, et répétant : "Dieu me conduit."

À Tours, cependant, le clergé catholique l'a accueilli avec transport, entonnant des hymnes à sa gloire :

> *Chantons Henri notre grand prince*
> *Tout le clergé de la province*
> *Chante son nom de banc en banc*
> *Prions que la paix il apporte*
> *Afin que les trois lys qu'il porte*
> *Ne soient plus entachés de sang !*

Ces prêtres ont même assisté au châtiment infligé au père Veron, un prêcheur dominicain fait prisonnier sous les murs de Paris. On l'a jugé pour avoir poussé au régicide le moine Jacques Clément et avoir exalté sa mémoire.

Il a été écartelé sur la place de Tours devant un grand rassemblement du peuple.

Lorsque le corps s'est déchiré, la foule a crié sa joie. Les membres du père Veron ont été brûlés et ses cendres dispersées au vent.

Le roi s'est montré fort satisfait de ses victoires d'Arques et d'Ivry, ainsi que de ce châtiment.

Il a dit à Bernard de Thorenc :

– Dieu me continue Ses bénédictions comme Il l'a fait jusqu'ici.

Thorenc et quelques autres – ainsi, Michel de Polin – ne voient plus le dessein de Dieu dans cette suite de guerres et de massacres. Il m'a répété :

– Dieu ne choisit pas entre les hommes, qu'ils soient rois ou manouvriers. Chacun est libre de Lui être fidèle ou bien d'oublier Ses enseignements. Puis Dieu juge.

Henri n'est pas souverain à s'inquiéter du jugement de Dieu. Il ne doute pas de la bienveillance du Seigneur.

– Je fais bien du chemin, m'a-t-il dit au cours de cette audience solennelle, et vais comme Dieu me conduit, car je ne sais jamais ce que je dois faire. Au bout, cependant, mes faits sont des miracles que le Seigneur a voulus.

Mais il est plus retors qu'il ne veut bien le paraître.

Pour l'heure, il goûte les victoires d'Arques et d'Ivry et ne se soucie pas de son abjuration, mais j'ose avancer, l'écoutant et l'observant, que si celle-ci lui paraissait nécessaire il s'y résoudrait.

Il veut rassembler autour de lui tous les sujets du royaume

et les persuader que ce sont les ennemis de la France, les Espagnols, d'abord, qui se dressent contre lui.

Il m'a confié :

– S'il y a de la rébellion, elle vient de la boue et de la fange du peuple excité et ému par les factions des étrangers.

Ces propos sont d'un habile souverain décidé à vaincre à tout prix.

Votre dévoué serviteur,
Vico Montanari. »

39.

Montanari m'avait dit :

— Aidez le roi, Thorenc. Il entend la raison. Ce n'est pas un de ces fanatiques. Sa faiblesse, c'est qu'il ne les comprend pas. Il n'imagine pas que des hommes préfèrent manger du pain dont la farine est faite des os broyés du cimetière des Innocents, plutôt que d'ouvrir les portes à l'armée royale. Aidez-le ! S'il ne l'emporte pas — mais je crois en lui —, les catholiques zélés, les huguenots entêtés feront de ce royaume une boucherie pour le plus grand avantage des Espagnols. Savez-vous ce que Leonello Terraccini me dit ? L'un des maîtres de Paris est Diego de Sarmiento. Il fait distribuer de la soupe aux carrefours pour les affamés. L'odeur est à vomir : on cuit dans de grandes marmites du son, de l'avoine, de la peau de chien, d'âne ou de chat, et les malheureux se battent pour une écuelle de ce potage qui bout dans les chaudrons d'Espagne !

Nous marchions sur les bords de Loire en ce printemps de 1590.

Je savais que le roi désirait me voir pour me confier ce que Montanari avait appelé une « embuscade masquée ».

Je devais me rendre à Paris, que les troupes royales assié-geaient et où l'on mourait de faim, où j'essaierais de ren-contrer certains membres du parlement, des ligueurs, des marchands et même des prêtres qui souhaitaient traiter avec le roi pour en finir avec le blocus.

Selon Montanari, j'étais l'homme le mieux placé pour mener à bien cette mission. Je connaissais Sarmiento et le légat du pape ; le père Verdini avait été mon guide et confesseur durant mes années de jeunesse au Castellaras de la Tour.

— Ceux-là sont obstinés, avait ajouté Montanari. Ils veulent la perte de Henri IV, mais ils ne vous livreront pas aux ligueurs.

Il m'avait serré le poignet.

— Vous ne serez pas étranglé.

Car on pendait, on assommait, on jetait dans la Seine, on égorgeait tous les suspects de modération, tous les « deman-deurs de nouvelles », ou ceux qui souriaient et ne se rendaient pas sur les remparts pour défendre la ville contre les troupes de Henri IV.

On tuait d'autant plus qu'il y avait eu des rassemblements sur la place de Grève, où la foule avait crié : « La Paix ! » ou : « Du Pain ! »

— Aidez le roi, Thorenc ! m'avait répété Montanari.

J'hésitais.

J'avais répondu à Montanari que ce monarque qui se prétendait soucieux de ses sujets affamait depuis plusieurs mois les deux cent mille Parisiens, en décrétant le blocus de la capitale.

Les morts de faim se comptaient déjà par milliers.

Je n'en avais encore rien vu, mais j'avais écouté les plaintes des Parisiens qui avaient réussi à sortir de la ville et que Henri IV avait accepté de ne pas refouler.

Cependant, Séguret et Jean-Baptiste Colliard, tout comme les Anglais de l'armée, regrettaient que le roi eût cédé à un accès de pitié : « Il faut étrangler ce peuple, répétait Séguret. Il s'agite ? Les pendus ne dérangent personne ! »

Les cadavres jonchaient la rue des Fossés-Saint-Germain, témoignait Terraccini. On avait mangé les chevaux, les ânes, les chiens, les chats, les rats, on s'était disputé leurs entrailles, des lambeaux de charogne. Et on avait fini par déterrer les cadavres pour faire de leurs os de la farine. Le pain qui en était issu était blanc, d'une saveur à peine amère, mais ceux qui en avaient mangé étaient morts.

Je m'étais assis parmi ces femmes aux visages exsangues, ces enfants pareils à des oiseaux morts. Les mères les serraient contre elles. Elles disaient que l'on avait aussi mangé des enfants. Une mère bien grasse avait dévoré les cadavres de ses deux fils morts de faim. Mais, surtout, les lansquenets s'étaient mis en chasse et une femme, les yeux hagards, m'avait raconté : « Le Louvre est devenu la boucherie des lansquenets. L'un de ces monstres a avoué qu'il avait tué trois enfants et partagé leur viande avec plusieurs de ses compagnons d'armes. »

Un roi qui aimait ses sujets pouvait-il, pour conquérir son trône, les condamner à devenir le gibier de lansquenets ou à se nourrir de cadavres ?

Je l'avais entendu se vanter d'avoir « fait brûler tous les moulins qui fournissent Paris en farine. La raison reviendra à ce peuple quand la nécessité sera plus grande encore et que leurs os déchireront leur peau, tant ils seront devenus maigres... ».

Était-ce là discours de bon roi ?

Montanari haussait les épaules avec indulgence. Henri IV avait accepté de recueillir les Parisiens qui fuyaient la ville encerclée.

— Et puis, Thorenc, Henri IV a la fourberie de tous les souverains. Sans elle on ne saurait régner. Or il veut régner. Voyez-le, aidez-le !

Le roi m'a reçu à bras ouverts, me remerciant, avant que j'aie pu dire un seul mot, d'accepter de me rendre à Paris.

— Je n'ai jamais douté de votre courage, Thorenc.

Il a posé la main sur mon épaule.

Je devais, a-t-il dit, l'écouter avec attention afin de rapporter ses propos aux ligueurs, au duc de Mayenne, mais aussi au jeune neveu de Mayenne, le duc de Nemours, qui commandait les troupes et rassemblait le peuple autour de la Ligue avec grand talent.

— Dites-lui que je veux qu'il soit au service de tout le royaume, et pas seulement d'une Ligue qui ne se bat que pour l'Espagne. Dites à tous ceux que vous rencontrerez que je veux une paix générale, car j'entends soulager mon peuple au lieu de le perdre et ruiner. Que si, pour une bataille, je donnerais un doigt, pour la paix générale, j'en donnerais deux !

Il s'est éloigné de quelques pas.

— J'aime ma ville de Paris, a-t-il repris. C'est ma fille aînée, j'en suis jaloux. Je lui veux faire plus de bien, plus de grâce et de miséricorde qu'elle ne m'en demande. Mais je veux qu'elle m'en sache gré, et qu'elle doive ce bien à ma clémence.

Il m'a pris par le bras.

— Je suis un vrai père de mon peuple, Thorenc. Je ressemble à cette vraie mère, dans Salomon. J'aimerais mieux n'avoir point de Paris que de l'avoir tout ruiné et dissipé après la mort de tant de pauvres personnes...

Ce n'était que fourberie, car il voulait conquérir Paris, et les arquebusiers de l'armée royale tiraient sur les malheureux affamés qui s'en allaient cueillir hors des remparts quelques épis de blé ou des brassées d'avoine. Or, malgré cela, la ville résistait avec ces lansquenets, ces Suisses, ces habitants qui gardaient les remparts, ces moines casqués qui défilaient, crucifix brandi de la main gauche, la droite tenant l'arquebuse.

Il fallait bien que Henri IV me dise qu'il aimerait mieux n'avoir point Paris, puisque en effet il était incapable d'y entrer, même quand ses soldats se déguisaient en meuniers pour tenter de forcer la porte Saint-Honoré – reconnus, ils en étaient chassés – et que d'autres avaient subi le même sort porte Saint-Antoine.

Les canons installés à Montmartre pouvaient bien tirer quelques boulets, la ville résistait.

Et l'armée royale était contrainte de desserrer son étreinte, parce que les troupes espagnoles d'Alexandre Farnèse arrivaient des Pays-Bas, occupaient les deux rives de la Marne, permettant ainsi à quelques bateaux chargés de grain d'atteindre Paris.

C'est aussi sur une barque glissant de nuit le long de la Seine que je suis entré dans le capitale, sautant sur le quai de l'École et me faufilant par la rue de l'Arbre-Sec jusqu'à l'hôtel de Venise où vivait Leonello Terraccini, la Sérénissime République ne rompant jamais totalement avec un camp, quel qu'il fût.

Dès le premier soir, j'ai vu des enfants errants comme des bêtes affamés, et mon cœur en est encore serré.

Chaque fois que je croisais l'une de ces frêles silhouettes qui tendaient leurs mains vers moi, ne voulaient pas d'argent mais du pain, j'avais l'impression que c'était mon fils Jean qui me suppliait de le nourrir et de le protéger.

Jamais je n'aurais imaginé qu'il y eût tant d'enfants dans cette ville. J'en ai vu plus de cinq mille, les plus âgés d'à peine sept ans, défiler en procession, chantant des psaumes, appelant l'assistance divine sur la ville de Chartres dont on venait d'apprendre qu'elle était assiégée par les troupes royales alors que c'était l'un des principaux greniers de Paris.

J'ai suivi la procession des enfants jusqu'à Notre-Dame. C'était carême et les prédicateurs, devant les enfants assemblés, parlaient d'un fils de putain qui se prétendait roi de France et qui n'était qu'un chien, un tyran, un athée, un dépravé qui se livrait à des amours immondes avec les nonnains qu'il violait !

« Maudit soit Henri le Béarnais, l'athéiste, le relaps et l'hérétique ! » clamaient-ils.

Leurs voix résonnaient sous les voûtes de Notre-Dame et je sortis, me frayant difficilement passage parmi la foule.

Sur le parvis gisait un enfant mort, si maigre et menu que les gens entassés dans le chœur l'avaient étouffé.

Ô Seigneur, protégez mon fils !

Je suis allé jusqu'à l'hôtel d'Espagne. Deux grandes marmites fumaient dans la rue Saint-Honoré et la foule des affamés se pressait, écuelle brandie, yeux brillants de fièvre, quand tout à coup une voix aiguë s'éleva, maudissant le fils de pute, l'hérétique qui voulait la mort du peuple de Paris. « Mais Dieu nous sauvera ! »

Sarmiento m'accueillit, la tête penchée, le regard fixe.

— Dieu les sauvera lorsque les armées espagnoles auront défait celles du roi.

Il me tourna le dos, ajoutant avec mépris qu'il était encore temps pour moi de rejoindre le camp vainqueur.

Puis il m'a brusquement fait face.

— Tu as un fils, me dit-on ?

J'ai reculé comme si sa question constituait une menace.

— Quitte Paris, Bernard de Thorenc, a-t-il repris. On y meurt, et les fils ont besoin de père.

J'ai rencontré quelques marchands, des membres du parlement.

Ils me recevaient à la nuit tombée, j'entrais dans leur maison par des portes dérobées, me glissant dans des caves, marchant courbé dans des jardins, à l'abri des haies, tant ils craignaient les espions de ce Conseil des Seize qui dirigeait la Ligue et avait partout ses espions. L'on était puni de mort, étranglé ou pendu si l'on venait à être soupçonné d'entretenir des relations ou une correspondance avec Henri IV, le roi hérétique.

Ils m'ont parlé dans des pièces sombres, toutes chandelles éteintes.

Leurs demeures sentaient les fruits qui mûrissent, le pain qu'on cuit, la graisse qui grésille. Et, cependant, ils se plaignaient de ne pouvoir, à cause du blocus et de la guerre, se rendre dans leurs propriétés, hors des remparts, et de perdre ainsi leurs revenus.

Ils souhaitaient que la paix fût rétablie, mais elle ne le serait que si Henri IV abjurait.

— Le peuple écoute les catholiques zélés, les prêtres fanatiques qui n'obéissent qu'au pape ou aux Espagnols. Diego de Sarmiento distribue soupe et argent, si bien que les affamés applaudissent le roi d'Espagne.

Eux-mêmes méprisaient ce peuple de ligueurs.

— Les ventres-creux ont besoin de se gaver de paroles, me confia l'un d'eux. Ils se nourrissent de folies. Les prêcheurs le savent. Sarmiento et le père Verdini aussi. Or nous ne voulons pas que le roi d'Espagne et le pape fassent ici la loi. Mais Henri ne sera roi reconnu, légitime, accepté, que s'il renonce à sa huguenoterie, s'il sait parler aux affamés et les nourrir.

Eux n'avaient jamais eu faim. Dans leurs maisons visitées parfois par les « gens de rien » enrôlés dans les sections de la Ligue, on avait trouvé des provisions pour six mois : lard et viande salée, farine et biscuits, fruits et légumes séchés, épices et cruches de vin.

La guerre, le blocus, la faim, c'étaient les enfants et les pauvres, les faibles et les démunis qui en souffraient, non pas les riches ni les prédicateurs.

Vouloir la paix, ce n'était pas Vous trahir, Seigneur, mais Vous être fidèle.

Sauvez les plus humbles, ceux pour qui Vous avez gravi le Calvaire et été crucifié !

40.

J'ai parlé de la souffrance du peuple au roi.

M'a-t-il écouté ?

Henri IV était assis sous une grande tente. Il se lissait la barbe où je discernais des poils gris. Penché en avant, la tête rentrée dans les épaules, il me semblait las, fermant parfois les yeux comme pour s'assoupir, indifférent à ce que je lui disais avoir vu et entendu à Paris.

Affichées aux portes de Notre-Dame, j'avais lu les bulles pontificales qui l'excommuniaient. Un membre du parlement proche de Michel de Polin m'avait confirmé que des listes de noms établies par le Conseil des Seize avaient été répandues parmi les ligueurs. Certains étaient suivis de la lettre P, d'autres par les lettres D et C.

— P pour pendu, D pour dagué, C pour chassé, ai-je expliqué.

Le souverain s'est un peu redressé, puis a murmuré :

— Il n'est pas croyable, le nombre de gens que l'on met après moi pour me tuer, mais Dieu me gardera !

Il était bien roi, homme ne pensant qu'à lui-même et me confiant tout à coup :

— Thorenc, c'est pour ma gloire et pour ma couronne que

je combats ; ma vie et tout autre chose ne me doivent rien être à ce prix.

Que lui importait, dès lors, que je lui dise que les lansquenets au service de la Ligue avaient pourchassé des enfants dans les rues pour les tuer et s'en nourrir, ou bien qu'une mère avait dévoré les cadavres de ses deux fils tant la faim l'avait rendue folle ! Et que l'on comptait près de trente mille morts dans la ville, affamés par le blocus.

Il m'a paru insensible, quoiqu'il m'ait dit en se levant :

– Mon dessein a été, depuis qu'il a plu à Dieu de me donner le commandement souverain de tant de peuples, de préparer les moyens, au milieu de tant de troubles, de les faire, avec le temps, jouir de la paix.

Il est sorti de la tente et j'ai été surpris de le voir marcher si prestement et si joyeusement alors que je l'avais cru écrasé de fatigue et qu'il m'avait dit en soupirant :

– Certes, Thorenc, je vieillis fort !

Or, maintenant, il bondissait en selle, riant, ordonnant d'un geste vif à Jean-Baptiste Colliard de l'accompagner...

J'ai à mon tour quitté la tente.

Elle avait été dressée sur les hauteurs de Montmartre, à quelques pas des canons qui, de temps à autre, bombardaient Paris.

Séguret s'est avancé vers moi, se retournant pour suivre des yeux le roi et Colliard qui s'éloignaient.

– Notre vert-galant s'en va visiter le magasin des engins de l'armée ! a-t-il lâché, narquois.

Je n'y comprenais goutte, pour le plus grand plaisir de Séguret, qui me confia qu'il appelait ainsi ces abbayes : la bénédicte de Montmartre – bras tendu, il m'en montrait les bâtiments, desquels le roi s'approchait – et la franciscaine de Longchamp où il se rendrait peut-être après.

– S'il en a encore la force..., car ces nonnes sont des chèvres lascives et elles épuisent le vieux bouc !

Séguret m'a pris le bras. Les bénédictes et les franciscaines d'à peine vingt ans s'ennuyaient tant entre leurs vêpres et leurs matines qu'elles avaient accueilli à jambes ouvertes le souverain et ses gentilshommes, et qu'elles étaient devenues des « engins de l'armée » !

Les dames qui se croyaient les maîtresses du roi – ainsi la belle Gabrielle d'Estrées, si blonde qu'elle en éblouissait – avaient montré leur déplaisir et dit que c'était là non seulement débauche, mais perversion et sacrilège.

– Nous n'avons forcé aucune de ces chevrettes vêtues de cotillons de satin blanc, a précisé Séguret. Elles se sont données en bonnes chrétiennes, sans se soucier de savoir qui était huguenot ou nouveau catholique !

Seigneur, ce roi que je servais, dont je souhaitais qu'il régnât sur le royaume de France, ce monarque qui mettait le blocus autour de sa capitale, forniquait avec des jeunes filles qui s'étaient unies à Vous, jouissait pendant que des enfants mouraient de faim dans Paris et qu'on en tuait d'autres comme du gibier.

Seigneur, j'ai été tenté d'abandonner ce souverain, de ne plus retourner à Paris, comme il me le demandait, de ne plus suivre non plus son armée qui assiégeait Rouen, affrontant les troupes espagnoles alliées à la Ligue, de lâcher ce monarque qui acceptait que ses soldats pillent et massacrent, qui appelait à l'aide six mille Anglais, six mille Suisses et autant de reîtres allemands tout en demandant au sultan turc d'attaquer Philippe II.

Je suis pourtant resté à ses côtés.

– Voulez-vous, Thorenc, me demandait Michel de Polin, que Philippe II soit le protecteur de notre royaume, ou bien qu'il fasse désigner pour le trône l'une de ses filles, mariée à un Habsbourg ? Et nous deviendrions partie mineure du Saint Empire germanique ! Voulez-vous de Diego de Sarmiento pour conseiller de ce souverain-là, et du père Verdini pour son confesseur ?

Je n'ai d'abord pas répondu à Polin, puis je me suis souvenu, Seigneur, de Votre visage aux yeux clos.

Durant plusieurs jours, il m'a hanté.

Je comprenais Votre lassitude, Vos paupières baissées, façon de ne pas damner tous les hommes, de ne pas les brûler de Votre regard dont Vous craigniez peut-être qu'il ne soit par trop impitoyable alors qu'en fermant les yeux Vous manifestiez Votre compassion, Votre acceptation de la liberté des hommes dont Vous savez que toujours, presque toujours ils la dévoient.

Alors, comme Vous, j'ai fermé les yeux.

41.

Les yeux clos, je voyais pourtant l'enfer que les hommes avaient créé sur Votre terre, Seigneur, et comment, à quelque camp qu'ils appartinssent, ils n'étaient le plus souvent guidés que par de sombres passions.

À Paris, où j'étais retourné sur ordre du roi pour tenter de conclure une trêve, je vis, en place de Grève, une centaine d'hommes armés s'avancer, munis de lanternes sourdes. À quinze pas derrière eux marchaient trois crocheteurs qui portaient sur leur dos trois corps nus et qu'escortaient le bourreau et ses valets. J'ai reconnu ces trois hommes que j'avais rencontrés, qui m'avaient fait part de leur volonté d'entrer en négociations avec le roi. Ils étaient prêts à reconnaître Henri IV comme souverain légitime, s'il abjurait sa foi. Les ligueurs l'avaient appris et avaient exécuté ces trois hommes qu'on attachait maintenant à la potence avec, au cou, des inscriptions infamantes : « Chef des traîtres et hérétiques », « Fauteur des traîtres et politiques », « Ennemi de Dieu et des princes catholiques ».

J'ai eu envie de vomir.

Mais telle était la guerre civile dans laquelle, sous l'ample manteau du mot religion, le royaume était plongé.

Et la foule chantait :

Depuis onze cents ans
On n'a vu en France
Que de bons rois chrétiens
Qui en grande révérence
Ont tous reçu le sacre avec serment
De vivre catholiquement
Tu fais courir un bruit
Que seras catholique
Tu n'y fus point instruit.

À mon retour auprès du roi, j'appris que la Provence était envahie par les troupes du duc de Savoie, allié de l'Espagne et de la Ligue, et je tremblai que ses soldats, dont je savais de quoi ils était capables, partant de Draguignan, Aix ou Fréjus, qu'ils avaient conquis, ne gagnent le Castellaras de la Tour et n'y massacrent — puisque telle était la règle — Margherita, Denis le Vieux et mon fils Jean.

J'était prêt à chevaucher jusqu'à ma demeure, quand un courrier vint annoncer que les troupes huguenotes avaient refoulé les soldats du duc de Savoie.

Mais c'étaient toutes les parties du royaume qui étaient parcourues par des bandes de reîtres et de lansquenets se réclamant de la Ligue ou du roi, prétextant défendre la religion catholique ou la cause, s'adressant à l'étranger pour vaincre leur ennemi français.

Diego de Sarmiento accueillait à Paris mille deux cents Espagnols et Napolitains. D'autres s'installaient en Bretagne. Quant au roi, il faisait appel à nouveau à des Anglais et à des Allemands.

Le duc de Mayenne réunit des états généraux à Paris et Sarmiento y présenta les prétendants espagnols au trône de France.

Je me rendis à nouveau à Paris en compagnie de Michel de Polin, franchissant de nuit les remparts, craignant à tout instant d'être pris par une patrouille de ligueurs qui nous eussent aussitôt étranglés ou dagués.

Nous nous glissâmes rue des Poulies, rue des Fossés-Saint-Germain, nous entrâmes dans l'hôtel de Venise où nous attendaient des membres du parlement de Paris qui se rebellaient à l'idée que le royaume tombât entre des mains espagnoles.

Leonello Terracini faisait le guet pendant que nous discutions.

On nous apprit que le pape Sixte Quint était mort subitement, peut-être empoisonné par des espions espagnols, car on craignait qu'il ne fût favorable à Henri IV dès lors que celui-ci aurait abjuré. Le nouveau pontife, un homme des Espagnols, avait renouvelé l'excommunication du roi. Quant au père Verdini, toujours légat, il poussait les ligueurs à l'intransigeance. Sarmiento les payait en ducats pour qu'ils refusent toute trêve, tout compromis, et dénoncent par avance l'abjuration de Henri comme une tromperie.

Peut-être était-ce Verdini ou l'un de ses prédicateurs qui avait écrit cette chanson que les ligueurs entonnaient :

> *Tu fais le catholique*
> *Mais c'est pour nous piper*
> *Et comme un hypocrite*
> *Tâches à nous attraper*

Puis sous bonne mine
Nous mettre en ruine
Noblesse catholique
Mais à quoi pensez-vous
De suivre un hérétique
Qui se moque de vous ?

Mais je sentais que le désir de paix, donc le ralliement au roi, s'il venait à se convertir, gagnait peu à peu les esprits. Les membres du parlement chuchotaient qu'il était impossible que le royaume de France eût pour souverain un étranger. À l'hôtel de Venise nous passâmes la nuit à rédiger un arrêt qu'ils se faisaient fort de faire voter et dans lequel ils affirmaient qu'il « fallait empêcher que, sous prétexte de religion, ce royaume qui ne dépend d'autre que de Dieu et ne reconnaît autre Seigneur, quel qu'il en soit au monde dans sa temporalité, ne soit occupé par des étrangers. »

Michel de Polin avait répété : « La terre même nous montre ses cheveux hérissés et demande d'être peignée pour nous rendre les fruits accoutumés... »

Une trêve fut conclue.

J'ai pu rouvrir les yeux, voir, sitôt la trêve proclamée, les Parisiens franchir les remparts avec provision de pâtés et de bouteilles pour échapper enfin à la prison qu'était devenue leur cité.

Les prédicateurs qui, du haut des murs, criaient : « Mais à quoi pensez-vous, de suivre un hérétique qui se moque de vous ? » étaient ignorés.

La foule allait en procession, après avoir dîné sur l'herbe, vers les sanctuaires hors les murs, à Notre-Dame-des-Vertus, près de Saint-Denis, qui donne la pluie, ou bien à la Vierge miraculeuse d'Aubervilliers.

C'était un fleuve joyeux que personne ne pouvait arrêter.

L'archevêque de Bourges, pour les royaux, et celui de Lyon, pour les ligueurs, se rencontraient et convenaient que le devoir des sujets était d'obéir au souverain, fût-il païen ou hérétique, mais que les lois primitives et fondamentales de cet État obligeaient qu'il fût catholique.

Polin et Vico Montanari disaient qu'il suffisait désormais que le roi abjurât pour qu'il devînt souverain reconnu du royaume et qu'ainsi la paix fût établie et la terre de France à nouveau peignée.

J'ai accompagné Michel de Polin et Enguerrand de Mons auprès du roi de France et de Navarre. Polin ne doutait pas de la décision de Henri d'abjurer.

— Il a déjà changé cinq fois de religion, disait-il. Ce ne sera que la sixième. Il le fera par raison et par intérêt.

J'ai murmuré, en fermant les yeux et en répétant ce que le souverain m'avait dit :

— Il le fera « pour sa gloire et pour sa couronne ».

— Religion catholique et religion réformée sont du même arbre chrétien, complétait Polin. Henri n'est pas un mahométan. Il faut seulement le pousser un peu. Nous le ferons !

Le roi nous attendait dans une petite pièce au plafond bas, dans une demeure de Dreux, cette ville qu'il venait de conquérir et où les cadavres de tant d'hommes pourrissaient encore dans les fossés.

Polin s'est arrêté devant lui, à un pas, bras croisés, jambes écartées, bien planté sur ce sol de grosses dalles grises.

— Sire, il ne faut plus tortignonner, a-t-il dit. Vous avez dans huit jours un roi élu en France, le parti des princes catholiques, le pape, le roi d'Espagne, l'empereur, le duc de Savoie et tout ce que vous aviez déjà d'ennemis sur les bras !

Le roi a reculé, le visage fermé.

— Et il vous faut soutenir tout cela avec vos misérables huguenots si vous ne prenez une prompte et galante résolution d'ouïr une messe.

Le Béarnais a bougonné, tête baissée.

— Vous y êtes obligé, Sire, a repris Polin, pas seulement par votre conscience, mais parce que enfin l'Église est la voie du salut.

Il a hésité, m'a décoché un regard.

— Si vous étiez quelque prince fort dévotieux, je craindrais de vous tenir ce langage. Mais vous vivez trop en bon compagnon pour que nous vous soupçonnions de faire tout par conscience. Craignez-vous d'offenser les huguenots, qui sont toujours assez contents des rois quand ils ont la liberté de conscience, mais qui, quand vous leur feriez du mal, vous mettront en leurs prières ?

Polin a haussé sa voix qui s'est mise à trembler.

— Avisez à choisir ou de complaire à vos prophètes de Gascogne et de retourner courir le guilledou en nous faisant jouer à sauve-qui-peut, ou de vaincre la Ligue qui ne craint de vous rien tant que votre conversion.

Il s'est incliné et, gardant la tête penchée, il est resté un long moment immobile.

J'ai regardé le roi se mordiller les lèvres et j'ai pensé un instant qu'il allait proférer un cri de colère.

Il s'est balancé d'un pied sur l'autre et, brusquement, nous a tourné le dos et est sorti de la pièce.

J'ai prié, Seigneur, tout le restant du jour pour que le roi ait entendu le discours de Michel de Polin.

La paix, je la voulais comme le bien suprême pour ces enfants que j'avais vus, décharnés, dans la rue des Fossés-Saint-Germain, pour ces femmes qui serraient contre elles leurs nourrissons morts de faim, pour tous ces hommes qui ne seraient point voués à être si vite réduits à l'état de cadavres dépecés.

Quelques jours plus tard, j'ai rencontré Séguret. Ils s'est approché si près de moi que je sentais son haleine.

Il a pointé un doigt sur ma poitrine.

– C'est une grande abomination, a-t-il dit. Notre Henri de Navarre va entendre la messe et communier. Tu as gagné, Thorenc !

Il s'est éloigné en agitant les bras, poings fermés.

J'ai appris que Henri avait réuni ses gentilshommes huguenots, ceux qui l'avaient suivi depuis le Béarn et qui avaient réussi à échapper au massacre de la Saint-Barthélemy. Il leur avait dit :

– Mes amis, priez Dieu pour moi ; s'il faut que je me perde pour vous, au moins vous ferai-je ce bien que je ne souffrirai aucune forme d'instruction pour ne faire point de plaie à la religion qui sera toute ma vie celle de mon âme et de mon cœur, et ainsi je ferai voir à tout le monde que je n'ai été persuadé par autre théologie que la nécessité de l'État.

J'ai fermé les yeux – comme Vous, Seigneur.

42.

J'aurais dû être apaisé, Seigneur.

J'ai vu le roi s'agenouiller dans la basilique de Saint-Denis et y entendre la messe.

Je l'ai écouté répondre aux questions de l'archevêque de Bourges qui l'interpellait :

– Que demandez-vous ?

– Je demande à être reçu dans le giron de l'Église catholique, apostolique et romaine.

– Le voulez-vous ?

– Oui, je le veux et le désire.

Henri IV était à genoux devant le grand autel, vêtu d'un pourpoint et de chausses de satin et de soie blancs, son manteau noir lui couvrant les épaules et tombant comme une cape autour de lui et son chapeau, noir aussi, posé à ses côtés.

Il se confessa. Il communia et la foule cria : « Vive le roi ! Vive le roi ! »

J'ai galopé à ses côtés jusqu'au sommet de Montmartre dans ce long et rouge crépuscule du 25 juillet 1593.

Il avait donc abjuré.

La paix peu à peu allait régner.

J'aurais dû être heureux, Seigneur.

Je faisais partie des quelques gentilshommes qui se trouvaient, le dimanche 27 février 1594, à droite et à gauche de l'autel, dans la cathédrale de Chartres, cette église vouée à la Vierge noire où allait se célébrer le sacre du roi. Et il était oint d'une huile sainte conservée à Marmoutier, l'abbaye où avait vécu retiré saint Martin, qui avait évangélisé la Gaule près de deux siècles avant que Clovis ne fût sacré à Reims.

L'on n'avait pu choisir pour le sacre de Henri la ville de Saint-Rémi, encore ligueuse.

Mais, à Chartres, le peuple et la noblesse, les évêques et les archevêques étaient rassemblés pour écouter Henri prêter serment, au nom de Jésus-Christ, de maintenir son peuple en paix avec l'Église, et, « en bonne foi, suivant mon pouvoir, de chasser de ma juridiction et terres de ma sujétion tous les hérétiques dénoncés par l'Église ».

J'ai vu la foule se précipiter comme poules sur le grain quand les hérauts d'armes eurent commencé à jeter du haut du jubé des pièces d'or et d'argent.

Le soir, je me retrouvai assis à l'une des trois tables qui réunissaient pour un festin, autour du souverain, les ecclésiastiques, les seigneurs et les princesses.

J'aurais dû être comblé, Seigneur.

J'ai vu le roi s'approcher des malades qui exhibaient leurs écrouelles, et toucher ces plaies purulentes.

Je l'ai vu laver les pieds de treize jeunes et pauvres enfants.

Je l'ai vu à nouveau se confesser et communier.

J'aurais dû être joyeux en entendant les cris des Parisiens saluant son entrée dans Paris.

Le gouverneur nous a ouvert les portes de la capitale, les troupes y ont pénétré dans le brouillard de l'aube, ce 22 mars 1594, et à l'exception d'une poignée de lansquenets, de quelques étudiants et d'obstinés ligueurs, sur la rive gauche, entre la place Maubert et le collège de Clermont, personne n'a résisté.

Suivies de quelques reîtres et de ligueurs, les garnisons espagnoles et napolitaines quittèrent Paris, Henri leur offrant la vie et l'honneur saufs.

Je fus près de lui à la fenêtre d'une maison proche de la porte Saint-Denis pour regarder défiler – partir ! – sous une pluie torrentielle ces soldats étrangers ; au milieu d'eux, marchant fièrement, j'ai reconnu Diego de Sarmiento et l'ambassadeur d'Espagne, Rodrigo de Cabezón.

J'ai entendu Henri leur lancer tout en les saluant :

– Recommandez-moi à votre maître, mais n'y revenez plus !

J'aurais dû être heureux, Seigneur.

Ce roi victorieux, catholique, était clément, ne pourchassant aucun ligueur de sa vindicte, interdisant qu'on malmenât cet homme qui ostensiblement avait refusé de se découvrir son son passage.

Je l'ai accompagné lorsqu'il a rendu visite aux reines de la Ligue, les mère et sœur des Guises, Mmes de Montpensier et de Nemours, et j'ai pu mesurer, à leurs minauderies, combien elles désiraient complaire au roi, le flattant, le louant de n'avoir infligé pour tout châtiment que le bannissement pour un peu plus d'une centaine de ligueurs.

Tous les autres venaient de faire acte d'allégeance et recevaient récompense en coffres pleins d'écus, en possessions de villes et de terres.

À ceux de ses proches – Séguret, Jean-Baptiste Colliard, Enguerrand de Mons – qui s'irritaient de cette clémence et de ces ralliements achetés, j'entendais le roi répondre qu'il valait mieux payer que tuer et laisser le peuple dans la guerre.

Mais, pour obtenir cette paix, il en coûta au roi, et donc au royaume, six millions quatre cent soixante-sept mille cinq cent quatre-vingt-seize écus.

J'aurais dû être fier, Seigneur.

J'avais été choisi par le roi pour le représenter devant le pape Clément VIII, et le 17 septembre 1595 je me suis avancé jusqu'au trône pontifical qu'entouraient les ambassadeurs de Savoie, de Ferrare et de Venise, et je me suis agenouillé.

J'ai baissé la tête devant celui qui Vous représente, Seigneur. J'ai imploré l'absolution pour le roi Très Chrétien, disant que seule la parole du souverain pontife pouvait absoudre et que, par ma personne, c'était le roi Henri IV qui la sollicitait.

Alors, avec une verge, Clément VIII a frappé mes épaules, et, lorsque je me suis relevé, Henri, roi de France et de Navarre, quatrième du nom, était réconcilié avec l'Église, absous par le pape.

Je Vous ai remercié, Seigneur, pour cette paix qui semblait désormais possible entre chrétiens.

Et cependant, Seigneur, j'avais avancé, tout au long de ces jours que ma raison trouvait bénéfiques, comme si j'avais marché au bord d'un de ces abîmes que décrit Dante quand il explore l'enfer.

43.

Cet abîme, Seigneur, ouvert en moi, je voyais s'accumuler en son fond l'hypocrisie, l'injustice, la haine, la mort – et encore la guerre.

Enguerrand de Mons avait appris que, durant une journée entière, le roi avait tenu à être « instruit » par les évêques avant son absolution à Saint-Denis. Souvent, d'une boutade, il avait écarté les questions qui le dérangeaient, disant ainsi qu'il ne croyait au purgatoire que comme « croyance de l'Église, et non comme article de foi, et aussi pour faire plaisir au clergé, sachant que le purgatoire, c'était le pain des prêtres... ».

– Il s'est moqué, soulignait Enguerrand de Mons. Il a, par ses propos, accusé les prêtres de vendre des indulgences. Luther l'avait dit. Le roi est donc resté huguenot. Quand un évêque a voulu savoir en quelle langue il priait, en français, comme les gens de la cause, ou en latin, comme ceux de l'Église catholique, il a ri, haussé les épaules et dit : « Ni l'un ni l'autre. Je prie en béarnais, comme mon grand-père me l'a appris. »

– C'est un homme de feintes, ajoutait Enguerrand. Je crains qu'il ne soit l'un de ces athéistes qui remuent les lèvres pour donner le change, mais ne prient pas.

Je doutais aussi, à part moi, Seigneur, de ce souverain qui changeait une sixième fois de religion, et, même si je m'en félicitais, je ne croyais pas que l'on pût parvenir à la paix par le mensonge ou l'indifférence.

Vico Montanari, auquel je m'ouvris de mes doutes, se moqua de ma naïveté.

– Chacun, me dit-il, fait commerce de religion comme un marchand qui troque du drap contre des épices, de la soie contre des arquebuses, et chacun pèse au trébuchet de son intérêt. Dieu ne Se soucie pas de ce commerce-là. Il voit au cœur de chaque homme le diamant de sa foi. Il sait si c'est pierre précieuse ou morceau de verre teinté, ou, pis encore, simple caillou peint et façonné comme une émeraude...

Montanari me prit par le bras, m'entraîna jusqu'à cette fenêtre de l'hôtel de Venise d'où nous avions vu, en ce jour sanglant de la Saint-Barthélemy, les massacreurs rassemblés devant la poterne, rue des Fossés-Saint-Germain, et réclamer qu'on leur livrât Anne de Buisson.

Pour échapper à la mort, elle avait dû s'agenouiller dans la cour et se convertir.

Montanari rappela ce moment et nous retournâmes nous asseoir dans cette pièce du premier étage de l'hôtel de Venise où, presque chaque soir, nous devisions.

Depuis l'entrée du roi dans Paris, je logeais chez

Montanari, loin des intrigues, des habiletés et des jalousies qui divisaient déjà les proches du monarque maintenant qu'il était le souverain légitime, le puissant roi Très Chrétien.

Chrétien ?

Je m'interrogeais encore.

Montanari recevait à l'hôtel de Venise les libelles que les ligueurs entêtés continuaient d'imprimer et qui fustigeaient le roi.

Ils voulaient que Montanari fasse savoir en Italie que la Ligue survivait, qu'on s'indignait de « la risée qu'a faite le roi en l'église de Saint-Denis », de la « fourberie de cet athéiste ».

Qui pouvait croire à la sincérité de sa conversion ?

Suffisait-il de s'agenouiller devant un autel pour cesser d'être hérétique ?

Oubliait-on que ce Béarnais était un relaps, changeant de religion plus souvent que de pourpoint et de chausses ?

Ces ligueurs qui restaient fidèles à leur foi, alors que la plupart arborait l'écharpe blanche du ralliement au roi en échange de rentes et de terres, je ne pouvais m'empêcher d'avoir de l'estime pour eux.

Je comprenais leur amertume vis-à-vis de ceux qu'ils appelaient des « Maheustres », ces chefs de la Ligue, ces gentilshommes qui se vendaient au roi.

Mais je devais m'en féliciter, puisque ainsi revenait la paix.

Néanmoins, pouvait-on, Seigneur, bâtir une demeure sur le mensonge des uns et des autres, depuis celui qui achetait les consciences jusqu'à ceux qui en faisaient commerce ?

La voix des ligueurs obstinés, notamment de ceux qui écrivirent le *Dialogue du Maheustre et du Manant*, m'était familière, même si je savais à quelles folies elle pouvait conduire.

J'étais ainsi, Seigneur : divisé.

Ceux qui Vous portaient un amour absolu, je les aimais, certes, mais je les avais vus à l'œuvre, emportés par la passion d'extirper tout ce qui ne leur ressemblait pas. Je me défiais de ces fanatiques, mais lisais avec passion leurs phrases.

« Les vrais héritiers de la couronne, écrivaient-ils, ce sont ceux qui sont dignes de porter le caractère de Dieu. S'il plaît à Dieu de nous donner un roi de nation française, son nom soit béni ; si allemand, son nom soit béni ; si espagnol, son nom soit béni ; si de Lorraine, son nom soit béni. De quelque nation qu'il soit, étant catholique et rempli de piété et justice comme venant de la main de Dieu, cela nous est indifférent. Nous n'affectons pas la nation, mais la religion. »

Montanari lisait à son tour et s'emportait contre mon aveuglement : comment pouvais-je à nouveau, après ce que nous avions vu et vécu, écouter la voix des fanatiques ?

— Celui qui veut entendre la seule voix de Dieu, disait-il, doit se retirer dans une cellule de moine et prier le Seigneur, mais ne pas se mêler des affaires des hommes, des royaumes ou des républiques terrestres. Ici je te l'ai dit, Thorenc, la religion est un commerce parmi tous les autres. Retire-toi du monde, si tu ne peux accepter cela, et n'oublie pas que ceux qui veulent instaurer le royaume de Dieu sur la Terre, le gouvernement par la religion, deviennent des massacreurs !

Je lui donnais raison, Seigneur. C'est pour cela que je me tenais aux côtés du roi, que j'approuvais sa politique, que je tentais de convaincre Séguret ou Jean-Baptiste Colliard de lui demeurer fidèles et dévoués.

Séguret baissait la tête, grommelait que l'entourage du roi était désormais composé de ligueurs que l'argent de la couronne avait achetés. Les gentilshommes huguenots des temps de disette, quand Henri de Navarre n'était qu'un « roi sans couronne, un général sans argent, un mari sans femme », avaient été oubliés ou chassés depuis que le Béarnais avait abjuré.

— Doutez-vous que ces changements ne m'aient pas percé l'âme ? ajoutait Séguret.

Et moi qui avais si souventes fois voulu l'occire, je comprenais son dépit, le sentiment qu'il avait d'avoir été trahi.

Pouvait-on, Seigneur, vivre en paix quand tant d'hommes, au profond de leur cœur, doutaient de la foi du roi, de sa fidélité ?

J'ai déjà commencé à voir des visages se fermer sur son passage quand il chevauchait aux côtés d'une litière sur laquelle était étendue Gabrielle d'Estrées, la favorite, la blonde femme aux oreilles, au cou, aux poignets et aux mains parés de boucles, de colliers, de bracelets et de bagues.

Quelqu'un dans la foule a crié : « Voilà la putain du roi ! »

J'ai tressailli : c'était, après les jours de beau temps, l'annonce du retour des orages, la persistance de la haine et, peut-être pis encore, du mépris.

343

On arrêta peu après un homme qui se nommait Barrière. On sut qu'il avait vu plusieurs curés et pères jésuites. Il s'était confessé de son dessein de punir le tyran hérétique, et il avait reçu bénédiction, assurant que Dieu l'aiderait dans son entreprise.

Ô Seigneur, voilà comment on trahit Votre parole ! Voici comment ceux qui prétendent parler en Votre nom font commerce de leur autorité. Vous couvrent de la boue des choses humaines en Vous mêlant à des pensées de meurtre !

On prit Barrière à la porte de Melun. Il avait sur lui un grand couteau très pointu, aiguisé des deux côtés.

Il ne cacha rien de ses intentions.

On le condamna comme parricide et sacrilège.

J'ai vu en place de Grève le bourreau lui tenailler les chairs avec un fer rouge, lui brûler la main droite, lui briser à coups de barre de fer les bras, les cuisses et les jambes, et l'étendre sur la roue, pantelant, face au ciel, pour qu'il y vive dans la souffrance infernale.

Tant qu'il Vous plairait, Seigneur !

Je l'ai fait remarquer à Montanari : « C'est le premier geste de haine contre le roi depuis son abjuration. »

Il y en eut un autre dont je fus le témoin.

J'étais entré avec plusieurs gentilshommes dans la chambre de Gabrielle d'Estrées où le souverain nous avait conviés.

Je me tenais en retrait quand, tout à coup, j'entendis le roi crier. Je le vis porter les mains à sa bouche cependant que du sang jaillissait de sa lèvre percée, d'une dent arrachée.

Un jeune homme vêtu de noir, dont on se saisit, lui avait porté ce coup de poignard, visant le cou, mais le roi, en se penchant, avait reçu la lame sur la bouche.

On le pansa et il dit :

– Il y a, Dieu merci, si peu de mal que, pour cela, je ne me mettrai pas au lit de meilleure heure !

Mais je vis ses yeux las ; une expression d'abattement lui tirait les traits.

Encore le temps des assassins, des régicides ! Le temps des meurtres encore, déjà !

On questionna le jeune homme, Jean Chatel. Lui aussi avait reçu l'encouragement des pères jésuites dont il avait été l'élève au collège de Clermont.

Il se confessa aux juges. Il livra le nom des pères. On les bannit, on pendit l'un d'eux, on chassa les jésuites de France.

Et Jean Chatel, quant à lui, je le vis place de Grève, à genoux. On lui tranche le poing. On lui tenaille le corps. Et, puisqu'il a blessé le roi, on va l'écarteler, ses membres attachés à quatre chevaux. La foule jubile, criaille. Puis on brûlera ces pauvres débris et on dispersera les cendres au vent.

Quelle peut être la moisson d'une telle semence, sinon la haine et la guerre ?

Henri l'a déjà déclarée à l'Espagne, « à son de trompe et cri public aux provinces et frontières du royaume », pour se venger des torts, offenses et injures reçues de Philippe II.

Le roi va rejoindre ses armées. Je le vois chaque jour. Son visage est couvert de taches rougeâtres cernées de bourrelets purulents.

— Me reconnais-tu, Thorenc ? demande-t-il en se forçant à rire.

Il tremble de fièvre, cette « voisine », comme il l'appelle, qui vient l'habiter souvent.

J'ai entendu Séguret lui dire :

— Sire, vous n'avez encore renoncé à Dieu que des lèvres, et Il s'est contenté de les percer. Mais si vous Le renoncez un jour du cœur, alors Il percera le cœur.

Je devine la tristesse du roi. Il porte un emplâtre sur la bouche, la plaie ouverte par le poignard de Jean Chatel étant lente à se refermer.

On tue plus vite un régicide qu'on ne guérit de sa blessure.

Sans compter que celle-ci n'est pas que dans le corps du roi.

Je marche près du carrosse dans lequel il est assis — ou blotti, plutôt —, vêtu de noir.

Les regards de la foule, je les sens à nouveau et déjà impitoyables.

On ne crie plus « Vive le roi ! ». Ordre a été donné de se saisir et de punir toutes personnes hostiles au souverain. Et, cependant, j'entends une voix forte qui lance :

— Voilà déjà le roi au cul de la charrette !

Et le rire de la foule se prolonge comme un grelot.

Je m'incline devant lui lorsqu'il descend de son carrosse. Il s'appuie à mon bras.

— Un peuple est une bête, murmure-t-il. Il se laisse mener

346

par le nez, principalement le Parisien. Ce ne sont pas eux, mais de plus mauvais qu'eux qui les persuadent.

Il m'étreint le poignet, se redresse.

– Il faut en finir avec ces pensées de guerre civile, dit-il. Il faut rassembler le peuple contre l'Espagnol qui est le dernier et principal personnage de cette guerre. Nous allons le vaincre !

La guerre, donc ! La chair de l'homme et son sang sont-ils, Seigneur, le manger et le boire quotidiens des hommes ?

Est-ce là à jamais leur nourriture et leur châtiment ?

Je Vous prie, Seigneur, à genoux au bord de cet abîme.

44.

J'ai cru, à peine quelques jours, mais j'ai cru que l'abîme allait se combler, se refermer, et que les hommes, Seigneur, Vous avaient enfin entendu et qu'ils allaient se réconcilier.

C'était le printemps de l'année 1598.

Durant les mois précédents, j'avais chevauché aux côtés du roi. En face de nous, nous avions vu les rangées de piques de l'armée espagnole. Je savais qu'avec l'obstination du vieil homme qui n'a renoncé à rien Diego de Sarmiento la commandait et qu'à plusieurs reprises, à Fontaine-Française ou à Amiens, ses cavaliers, ses hallebardiers s'étaient à ce point rapprochés de nous que j'avais cru voir étinceler au-dessus de nos têtes la faux aiguisée de la Mort.

Le père Verdini, entêté lui aussi à nous expédier en enfer, se tenait aux côtés de Sarmiento et tous deux ne voyaient de salut que dans le triomphe de Philippe II.

Nous avions dû faire retraite, abandonner les corps de centaines de gentilshommes, et, me retournant, j'avais vu fondre sur eux, comme des vautours, les détrousseurs qui escortaient les armées.

À Paris, à l'hôtel de Venise, Leonello Terraccini m'avait rapporté que l'on chantait dans les rues :

Ce grand Henri qui voulait être
L'effroi de l'Espagnol hautain
Maintenant fuit devant un prêtre
Et suit le cul d'une putain.

C'était à nouveau la haine qui empestait.

On crachait de mépris en évoquant Gabrielle d'Estrées que le roi comblait de bijoux et de terres.

Il lui avait offert un duché. Elle s'y pavanait, elle accumulait les perles. Elle trompait le souverain. Et je le voyais se mordillant les lèvres, jaloux, vieilli, cherchant à satisfaire sa jeune favorite, la blonde à la peau d'albâtre, courant les bals avec elle entre deux batailles, forçant, comme l'avait fait Henri III, les portes des maisons pour s'y livrer à des mascarades.

Le peuple de rien détournait la tête, vouait à l'enfer cette « duchesse d'Ordure », et trouvait que ce roi converti restait entre les mains du diable.

« La caque sent toujours le hareng ! » lançait-on.

Et les ligueurs obstinés ne désespéraient pas qu'un régicide, plus heureux que Chatel, ne se contentât pas de percer la lèvre du souverain, mais lui plantât une lame effilée dans le flanc jusqu'à la garde – et jusqu'au cœur.

Ils attendaient cela, ces ligueurs qui, en Bretagne, dans l'Anjou, le Maine, le Poitou, menaient la guerre aux troupes royales, attachant leurs prisonniers aux ailes des moulins, jetant les vivants dans les basses fosses où pourrissaient les cadavres, violant toutes les femmes, égorgeant les paysans et défendant qu'on les enterre, car, disait l'un d'eux, « l'odeur des cadavres est suave et douce ».

Et cela, Seigneur, en Votre nom !

Et les huguenots, tout aussi sauvages, Vous invoquaient, eux aussi !

On ouvrait des « chambres ardentes » où l'on offrait aux tenants de l'une ou l'autre religion de se convertir ou de périr brûlé.

Ces massacreurs, ces violeurs, ces pillards, ces bourreaux Vous priaient, Seigneur.

Pour moi, leurs prières étaient autant de blasphèmes.

Et puis le ciel d'hiver s'est dégagé.

Au mois de mars, j'ai chevauché jusqu'au Castellaras de la Tour. À chaque fois que les sabots de mon cheval frappaient la terre de ces chemins forestiers qui conduisent à notre demeure, j'avais le sentiment que mon cœur éclatait.

J'ai aperçu enfin nos murailles, notre poterne, j'ai franchi le pont au-dessus des fossés.

La cour était envahie par la lumière d'un soleil flamboyant. Un homme – oui, un homme, m'a-t-il d'abord semblé – se tenait sur le seuil.

Je me suis approché. Il s'est incliné, m'a dit : « Père. »

Et j'ai dû serrer les poings pour ne pas tomber contre lui, sangloter en lui tenant la tête.

Il fermait les yeux, peut-être à cause de ce soleil aveuglant ; il avait un air à la fois tendre et apaisé, et cependant – cela m'inquiétait déjà – teinté de tristesse.

Nous avons peu parlé.

C'est lui qui m'a entraîné vers notre chapelle afin que nous priions côte à côte, agenouillés devant cette tête de christ aux yeux clos posée sur un tissu de damas rouge, près du tabernacle.

Quand nous sommes sortis de la chapelle, Jean – il était d'une taille égale à la mienne –, ses yeux droit fixés dans les miens, a murmuré :

– Père, je veux servir Dieu au sein de Son Église.

Seigneur, je le reconnais, j'ai éprouvé un sentiment d'affolement, comme si ce qu'au fond de moi, sans me l'avouer, j'avais imaginé, les dernières années de ma vie passées aux côtés de mon fils, ici, au Castellaras de la Tour, n'était plus qu'un rêve ruiné.

C'était comme si, Seigneur, Vous m'aviez tout à coup imposé de sacrifier mon fils à Votre gloire.

Jean m'a pris les mains.

– Père, a-t-il dit, tu seras dans chacune de mes prières. Nous ne nous quitterons jamais.

J'ai eu honte de mon attitude, d'avoir pensé que cet élan de mon fils vers Vous, pour Vous servir, était un sacrifice.

Je devais au contraire Vous en remercier, Seigneur.

Et je l'ai fait chaque jour devant Votre visage aux yeux clos, dans notre chapelle, priant aux côtés de Jean.

Il devait gagner Rome. Il voulait être de cet ordre des Jésuites dont on disait que plusieurs de ses membres avaient armé – et recherchaient encore – des régicides.

Mais c'était sa volonté, Seigneur, et, le jour de son départ, il m'a dit, comme s'il m'avait deviné :

— Je ne suis que le serviteur de Dieu, père.

Je ne veux ni ne peux Vous dissimuler aucune de mes pensées, Seigneur. Ce service de Dieu, Votre service, auquel il se vouait, tant d'hommes, massacreurs appartenant à toutes les religions, l'avaient perverti que j'étais inquiet des propos de mon fils.

Et j'ai murmuré :

— Aime en chaque homme la part de Dieu. Si tu hais un homme, tu hais Dieu.

Quand je suis arrivé à Paris, le premier jour d'avril 1598, les pousses des arbres, à la pointe de l'île de la Cité, dessinaient une étrave d'un vert clair dans l'eau encore sombre du fleuve.

Je me suis à nouveau installé à l'hôtel de Venise. Vico Montanari, ambassadeur de la Sérénissime République auprès de Philippe II, avait été remplacé par Leonello Terraccini. La jalousie ou l'amertume qui m'avaient autrefois opposé à lui — je savais qu'il avait été l'amant d'Anne de Buisson — s'étaient muées en confiance complice.

Nous avions en commun tout ce passé mort, et, quand nous étions assis l'un en face de l'autre, nous n'avions pas même besoin de l'évoquer pour qu'il revive.

C'est Terraccini qui m'a annoncé les bonnes nouvelles de ce printemps lumineux.

Les négociations avec l'Espagne avaient commencé, et chaque souverain était désireux de conclure la paix.

— Trop de morts sans aucune chance de vaincre l'autre, a-t-il dit. Philippe II espérera toujours qu'un régicide le

débarrasse de ce roi Henri qui demeure pour lui un hérétique, mais il ne peut plus faire la guerre. Les caisses de
l'Espagne sont vides. Tout comme celles du royaume de
France. Le souverain a dû demander l'aumône au parlement
pour payer des soldats, acheter des arquebuses. Il n'a plus
un écu. La sagesse et le désir de paix viennent souvent aux
monarques quand ils n'ont plus un sol vaillant.

C'est aussi Terraccini qui m'a parlé de cet édit que le roi
s'apprêtait à signer à Nantes au terme de longues conversa-
tions avec les huguenots. Il leur assurait le droit de pratiquer
leur religion, et il s'engageait même à payer les garnisons des
places fortes qu'il leur concédait.

Les plus zélés des catholiques condamnaient ce texte qui
accordait beaucoup aux huguenots : ils conservaient une
armée ; ils accédaient aux charges publiques ; ils jouissaient
naturellement de la liberté de conscience.

Le pape Clément VIII avait déjà dit : « Cet édit est le plus
mauvais qui se peut imaginer. Il me crucifie. »

Mais les plus obstinés des huguenots étaient eux aussi
mécontents. Ils étaient certes reconnus, mais le royaume était
catholique, et le souverain offrait des compensations, en
charge et en écus, en terres et en rentes, à ceux des protestants qui acceptaient de se convertir.

— C'est un édit de paix, a conclu Terraccini.

Puis il a haussé les épaules, penché un peu la tête.

— Une paix de plus..., a-t-il corrigé.

On disait que quatre millions de personnes étaient mortes
de ces paix tronquées, reniées, de ces guerres civiles que l'on
nommait de Religion, de ces massacres, et je me souvenais

354

du sang coulant sur les pavés de la rue des Fossés-Saint-Germain en ce dimanche de la Saint-Barthélemy, le 24 août 1572.

J'ai donc applaudi à l'édit de Nantes.

J'ai retrouvé le roi à son retour à Paris, quand il s'efforçait de convaincre le parlement, réticent, de ratifier cet édit.

— Il ne faut plus faire de distinction de catholiques et de huguenots, disait-il, mais il faut que tous soient bons Français et que les catholiques convertissent les huguenots par exemple de bonne vie.

Il s'emportait et je l'approuvais quand il ajoutait :

— Je couperai la racine à toutes factions, à toutes prédications séditieuses, et je ferai raccourcir tous ceux qui les susciteront ! Ne m'alléguez point la religion catholique, je suis plus catholique que vous ! Je suis fils aîné de l'Église... Je suis roi, maintenant, et parle en roi, et veux être obéi... Ceux qui ne voudraient pas que mon édit passe veulent la guerre...

L'édit a été enregistré.

J'ai lu le texte du roi qui le présentait et j'en ai été ému.

Son ton sonnait juste et fort.

« Nous touchons maintenant le port de salut et repos de cet État... Après avoir repris les cahiers des plaintes de nos sujets catholiques, ayant aussi permis à nos dits sujets de ladite Religion Prétendue Réformée de s'assembler par députés pour dresser les leurs et mettre ensemble toutes leurs dites remontrances, nous avons jugé nécessaire de donner maintenant sur le tout, à tous nos dits sujets, une loi générale, claire, nette et absolue, par laquelle ils soient réglés sur tous les différends qui sont ci-devant survenus entre eux et y pourront encore survenir ci-après, et dont les uns et les autres aient sujet de se contenter selon que la qualité du temps le peut porter. »

J'ai su que l'édit avait été scellé seulement à la cire brune, que le roi n'avait point voulu de la verte qui eût marqué que le texte devait connaître une application sans limite de durée, éternelle.

Il n'était donc que pour un temps.

Mais c'était une promesse de paix.

Et j'ai cru, Seigneur, que la fosse commune que les hommes creusaient sous leurs propres pieds, dans laquelle ils s'engloutissaient, allait être comblée.

J'ai même imaginé que Vous me donniez la joie d'assister, à la fin de ma vie, à cette aube pacifique, parce que je Vous avais donné un fils pour Vous servir.

J'ai cru cela quelques jours, puis est venu si vite l'automne...

La pluie était si forte qu'elle déchirait avec rage les feuilles déjà jaunies des arbres de la forêt de Fontainebleau où je chevauchais près du roi, chassant le cerf.

Nous avancions au pas, courbés sous l'averse, Henri lançant vers moi de brefs coups d'œil, et je le sentais las, subissant cet orage avec une sorte de délectation morose, comme si le désagrément venait conforter son humeur.

Il s'est arrêté, s'est tourné et a murmuré :

– Bon Dieu, parmi quels tigres vivons-nous !

Terraccini m'avait rapporté qu'autour du souverain on conspirait contre Gabrielle d'Estrées, qu'il songeait à épouser.

Enguerrand de Mons s'indignait qu'une telle pensée pût habiter un roi de France. Jamais un souverain de ce royaume n'avait épousé l'une de ses catins, qui, de plus, le trompait et donnait des bâtards qui n'étaient pas ceux de son auguste amant !

On répétait un quatrain qu'on retrouvait parfois recopié et répandu à la cour :

Mariez-vous, de par Dieu, Sire !
Votre lignage est bien certain
Car un peu de plomb et de cire
Légitime un fils de putain.

D'autres s'indignaient que le roi eût offert à la « duchesse d'Ordure » la bague qu'il avait reçue au sacre, et qu'il lui fût soumis au point qu'elle proclamait partout que « seul Dieu et la mort du roi peuvent m'empêcher d'être reine de France ».

– Elle oublie qu'elle est, elle aussi, mortelle, ajouta Terraccani.

Et, parlant plus bas encore, il me confia que, dans l'entourage du roi – peut-être même pour obéir à ses ordres –, on songeait, prétendait-on, à empoisonner Gabrielle d'Estrées afin que Henri pût prendre, maintenant que son mariage avec la reine Margot avait été annulé, une jeune épouse capable de lui donner un héritier.

Mais le roi était-il encore assez vert ?

Je l'ai vu, en cet automne de l'année 1598, vieilli et comme accablé lorsqu'il apprenait que l'on avait arrêté un homme qui semblait le guetter pour le tuer.

— Le cœur des rois est en la main de Dieu, murmurait-il.

Puis il s'indignait contre ceux qui armaient ainsi les bras des fanatiques. Il s'en prenait à ces « tigres » qui n'avaient pas renoncé à la haine.

— Un roi n'est responsable que devant Dieu et sa seule conscience, disait-il encore.

Il baissait la tête, frissonnait. La « voisine », cette fièvre qui le brûlait souvent la nuit, lui avait rendu visite.

Il confessait :

— Elle m'a laissé si faible, et avec un tel dégoûtement que je ne m'en puis encore ravoir, et la nuit passée je l'ai eue avec tant d'inquiétude que je n'ai pu fermer l'œil.

On murmurait à la cour que le roi avait été trop goinfre de femmes et qu'il payait d'avoir joui de toutes les pucelles et de toutes les putains qu'il avait pu culbuter. Qu'elles lui avaient laissé, en souvenir d'elles, cette maladie qui lui rongeait les sangs.

Il avait même, disait-on, quitté la vie pendant deux heures, et, lorsqu'il avait repris connaissance, il avait dit :

— Je ne veux ouïr parler d'aucune affaire.

Je sentais que la mort était là, qui rôdait.

Elle frôlait le vieil homme que j'étais devenu, elle guettait Gabrielle d'Estrées, elle suivait le roi.

J'entendais Enguerrand de Mons marmonner que cet édit de Nantes que le souverain avait fait enregistrer au parlement était trop favorable aux huguenots, que des clauses secrètes leur accordaient armes, rentes, garanties, qu'ils constituaient un État dans l'État, que les catholiques, comme l'avait déclaré le souverain pontife, étaient crucifiés par cet édit au point que certains d'entre eux se demandaient s'il ne faudrait pas un jour une nouvelle Saint-Barthélemy !

Oui, Seigneur, j'ai entendu cela.

Les hommes avaient donc repris leur travail de fossoyeurs.

Et je n'avais plus assez de forces pour m'en indigner, trop longue avait été ma vie.

J'avais assisté à trop de massacres pour pouvoir attendre, impotent, qu'un autre flot de sang se répandît autour de moi.

J'ai donc fait mes adieux au roi là où avait commencé ma vie, au Castellaras de la Tour.

Le 7 janvier 1599, soixante et douzième anniversaire de ma naissance, Vico Montanari, qui se rendait à Venise, venant de Madrid, a fait halte dans notre demeure.

Il m'a annoncé la mort – le 13 septembre 1598 – de Philippe II, né la même année que moi.

J'ai tremblé, Seigneur, en écoutant le récit de l'agonie de ce monarque que j'avais si longtemps servi, puis combattu.

Montanari m'apprit que Diego de Sarmiento était mort dans les heures qui avaient suivi le décès du roi.

Je ne pouvais oublier que Sarmiento m'avait, aux temps lointains où je n'étais qu'un esclave chrétien des Barbaresques, appris à espérer. Comme son souverain, il avait rêvé de la Monarchie universelle.

Montanari me décrivit le corps de Philippe, rongé par les ulcères, les vers grouillant dans les plaies. Il me raconta comment le roi avait tenté de se redresser pour dire à l'héritier de sa couronne :

– Voyez, mon fils, où aboutissent les grandeurs de ce monde, voyez ce que c'est que la mort, et tirez-en réflexion, car demain vous allez régner.

À cet instant, Seigneur, j'ai été heureux que mon fils Jean ait choisi d'être l'un de Vos serviteurs, qu'il n'ait pas recherché la puissance terrestre, qu'il n'ait voulu servir que Votre Gloire éternelle.

J'ai pensé que la mort, si elle saisit tous les corps, ne prend les âmes que de ceux qui ont cessé de croire en Vous.

J'ai prié, Seigneur, devant Votre visage aux yeux clos.

Car je crois en Vous.

ÉPILOGUE

Ainsi s'achève, par une parole de foi, le manuscrit de Bernard de Thorenc.

Je ne sais rien de ses dernières années.

Je n'ai retrouvé au Castellaras de la Tour aucune trace de sa sépulture.

Dans la chapelle, aux côtés du tombeau de Michele Spriano, se trouvent des dalles funéraires de la famille Thorenc, mais la plus ancienne d'entre elles, qui célèbre le souvenir d'un François de Thorenc, est datée de 1702, soit plus d'un siècle après que Bernard de Thorenc eut cessé d'écrire.

Rien ne m'a permis de combler cette béance.

Bernard de Thorenc a-t-il vécu jusqu'à ce vendredi 14 mai 1610, le jour où, vers quatre heures de l'après-midi, rue de la Ferronnerie, dans le prolongement de la rue Saint-Honoré, là où la chaussée se resserrait entre des échoppes, un colosse à la barbe rousse, aux cheveux d'un blond flamboyant, au regard illuminé, un pied posé sur une borne et l'autre sur le rayon de la roue droite du carrosse royal, planta jusqu'à la garde, et par trois fois, son couteau dans le flanc de Henri IV ?

Bernard de Thorenc a-t-il tremblé, comme si Dieu lui infligeait une nouvelle épreuve ?

Les jésuites furent en effet accusés d'avoir accueilli et confessé le régicide Ravaillac.

« Le couteau n'a été que l'instrument de Ravaillac, lit-on dans un libelle, peu après le meurtre. Ravaillac, d'autres qui l'ont induit, poussé, instruit, lui ont mis en main le ferrement, en l'esprit ce parricide ; ne s'en sont trouvés coupables que les seuls jésuites, ou leurs disciples. »

Jean de Thorenc était jésuite et j'imagine l'angoisse de Bernard, ses prières, agenouillé dans la chapelle, devant le visage du christ aux yeux clos.

Cette tête sculptée est posée devant moi.

Je l'ai achetée à Maria de Ségovie après avoir fini de retranscrire – de mettre en scène et en forme – le manuscrit de Bernard de Thorenc.

Ce visage du Christ dont le bois (la peau) a une couleur (une pâleur) verdâtre, je l'ai placé sur l'un des rayonnages, en face de la table sur laquelle je travaille.

Je me lève souvent, attiré par cette tête. Je m'approche, tends la main sans oser la toucher, puis me décide enfin à l'effleurer, et je suis à chaque fois surpris par la douceur de ce contact.

Le bois est chaud comme s'il s'agissait de la chair d'un corps souffrant.

Bernard de Thorenc a-t-il lu le récit des souffrances infligées à Ravaillac ?

Je le transcris, parce que je crois être ainsi fidèle à Thorenc qui, peu à peu, au long de sa vie, ne mettait plus en accusation telle ou telle religion, plus cruelle qu'une autre, mais l'homme fanatique, aveuglé, celui dont la foi sert de prétexte et d'excuse au désir de mutiler, de tuer, d'infliger le mal, ce Mal qui est en chacun de nous.

Qui incarnait le Mal sur la place de Grève, le 27 mai 1610, jour du supplice de Ravaillac ?

Le régicide porté sur l'échafaud, car les brodequins de la torture lui avaient déjà fait éclater les genoux, cet homme aux yeux fous de douleur et qui continuait de murmurer : « Que toujours en mon cœur Jésus soit le vainqueur » ?

Ou bien le Mal s'était-il emparé aussi de cette foule qui hurlait sa haine, qui se précipitait pour démembrer Ravaillac, et qui se ruait sur un jeune homme qui avait osé murmurer : « Mon Dieu, quelle cruauté ! » ?

Car on a brisé les membres de Ravaillac, on a tenaillé ses chairs avec une pince rougie au feu. Le bourreau et ses aides ont versé dans ses plaies de la poix brûlante, du plomb fondu, de la cire et du soufre, de l'huile bouillante. On a brûlé sa main après l'avoir percée à coups de lame. On lui a fait boire du vin pour qu'il survive dans la souffrance, jusqu'à ce que ses bras et ses jambes, son torse soient disloqués, dénoués, arrachés par quatre chevaux.

Des hommes s'attelèrent aussi pour que les cuisses et les épaules soient emportées.

Le peuple hurlait, s'élançait vers l'échafaud, se disputait les morceaux.

« Et l'on vit une femme qui, d'une vengeance étrange, planta les ongles puis les dents en cette parricide chair. »

Et les misérables reliques sanglantes furent traînées par toute la ville.

« À la fin, ayant été divisé en quasi autant de pièces qu'il y a de rues dans Paris, on en fit plusieurs feux en divers lieux. Et l'on voyait des petits enfants, par les rues, portant la paille et le bois. »

De ce spectacle et de ces acteurs, qu'eût pensé Bernard de Thorenc qu'il n'eût déjà écrit ?

C'est moi qui m'interroge en contemplant la tête du christ aux yeux clos.

J'ai appris ce matin qu'au Soudan, et conformément à la loi musulmane, un voleur va subir une amputation croisée : on tranchera son poing droit et son pied gauche.

J'entends chaque jour qu'un homme s'est tué pour tuer d'autres hommes. Et, pour venger son acte terroriste, on détruit la maison des siens, on traque et on tue ses complices. Ou bien on l'honore comme un saint martyr.

Et je me souviens de ce vers d'Agrippa d'Aubigné qui m'était revenu en mémoire lorsque j'avais rencontré pour la première fois, au nº 7 de la rue de l'Arbre-Sec, Maria de Ségovie :

Les enfants de ce siècle ont Satan pour nourrice.

Le nôtre qui commence, celui d'hier, qui vient à peine de s'achever, ne sont-ils pas semblables à celui d'Agrippa d'Aubigné et de Bernard de Thorenc ?

J'imagine Thorenc agenouillé dans la chapelle, regardant le visage du christ aux yeux clos comme je le fais aujourd'hui.

Peut-être savait-il ce que j'ai appris en consultant le recueil des dépêches des ambassadeurs de Venise dont je me suis souvent servi pour éclairer le manuscrit de Bernard de Thorenc.

Vico Montanari a alors regagné Venise et c'est Leonello Terraccini qui représente, en 1610, la Sérénissime à Paris.

Il écrit, en date du 5 juin 1610 :

« Je me suis trouvé ces jours-ci par deux fois avec le premier président du parlement de Paris et l'avocat du roi. J'ai découvert qu'ils tiennent pour certain que Ravaillac a été persuadé de longue main à une aussi néfaste scélératesse sous prétexte de religion, qu'il a dit avoir une étroite relation d'amitié avec un religieux ; qu'il mourrait mille fois avant de le nommer. Il dit aussi avoir été confessé quelquefois par un jésuite, à Bruxelles. Et l'on sait que l'on craignait beaucoup, dans la capitale des Pays-Bas, parmi les Espagnols et les catholiques zélés rassemblés autour du légat du pape, l'entrée en guerre du roi de France contre l'Espagne et l'invasion des Pays-Bas par les armées françaises alliées des troupes huguenotes des Provinces-Unies.

« Certains des proches conseillers du roi défunt assurent qu'un complot a été ourdi par les Espagnols et le pape pour empêcher Henri IV d'attaquer les puissances catholiques et de servir ainsi la cause de l'hérésie dont on l'accusait d'être resté en secret le défenseur.

« Les jésuites auraient été l'instrument de ce complot.

« Ils ont réfuté cette calomnie. »

Après de nombreuses démarches, j'ai réussi à consulter les archives de l'ordre des Jésuites pour la province des Pays-Bas espagnols.

Parmi la liste des membres de l'ordre pour cette province, j'ai découvert celui d'un jeune père, arrivé à Bruxelles en 1609.

Faut-il que j'écrive ce nom : Jean de Thorenc, que j'y ai lu ?

Chacun l'a déjà pensé.

En chaque siècle, en chaque partie du monde, en chaque religion et en chacun de nous, la vie des hommes est un labyrinthe aussi meurtrier que mystérieux...

Je relis ces mots. Il me semble que Bernard de Thorenc aurait pu les écrire.

J'ai souvent l'impression que sa voix se superpose à la mienne.

Qui s'exprime là, lui ou moi ?

Qui dit que, sans la souffrance du Christ qui parle pour toutes les souffrances, sans Sa compassion pour les victimes de tous les bourreaux, nous serions seulement – *seulement* : voilà le mot qui compte – des bêtes sauvages ?

Hommes-sangliers, comme ce gibier jeté dans l'entrée du Castellaras de la Tour, bêtes sauvages mortes entourées de chiens prêts à la curée.

Face au groin de la sauvagerie, je ne vois que le visage du christ aux yeux clos.

Table

DU MÊME AUTEUR

ROMANS

Le Cortège des vainqueurs, Robert Laffont, 1972.
Un pas vers la mer, Robert Laffont, 1973.
L'Oiseau des origines, Robert Laffont, 1974.
Que sont les siècles pour la mer, Robert Laffont, 1977.
Une affaire intime, Robert Laffont, 1979.
France, Grasset, 1980 (et Le Livre de Poche).
Un crime très ordinaire, Grasset, 1982 (et Le Livre de Poche).
La Demeure des puissants, Grasset, 1983 (et Le Livre de Poche).
Le Beau Rivage, Grasset, 1985 (et Le Livre de Poche).
Belle Époque, Grasset, 1986 (et Le Livre de Poche).
La Route Napoléon, Robert Laffont, 1987 (et Le Livre de Poche).
Une affaire publique, Robert Laffont, 1989 (et Le Livre de Poche).
Le Regard des femmes, Robert Laffont, 1991 (et Le Livre de Poche).
Un homme de pouvoir, Fayard, 2002 (et Le Livre de Poche).

SUITES ROMANESQUES

La Baie des Anges :
  I. *La Baie des Anges*, Robert Laffont, 1975 (et Pocket).
 II. *Le Palais des Fêtes*, Robert Laffont, 1976 (et Pocket).
III. *La Promenade des Anglais*, Robert Laffont, 1976 (et Pocket).
    (Parue en 1 volume dans la coll. « Bouquins », Robert Laffont, 1998.)

Les hommes naissent tous le même jour :
 I. *Aurore*, Robert Laffont, 1978.
II. *Crépuscule*, Robert Laffont, 1979.

La Machinerie humaine :
  • *La Fontaine des Innocents*, Fayard, 1992 (et le Livre de Poche).
  • *L'Amour au temps des solitudes*, Fayard, 1992 (et le Livre de Poche).
  • *Les Rois sans visage*, Fayard, 1994 (et le Livre de Poche).
  • *Le Condottiere*, Fayard, 1994 (et le Livre de Poche).
  • *Le Fils de Klara H.*, Fayard, 1995 (et le Livre de Poche).
  • *L'Ambitieuse*, Fayard, 1995 (et le Livre de Poche).
  • *La Part de Dieu*, Fayard, 1996 (et le Livre de Poche).
  • *Le Faiseur d'or*, Fayard, 1996 (et le Livre de Poche).
  • *La Femme derrière le miroir*, Fayard, 1997 (et le Livre de Poche).
  • *Le Jardin des Oliviers*, Fayard, 1999 (et le Livre de Poche).

Bleu, blanc, rouge :
  I. *Mariella*, Éditions XO, 2000 (et Pocket).
 II. *Mathilde*, Éditions XO, 2000 (et Pocket).
III. *Sarah*, Éditions XO, 2000 (et Pocket).

Les Patriotes :
I. *L'Ombre et la Nuit,* Fayard, 2000 (et le Livre de Poche).
II. *La flamme ne s'éteindra pas,* Fayard, 2001 (et le Livre de Poche).
III. *Le Prix du sang,* Fayard, 2001 (et le Livre de Poche).
IV. *Dans l'honneur et par la victoire,* Fayard, 2001 (et le Livre de Poche).

Les Chrétiens :
I. *Le Manteau du soldat,* Fayard, 2002 (et Le Livre de Poche).
II. *Le Baptême du roi,* Fayard, 2002 (et Le Livre de Poche).
III. *La Croisade du moine,* Fayard, 2002 (et Le Livre de Poche).

Morts pour la France :
I. *Le Chaudron des sorcières,* Fayard, 2003.
II. *Le Feu de l'enfer,* Fayard, 2003.
III. *La Marche noire,* Fayard, 2003.

L'Empire :
I. *L'Envoûtement,* Fayard, 2004.
II. *La Possession,* Fayard, 2004.
III. *Le Désamour,* Fayard, 2004.

La Croix de l'Occident :
I. *Par ce signe tu vaincras,* Fayard, 2005.
II. *Paris vaut bien une messe,* Fayard, 2005.

POLITIQUE-FICTION

La Grande Peur de 1989, Robert Laffont, 1966.
Guerre des gangs à Golf-City, Robert Laffont, 1991.

HISTOIRE, ESSAIS

L'Italie de Mussolini, Librairie académique Perrin, 1964, 1982 (et Marabout).
L'Affaire d'Éthiopie, Le Centurion, 1967.
Gauchisme, réformisme et révolution, Robert Laffont, 1968.
Histoire de l'Espagne franquiste, Robert Laffont, 1969.
Cinquième Colonne, 1939-1940, Plon, 1970 et 1980, Éditions Complexe, 1984.
Tombeau pour la Commune, Robert Laffont, 1971.
La Nuit des Longs Couteaux, Robert Laffont, 1971 et 2001.
La Mafia, mythe et réalités, Seghers, 1972.
L'Affiche, miroir de l'Histoire, Robert Laffont, 1973, 1989.
Le Pouvoir à vif, Robert Laffont, 1978.
Le XXe Siècle, Librairie académique Perrin, 1979.
La Troisième Alliance, Fayard, 1984.
Les idées décident de tout, Galilée, 1984.
Lettre ouverte à Robespierre sur les nouveaux Muscadins, Albin Michel, 1986.
Que passe la Justice du Roi, Robert Laffont, 1987.

Manifeste pour une fin de siècle obscure, Odile Jacob, 1989.
La gauche est morte, vive la gauche, Odile Jacob, 1990.
L'Europe contre l'Europe, Le Rocher, 1992.
L'Amour de la France expliqué à mon fils, Le Seuil, 1999.
Histoire du monde de la Révolution française à nos jours en 212 épisodes,
Fayard, 2001.

BIOGRAPHIES

Maximilien Robespierre, histoire d'une solitude, Librairie académique Perrin,
    1968 (et Pocket).
Garibaldi, la force d'un destin, Fayard, 1982.
Le Grand Jaurès, Robert Laffont, 1984 et 1994 (et Pocket).
Jules Vallès, Robert Laffont, 1988.
Une femme rebelle. Vie et mort de Rosa Luxemburg, Fayard, 2000.
*Jè. Histoire modeste et héroïque d'un homme qui croyait aux lendemains qui
    chantent,* Stock, 1994 et Mille et Une Nuits, 2004.

Napoléon :
  I. *Le Chant du départ,* Robert Laffont, 1997 (et Pocket).
  II. *Le Soleil d'Austerlitz,* Robert Laffont, 1997 (et Pocket).
  III. *L'Empereur des rois,* Robert Laffont, 1997 (et Pocket).
  IV. *L'Immortel de Sainte-Hélène,* Robert Laffont, 1997 (et Pocket).

De Gaulle :
  I. *L'Appel du destin,* Robert Laffont, 1998 (et Pocket).
  II. *La Solitude du combattant,* Robert Laffont, 1998 (et Pocket).
  III. *Le Premier des Français,* Robert Laffont, 1998 (et Pocket).
  IV. *La Statue du Commandeur,* Robert Laffont, 1998 (et Pocket).

Victor Hugo :
  I. *Je suis une force qui va !,* Éditions XO, 2001 (et Pocket).
  II. *Je serai celui-là !,* Éditions XO, 2001 (et Pocket).

César Imperator, Éditions XO, 2003 (et Pocket).

CONTE

La Bague magique, Casterman, 1981.

EN COLLABORATION

Au nom de tous les miens, de Martin Gray, Robert Laffont, 1971 (et Pocket).

Vous pouvez consulter le site Internet de Max Gallo sur
www.maxgallo.com

Composition et mis en pages réalisées
par ÉTIANNE COMPOSITION
à Montrouge

Impression réalisée sur CAMERON par
BRODARD ET TAUPIN
La Flèche

pour le compte des Éditions Fayard
en mars 2005

Imprimé en France
Dépôt légal : mars 2005
N° d'édition : 55879 – N° d'impression : 28900
ISBN : 2-213-62416-X
35-33-2616-7/01